泰戈尔笔下的文学

[印] 泰戈尔 ◎著
[中] 白开元 ◎编译

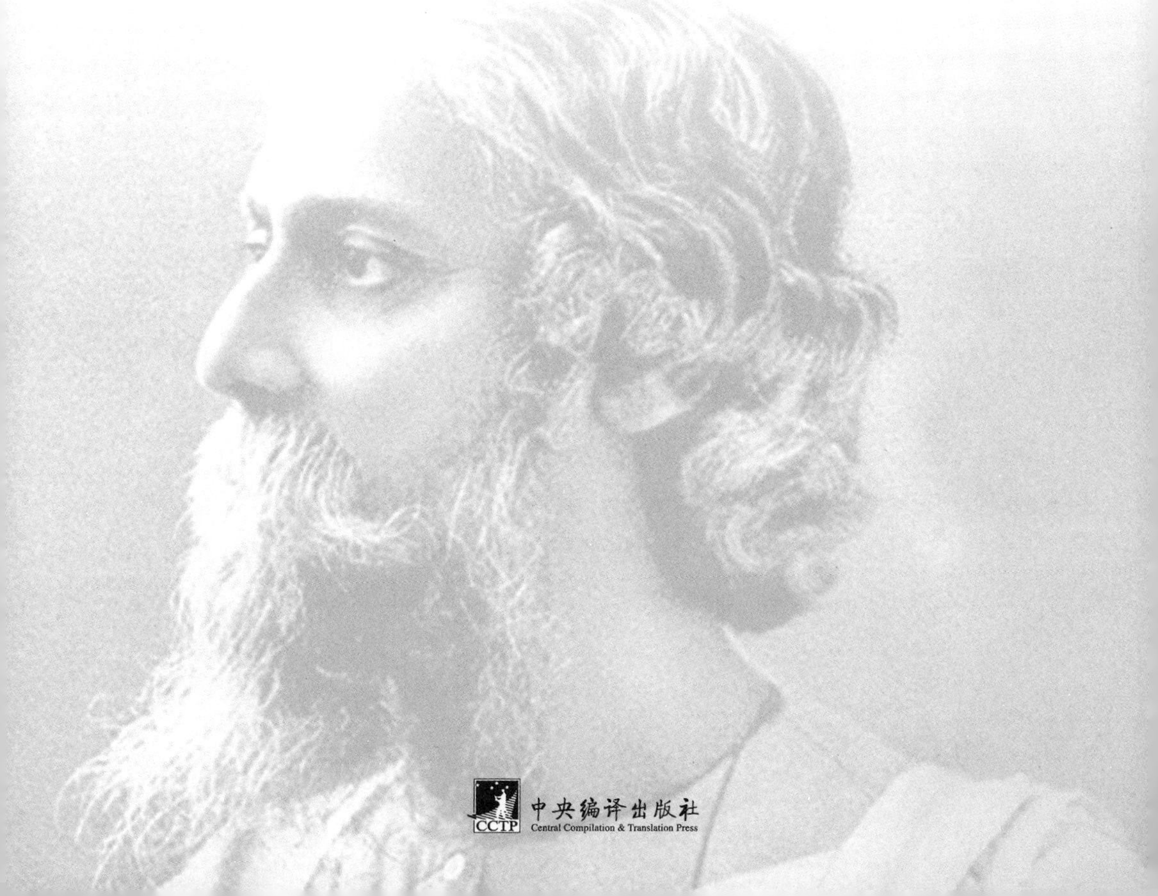

中央编译出版社
CCTP
Central Compilation & Translation Press

目　录

译　序

　　罗宾德拉纳特·泰戈尔（1861—1941）是印度、孟加拉国人民心目中的诗圣。1913年他因诗集《吉檀迦利》荣获诺贝尔文学奖，之后，他的大量孟加拉语原作被译为多种文字，丰富了世界文学宝库，至今深受各国读者的喜爱。

　　泰戈尔出生于印度西孟加拉邦加尔各答一个富有的地主家庭，排行第十四。几位兄长是蜚声孟加拉文坛的诗人、戏剧家、音乐家，他家中编辑出版文学刊物《婆罗蒂》，位于朱拉萨迦的祖居，是当时著名文学家、哲学家经常聚会的场所。泰戈尔受家庭艺术氛围的熏陶，对文学、音乐产生了浓厚兴趣。他广泛涉猎家里收藏的梵文、孟加拉语、英语名著，一拿到优秀之作便如饥似渴、废寝忘食地阅读，汲取丰富的艺术营养，同时以稚嫩之笔尝试文学创作。他的五哥乔迪宾德拉纳特既是兄长又是导师，从不因他年幼而小觑他，而是耐心细致地对他讲解孟加拉诗歌的韵律，和他一起分析作品的不足之处，把修改过的习作在家中办的杂志《婆罗蒂》上发表，兄长的帮助和指导，给了他极大鼓励，使他逐步登上不同门类的文学巅峰。此外，泰戈尔嗓音洪亮，从小特别喜欢孟加拉古典音乐和民歌以及外国音乐，从英国留学回国后不久，就以孟加拉和爱尔兰曲调尝试着创作了音乐剧《蚁蛭的天才》。

　　泰戈尔八岁开始练习写诗，从发表处女作《野花》到1941年逝世前一星期口授最后一首诗《你创造的道路》，文学生涯长达72年之久。他的作品篇帙浩繁，除了52部孟加拉语诗集，还有12部中、长篇小

1

说，100 多篇短篇小说，30 多个剧本，以及 50 部散文集，还有三卷英语作品。

孟加拉语的泰戈尔全集中，收入了诗人写的《古代文学》《民间文学》《文学》《现代文学》《韵律》《文学之路》《文学本相》等 7 部文学评论专著。

纵观泰戈尔漫长的文学之路，他的文学评论，是与他的文学创作实践同步进行的。在这些文论中既阐述他从事文学创作遵循的美学理论，表达对他各种文体作品的睿智看法，也总结他的深切体会和审美经验。

关于文学的功能，泰戈尔认为，创作的目的在于"把民众的东西以特殊方式转变为自己的东西，再以特殊方式把自己的东西转变为民众的东西"。从这样的目的出发，诗人关注印度社会现实，创作了像《戈拉》《河边的台阶》等一大批现实主义小说，表达了印度人民渴望独立与自由的愿望，抨击残酷的封建制度和陈规陋习，表达了印度民众的喜怒哀乐和对美好理想的向往。

但泰戈尔反对机械模仿现实的创作倾向。他认为自然真实、历史真实和文学真实是有差别的，文学不是自然的镜子，不是历史的记录，"厘毫不差的临摹，不是文学"。作家的任务，是像胃消化食物那样，收集、整理、加工、提炼素材，"把内心的变为外在的，把情感的变为语言的，把自己的变为人类的，把瞬间的变为永恒的"，这样的作品，方能打动读者，才能在世界文学殿堂里获得永久的席位。像优秀长篇小说《沉船》中拉穆斯等具有鲜明个性的人物，就是泰戈尔收集周围大量素材，经过艺术加工成功塑造出来的。而他那些的名诗佳作，蕴含高度凝练的内心情感，说出了人们想说而说不出的感受，因而得以广泛传播，久唱不衰。

按照泰戈尔的观点，文学是"用心中情感的溶液，融化外部世界，使它成为我们特有的世界"的过程。"画面和音乐，是文学的两大要素"。不能用话讲述的，就用画面来讲。讲不清楚的，可以用音乐来表述。这就是我们通常所说的作品的诗情画意。泰戈尔的小说、诗歌，甚至剧本、散文中，以饱蘸浓郁情感的笔触营造的意象，或阔大、深远，或幽美、绮丽，或沉郁、凝重，或豪放、热情，诠释难以言传的心声。泰戈尔对孟加拉语音律有深刻研究。他曾创造、革新三种诗律。他写格律诗，也写自由体诗、散文诗，诗作具有抑扬顿挫的旋律。他写散文不经意便用上排比、递进等修辞手法，善于将复合辅音和开音节字有机地搭配，使文章具有明显的节奏感，读起来朗朗上口。

泰戈尔文论涉及的面是很广的。他在《罗摩衍那》中详尽分析了史诗产生的起因，发展，指出这是汇聚历代群众的价值观、道德观、人生观的漫长创作过程；在《长篇历史小说》中，阐明小说和历史书的区别以及虚构艺术真实的必要性；在《儿歌》中以风趣的语言，透彻分析了意象跳跃等孟加拉儿歌的艺术特点。他创作的《儿歌之画》《错位集》，体现他对儿童文学的高度重视

比较文学，是外国文学研究一个重要学科。1985 年，我国 38 所大学和研究机构联合策划的中国比较文学学会，在深圳成立。而在半个世纪前，泰戈尔已在这个学科展开深入研究了。他在《世界文学》中说："在英语中称之为 Comparative Literature（比较文学），在孟加拉语中我称之为世界文学。"在《沙恭达罗》中，他把《沙恭达罗》和莎士比亚的剧作《暴风雨》作了详细比较，指出《沙恭达罗》有人性和道义的融合，有人和自然的融合，与之形成鲜明对比的是，《暴风雨》"体现人和自然的矛盾，表现人与人之间的矛盾，矛盾的根由是争夺权力。全剧自始至终充满仇恨"，"《暴风雨》中有暴力，《沙恭达罗》中有宁静；《暴风雨》中以强暴赢得胜利，《沙恭达罗》中善行修成正果"，从而指明以印度古典审美体系为基础的《沙恭达罗》与西方审美体系为基础的《暴风雨》的根本区别。

在《现代诗歌》中，泰戈尔把欧洲文学、印度文学和中国文学作了多元比较。他推崇雪莱、济慈、拜伦、华兹华斯等浪漫主义诗人的作品，称赞"他们的想象、观点、志趣，不仅把世界变成了人性的和精神的，也变成诗人心灵的"。他对第一次世界大战之后，西方诗坛盛行的

罗列黑暗、丑陋、龌龊，一味书写绝望、庸俗、颓废的无聊写实诗风作了严厉抨击。他对李白的诗给予高度评价，指出这些诗"题材非常普通，但不缺少情味"，道出了他对古朴纯洁的唐诗的赞美之情。深刻的对比，凸现出他高洁的审美原则。

泰戈尔不仅对中国人民抱有深厚友好的情义，而且在文艺方面与中国结下了不解之缘。泰戈尔访问中国前后创作发表的《火花集》《随想集》等作品，都是以寥寥数笔构作的深远意境的小诗。《现代诗歌》一文告诉我们，泰戈尔很早就读过并十分喜爱中国的唐诗。他很可能从中国的律诗得到过启发。泰戈尔访华时，曾和徐志摩深入讨论诗歌创作。徐志摩夫人陆小曼的回忆文章中写道："他们谈诗一谈就是几个钟头。"他给梅兰芳、林徽因的赠诗，就音节而言，带有律诗的明显痕迹，所以若说他深谙中国古诗的真谛，他的小诗创作曾汲取中国诗歌的营养，也许不是毫无根据的臆想。

真实、韵律和美，构成泰戈尔文艺思想的核心。泰戈尔赞同真实即美，美即真实的观点。他认为美在万有之中。人、动物、植物、自然景色、社会、宇宙皆蕴含美。艺术家的使命，就是贴近现实，贴近自然，贴近社会，感受真实，发现、体味、揭示真实中的美，动用一切艺术手段，把用情感过滤提炼的美，传递给受众，在受众心里引起共鸣，使受众得到艺术享受。

泰戈尔所说的韵律，不单单地指诗歌的格律，也是他所持的一种哲学观点。在他的笔下，韵律是矛盾双方的协调或统一。他以鲜花花瓣的绽放与收缩、物体的上升和下降、魔师的抛球和接球等可观的具象，阐述人类社会中是非、甘苦、生死等抽象概念，以此说明两者处于有规则的状态，形成和谐，就能产生美。

泰戈尔的韵律观源自印度古代经典《奥义书》。《奥义书》称："一切在生命中颤动，一切皆为欢乐。"颤动即韵律，欢乐即美。当矛盾双方发生剧烈对抗，和谐破坏，韵律缺损，人就会变态，而社会就会变成残废，就会"向地狱下坠"。所以，泰戈尔在他的作品和讲话中，一再强调个人心境的平和，人与人的融洽，人与自然的和谐，群体与群体、社会与社会、国家与国家的和睦相处。

毫无疑问，泰戈尔的文论，是理解、品评他各类作品，乃至他的世界观的一把金钥匙。

泰戈尔曾经说过，随着时光的推移，他的诗可能落进遗忘之渊，但他的歌曲将永存。自然，他只说对了一半，他的诗是世界诗库中永放光芒的珍藏，而他的歌曲确实将一代代传唱下去。

从年幼时为五哥乔迪宾德拉那特弹琴记下的曲子配词，至迟暮之年为自己日后的悼念仪式而作的歌曲《宁静的海洋》，歌曲创作，也贯穿泰戈尔的一生。

在印度、孟加拉国，或许有人未读过泰戈尔诗作、小说，但绝对无人未听过泰戈尔歌曲。每天，打开收音机，耳畔便萦绕起旋律悠扬的泰戈尔歌曲；打开电视机，在文艺节目中，就可以看到歌唱家在声情并茂地演唱泰戈尔歌曲。

泰戈尔歌曲已成为一个专业单词，成为孟加拉和印度人民生活密不可分的一部分。

泰戈尔歌曲飘出南亚次大陆，在世界各地回响。印度、孟加拉国的国家元首进行国事访问，隆重的欢迎仪式上，演奏的印度国歌《印度命运的主宰》、孟加拉国国歌《金色的孟加拉》，是泰戈尔创作的千古绝唱。

泰戈尔歌曲响彻环宇。然而，泰戈尔歌曲，对于中国的读者、听众以来说至今是个神秘王国。

据我国世界民歌音乐学会会长、中央音乐学院资深教授陈自明先生的精确统计，泰戈尔一生创作了 2006 首歌曲。笔者手头的泰戈尔歌词集《歌之花园》编入他的爱国歌曲 62 首，祭祀歌曲 700 首，爱情歌曲 500 首，歌咏季节的歌曲 283 首，其他歌曲 178 首。

泰戈尔的爱国歌曲，洋溢着炽热的爱国热情。在《金色的孟加拉》等歌曲中，诗人以真挚热烈的语言，颂扬使诗人陶醉的碧空、和风、绿

原、河流，表达热爱祖国的赤子之情。

泰戈尔以细腻的笔触、优美的语言创作的爱情歌曲，淋漓尽致地表现相爱的青年男女丰富而复杂的感情。一代代痴男情女，吟唱这些情歌，抒发爱恋的欢乐，化解郁积的痛苦。这些情歌，已融进一代代人的感情生活。

印度的祭祀歌曲，源远流长。诞生于上古时期的《夜柔吠陀》的主要内容，就是祭神。包括杜尔迦大祭节在内，印度的祭神活动，丰富多彩。泰戈尔创作的祭祀歌曲不仅诗化梵我合一的泛神论，更多的是采用在神的面前倾诉的方式，阐述他的政治主张、哲学理念、文艺理论，以及洁身自好、与永恒之美相伴的理想。

印度一年分为六季，即春季、夏季、雨季、秋季、雾季和冬季。每个季节都有独特的庆祝活动。泰戈尔以生花妙笔，生动地状写各具季节特点的旖旎景色。他笔下的蓝天白云、和风细雨、绿树碧草，鸟啼虫鸣，富于浓郁的感情，给人以不尽的美的享受，也能唤起人们对生活的热爱。

泰戈尔歌曲题材宽广。他为亲友的婚礼写祈福歌，为他创办的国际大学写校歌，为国际大学四周的农村开展植树运动写植树节歌。他还借物抒情，写咏物歌曲。这一首首佳作，体现他高雅的情趣和崇高的品德。

泰戈尔从外国音乐、民歌、印度古典音乐汲取营养，逐渐形成自己独特的音乐风格。

泰戈尔写的歌咏春天的歌曲《热情的春风》，带有明显的爱尔兰民歌的痕迹。这首歌的旋律舒缓平稳，有钢琴伴奏，与其他极少装饰的歌曲迥然不同。

不过，西方音乐对泰戈尔的影响，主要是在他歌曲创作的早期。随着他熟练地掌握印度音乐、孟加拉音乐，西方音乐逐渐退出他的音乐园地。

泰戈尔创作的大量祭祀歌曲，采用印度流行的古典曲调。印度古典曲调与时辰、时令密切相关。如普尔比调用于创作表现黄昏、夜晚的歌曲，维伊隆调用于创作表现黎明的歌曲，毗伐什调用于表现晌午的歌曲。穆拉尔调用于创作表现雨季的歌曲，巴哈尔调用于表现春天的歌曲。此外，表现不的情感，也必须用不同的曲调。据印度音乐研究者统计，泰戈尔最常用的古典曲调达 50 种之多。泰戈尔继承但并不拘泥于传统古典曲调。他根据歌曲的主题和艺术审美的要求，选择最适于表现情绪的古典曲调。例如，他用卡纳达调表现夜间失恋者的忧伤，用萨哈那调表现婚礼上的欢快，用普尔比调抒发漫漫长夜里恸哭的寡妇的期盼。泰戈尔以其对众多曲调的深刻理解，灵活地运用古典曲调的结构原则，让原则服从于情感的抒发，从而达到最佳的艺术效果。

绘画是泰戈尔晚年一项引人注目的艺术活动，

泰戈尔作画发轫于偶然。1924 年前后，他在草稿上勾勾画画修改诗作时，杂乱的线条引起他心中的不快。天生的韵律感，促使他随手加以涂抹，让凌乱的线条变得有序协调，富于韵味。那些翩翩起舞的线条的美感，给他带来巨大乐趣。从此一发而不可收，"迷上了线条"。他画钢笔画、铅笔画，也画色粉画、水彩画。他画人物、动物，也画静物、风景。

关于泰戈尔画作的含义，众说纷纭，莫衷一是。有人认为印度的生殖崇拜，是泰戈尔画作的重要主题。有人认为，他的画作，寄托着对社会、人生、人类命运特别是对印度妇女命运的关注。有人直接问泰戈尔，他的画是什么意思。可他不作解释，与他的画一样，"保持沉默"。泰戈尔觉得，作画要做的事是展现，而不是用文字具体解释。画作承负着基本价值，就能存留下来。不过他为伯明翰泰戈尔画展所作的前言中说："我的画作，是用线条画出来的韵律。"泰戈尔认为，万物皆有韵律，韵律是万物彼此维系的纽带，也是他与梵天之间的桥梁。他用线条画的韵律，含蓄表达实现人与世界、人与人之间和谐的希望，而那些女性画则隐约地抒写对复杂的个人感情历程的回忆。

在逝世前不到 20 年的时间内，泰戈尔共创作了两千余幅素描和画作。在伦敦、伯明翰、汉堡、柏林、波士顿、莫斯科等地相继举行了他的画展。1991 年 8 月，为纪念泰戈尔逝世五十周年，中国文化部在北京、上海主办了"泰戈尔生平和画展"，展出他的 25 幅作品，为中国观众提供了了解作为画家的泰戈尔的难得机会。

泰戈尔创作的各种体裁的文学作品，篇帙浩繁，他集文学家、戏剧家、音乐家和画家的桂冠于一身，他达到的艺术高峰，是后人很难企及的。

本书中《伯明翰泰戈尔画展前言》《在伦敦就绘画所作的演讲》《波士顿泰戈尔画展前言》是从泰戈尔英语作品选译的。其余的是笔者从孟加拉语《泰戈尔全集》选译的。按照内容配以一百多幅图片，力图把大师泰戈尔的形象清晰地呈现在中国读者面前。另外，书中《戏剧舞台》《创作歌曲》《我迷上了线条》等文章，涉及舞台表演、音乐、绘画等艺术门类，严格地说，跟"文学"不甚切题。但是，为了便于我国读者更全面地了解泰戈尔在文学艺术方面的成就，同是，为了更好地说明泰戈尔对文学艺术融会贯通的造诣，本书适当收入了这些作品。由于编译者水平有限，译文难免有不当之处，欢迎读者批评指正。

白开元

文学意义

外部世界进入我们的心中，变为另一个世界，其间，并非只有外部世界的色彩、形态和音响等元素，我们的好恶，我们的恐惧惊讶，我们的苦乐，也与它交织在一起。它融合我们的丰富感情，以各种方式展现出来。

我们用心中情感的溶液，融化外部世界，使它成为我们特有的世界。

如同许多人的肠胃里没有足够的消化液，不能很好地把外面的食物变成自己体内的营养，人世间不能充分使用心中情感的溶液的人，也不能把外部世界变为内心世界、自己的世界和人的世界。

有一些人生性愚拙，心里对世上极少的事物感兴趣。他们虽然降生凡世，却置身于大部分世界之外。他们心灵的窗户极少，视宏大为微小，像外星人似的，生活在这个世界上。

也有一些幸运的人。他们的情爱、想象、好奇时时处处处于敏感状态。他们收到进入自然殿堂各个房间的邀请，村寨城镇的各种变动，在他们的心弦上弹奏出各种曲调。

他们用情感的各种甘汁、各种色彩、各种模具，把进入心中的外部世界重新塑造得多姿多彩。

感情丰沛的人的心中，重塑的世界，比起外部世界，与人更加亲近。在心智的帮助下，对人心来说，抵达重塑的世界的道路，是畅通的。它在我们心灵的影响下获得的特质，对人来说，是最易消受的。

由此可见，外部世界和人的世界迥然不同。哪样东西是白的，哪样东西是黑的？哪样东西小，哪样东西大？人的世界不提供这类信息。人的世界以各种声调讲述哪样东西是可爱的，哪样东西是可憎的，哪样东西是美的，哪样东西是丑的，哪样东西是善的，哪样东西是恶的。

人的世界，在我们无数心灵之间流动。这样的流动，是古老的，又是常新的。透过新生的感官，透过新生的心灵，这源自远古的水流，永远呈现崭新的面貌。

但是，如何得到它呢？用什么办法掌控它呢？不赋予这个奇妙的心灵世界以形态，不把它重新展现出来，它永远只能自生自灭。

可它不愿泯灭。心灵世界渴望展示自己。于是，世世代代，人们心中勃发文学的冲动。

开展文学评论，应该关注两样东西。一是文学家心中拥有把握世界的多少权力。二是他的权力能以稳定的形式显示出来多少。

这两者并非总是完全一致。若能一致，是一件天大的好事。

诗人富于想象力的心灵，抵达世界的地方越多，我们对他作品的深度，越是满意。在人的世界，疆界拓展，我们漫游的领域就愈加广阔。

然而，文学创作的娴熟技巧，具有很高的价值。因为，表现能力所依凭的手段，尽管相对来说次要的，可能力是绝不会消亡的。它在语言和文学中储存起来。久而久之，它增强人的表现力。人们历来渴望获得这样的表现力。在卓有建树的人的指点下，人们的这种表现力逐渐丰满，人们称他们为名人，尽量报答他们的扶掖之恩。

有什么办法能把以情感的材料塑造的心灵世界展现出来呢？

展现的过程应有利于抒发心中的情感。

抒发心中的情感，需要多种器材。

男人在办公室里穿朴素的衣服，装饰品越少越适合工作。女人的服饰、羞赧和举止，应契合文明社会的流行标准。

女人做心灵的事情。她们奉献自己的芳心，也吸引他人的心。所以，要她们过分真率、过分简朴、过分严格，是不行的。男人应循规蹈矩，可女人应该漂亮。男人的举止大致上以明晰为好，可女人的举止中应有掩饰、含蓄和暗示。

文学为做好自己的事，应借助于修饰、形象、韵律、含蓄和暗示。像哲学和科学那样毫无修饰，是不行的。

以有形表现无形，作品中应有"只可意会不可言传之美"。如同女人拥有柔美和羞涩，文学应有不可言传的蕴藉。它是不可模仿的。它超越修饰，是不能以修饰遮掩的。

为了使语言拥有超越语言的成分，文学在语言中融进了两样东西：图画和音乐。

不能用话讲述的，就用画面来讲。在文学中，没有勾勒画面的界限。情感总想借助对比、比喻、象征显露出来。

　　　　眼睛鸟儿似的飞翔张望。

这行诗里，诗人波尔罗摩达斯表达了什么呢？仅在叙述中，渴求的目光的急切是怎样表现的呢？目光像鸟儿一样飞翔，在这样的画面中，表达的焦灼，一瞬间就平静下来了。

另外，在韵律、词汇和遣字造句方面，文学必须借助音乐。实在说不清楚的，可以用音乐来讲述。分析含义发现，看似非常简单的一句话，借助音乐，它可以变得意味深长。音乐可以使话语中的情感鲜活起来。

总之，画面和音乐，是文学的两大要素。画面给情感以形态，音乐给情感以活力。画面是躯体，音乐是生命。

史诗《摩诃婆罗多》的作者毗耶娑

　　不过，文学捕捉的，不光是人的心灵。人的性格也是一种创造，和无生命物质创造一样，不是我们的感官所能驾驭的，不是吩咐它站立它就能站住的。对人来说，它是十分好奇的。但没有办法把它像牲畜一样关在棚里，或把它像鸟儿一样关在笼里，仔细观赏。

　　千姿百态的人性，是捕捉不到的，也是无法束缚的。而文学却想把它从内心世界挖掘出来，加以展示。这是一件极为艰难的事情。因为，人性是不稳定的，也不是条理分明的。它有许多成分、许多层次。在它的外屋和内宅之间自由行动，不是轻而易举的事。此外，它的游戏，是如此细腻，如此不可思议，具有如此多的偶然性，赋予它完整的形态，让我们的心灵能够感受，是具有非凡才华的人，方能做成的事。毗耶娑①、蚁垤②和迦梨陀娑③等先人，就是能做这种事的天才。

史诗《罗摩衍那》的作者蚁垤

---

　① 毗耶娑系印度史诗《摩诃婆罗多》的作者。
　② 蚁垤系印度史诗《罗摩衍那》的作者。
　③ 迦梨陀娑系印度古代诗人、剧作家，剧本《沙恭达罗》是其作品之一。

把上述内容归结为一句话，那就是：文学的内容是人心和人性。

不过，这样谈人性，也许是多余的。事实上，外在的自然和人性，在人的心中，时刻构成形态，时刻奏响乐音，用语言描写的那种形态、那种乐音，就是文学。

天帝的欢乐在自然中间，在人性中间塑造自己。人心也在文学中间努力塑造自己、表现自己。这种努力是无止境的、是神奇的，诗人不过是人心的恒久努力的载体而已。

《沙恭达罗》的作者迦梨陀娑

天帝的欢乐创造，从本体中自行流露出来；人心的欢乐创造是它的回声。这种创世的欢乐之歌的音符，不停地拨响我们的心弦。那心灵之歌的展现，以及在天帝创造的冲击下，内心那创造激情的展现，就是文学。世界的呼吸，用我们的心灵之笛吹奏各种曲调，文学力图清晰地把它展现出来。文学不属于某个人，不属于某个作家。它是神祇的话音。如同外界的创造历来携带着是非，携带着不完善，竭力显露出来，这话音也在不同的地方，用不同的语言，从我们内心迸发出来。

1903 年 11 月

文学素材

纯粹为自己的欢乐而写作，不能称作文学。许多人用充满诗意的口吻说，犹如鸟儿情不自禁地啼唱，作家的作品中的激情，也是自然喷涌的，读者最好静心侧耳谛听。

我不敢斩钉截铁地说，鸟儿的歌声中，没有吸引鸟族成员的动机。谁若坚持说没有，就没有吧，就此进行争论是枉费精力。但广大读者，无疑是作家的写作对象。

谁要是说这是虚伪，这种断言恐怕是不应该下的。母乳喂养的唯一对象，是自己的孩子。接着说"母乳是自行从乳房流溢的"这句话，我看不会有什么心理障碍吧。

沉默的诗兴和自发的感情冲动，文学中这两句废话，至今在某些人中间流传。称仰望天空，像天空一样默不做声的人为诗人，就像称烧不起来的木头为"火焰"一样。表达情感，其实就是诗意抒发，你心里有什么没有什么，和别人谈一谈，不会增加旁人的损失嘛。俗话说，库房里储存什么，让外面的人猜测，他们是不会高兴的。要紧的是，让他们手捧着甜食尝一尝。

文学中所谓自发的感情冲动，与此相似。必须肯定的是，作品，不是为作家个人写的。肯定了这一点，往下就可以谈评论了。

我们心中的情感有一种天然态势，即它想在不同的人心中感知自己。我们在自然界中看到，为了扩展，为了生存，动物一刻不停地在奋斗。一种生物依靠子孙繁衍，争抢比自己大许多倍的地盘，它的地盘越大，生活的权力就越多，它的生存就愈发真实。

人的情感也有这种企求。差别仅在于，生命的权力贯穿空间和时间，而情感的权力贯穿心灵和时间。

人的炽热愿望，从古至今，造成了多少暗示，多少语言，多少铭文，多少石雕，多少金属浇铸物品，多少皮革制品啊。在多少树皮上、叶片上、纸张上，用多少画笔、多少毛笔、多少钢笔、多少凿子，花费多少精力，从左到右，从右到左，从上到下，从一行到另一行，写了多少字啊。不是这样吗？凡是我想到的和感觉到的，都不会死灭。这一切，从一颗心到另一颗心，从一个时代到另一个时代，思考着，感知着，向前流动。我的房屋，我的家具，我的身心，我苦乐的元素，全将湮灭。只有我思考过的，我感知过的，依附于人的思想和人的智力，活在生灵的世界。

当从中亚戈壁沙漠的沙堆里挖掘到古代灭绝人群的被遗忘的残破典籍时，那陌生语言的不熟悉的字母里，释放出何等悲凉的情绪啊！是哪个时代哪个生灵心中的追求，此时此刻迫不及待地想进入我们的心中？写这些书的人，不在了，他写作所在的城镇村寨，绝迹了；但那些作家心中的情感，为了在别人的苦乐中得到培育，跨越了一个个时代，却无法作自我介绍，痛楚地伸出双手，默视着今人的脸。

孔雀王朝的皇帝阿育王

人世间最杰出的皇帝阿育王①，把想让一代代后人听见的他的话，镌刻在大山的石壁上。他心里暗忖，大山是不会死的，不会转移的；大山笔挺地站在无穷岁月的路边，把他的话，背给一个个新时代

---

① 阿育王（公元前304—232）是印度孔雀王朝的第三代君主。

的行人听。他把代他说话的重任，交给了大山。

大山不研究岁月的什么变迁，默默地载负着他的一番话。如今，哪儿是阿育王？哪儿是帕特里普尔①？哪儿是印度宗教鼎盛时期的光荣日子？可是大山至今用不流行的语言和被人忘却的字母，诉说着那番话。一年又一年，它在丛林里哀鸣。阿育王的豪言壮语，千百年来像哑巴似的，只用暗示呼唤人心。在这条路上，走过拉杰普特人②，走过帕坦人③，走过莫卧儿人④，马拉提人⑤的利剑，像闪电掠过地平线，留下毁灭性的破坏。没有人回应它的暗示。阿育王做梦也没有想到，大海彼岸有一座小岛。当他的工匠在石碑上刻下了他的敕令时，那岛上居住在丛林里的德鲁依教士⑥，把自己祈祷的激情，镌刻在无语的石柱上。几千年后，从那座岛上走来的一个外国人⑦，从跨越时代的哑默的暗示之索下，救出他的话语。多少个世纪之后，在一个外国人的帮助下，他的愿望实现了。他的愿望是，不管他是多么伟大的君主，不管他需要什么，不需要什么，不管他认为哪是恶，哪是善，他要把心里话告诉岁月之路上的旅人。他的心意累世经代站在路边，期望在人们的心里获得栖息之所。路上的行人，有的瞥了一眼他的夙愿，有的看也不看就离去了。

我回顾这段历史，并不意味着我称阿育王的铭文为文学。不过，它起码可以证明，什么是人心的主要愿望。我们雕刻石像，绘画，写诗，建造石庙；国内国外，世世代代作出不倦努力，不是别的，不过是一个

---

① 帕特里普尔是摩羯陀国的京城。

② 指居住在印度拉贾斯坦邦的居民。

③ 帕坦人是巴基斯坦西北地区的土著人。

④ 指印度莫卧儿帝国的居民。

⑤ 马拉提人是印度穆哈拉斯特罗邦的土著人。

⑥ 德鲁依教士是凯尔特人的祭司、法师或预言者。公元前5世纪至公元1世纪，凯尔特人散居在高卢、不列颠、爱尔兰等地。

⑦ 指英国学者詹姆斯普林塞普，他在19世纪30年代发现并解读了阿育王石柱铭文。

阿育王的铭文

人的心祈求在别人心中得到不朽。

希求在人心中万世不朽的东西，一般来说，与我们的短时需求和拼争，有着巨大差别。为满足一年的生活需求，我们播下水稻、玉米和小麦等农作物的种子。但如想造一片树林，就得收集许多树种。

寻求文学的永恒，是人们的志向。一些"爱国的"评论家感慨万端地说，目前缺少热销的文学作品，全国到处是的戏剧、小说和诗歌，可作家们却不以为然。因为，所谓热销的文学作品，可以满足一时的需求。可恰恰是不满足需求的文学作品，很可能具有更多的永恒性。

有些知识，一经宣传，达到目的，使命就结束了。在知识领域，人们的新发明，不断取代旧的发明。昨天对于学者来说还是无法理解的东西，今天对未成年的孩子来说，已不是新鲜的东西了。身着新装促发革命的真理，身着旧服就再也勾不起人们的一丝新奇感。如今在愚拙的人看来是极为熟悉的理论，昔日曾遇到学者设置的重重障碍。人们觉得这确实是咄咄怪事。

然而，心中的情感不会一经宣传就变得陈旧。

一次弄懂了的知识，用不着再去弄懂它。火是热的，太阳是圆的，水是液体，明白一次就够了。谁要是把它当作新的教学内容，再来教我们，我们就难以耐着性子听下去。但一次次体味情感，不会感到疲倦。太阳在东边升起，这句话吸引不了我们的心。但红日东升的美景和播布的欢愉，自创造生灵的第一天起到今日，在我们的心中从未黯淡。甚至这样的感受，越是古远，贯透的一代代人越多，它就越有深度，就越容易使我们感动。

所以，谁如果想让自己的某样东西，使别人感到新鲜，感到灿烂，从而永久存在，那他的首选应该是情感。而文学的主要支柱，不是知识，而是情感。

另外，知识这东西，可以从一种语言向另一种语言转移。把知识从原作取出，置放在另一种语言的文章中，往往增光添彩。不同的人用不同的语言和不同的方法，宣传相同的内容，完全可以达到预期的效果。

但这绝对不适用于情感。情感不可能脱离自己的载体。

知识必须论证，可情感应当鲜活。为此，需要各种各样的象征暗示，需要各种各样的技巧手法。光解释不行，必须进行创造。

充满技巧的作品，就像情感的躯体。在这个躯体中，情感的抒写，体现作家的个性。按照这躯体的性质和形态，他表现的情感，受到读者的称赞。借助于躯体的力量，情感在人们心中和岁月中扩散。

生命完全依赖躯体。它不像水，可以从一只杯子倒进另一只杯子。生命和躯体，融为一体，同存共荣。

情感、内容和理论，是属于大众的。一个人不能表达，过些日子，另一个人会去表达。但作品完全是作家个人的。一个人的作品和另一个人的作品，不可能雷同。所以，作家以恰当的形式活在作品中，而不是活在内容和情感中。

当然，所谓作品，同时包括情感和情感表现方法。特别是情感表现方法，属于作家个人。

谈及池塘，脑子里立刻同时浮现挖的大坑和大坑里的水。可什么是它的成就呢？水不是人造的，水是天生的。为了让老百姓享用水，发明长期保存水的方法，则是人的成就。情感是芸芸众生的，但选择特殊的体裁，把它变为所有人快乐的元素的方法和作品，是作家的功劳。

由此可见，培植富于个性的情感，让个人的情感成为所有人的情感，就是文学，就是艺术。碳元素广泛存在于水中、陆地上和空气中的各种各样的物质中。树木首先依靠隐秘的力量，以特殊的形式，把碳元素转变为自己的成分。正是靠这种方法，碳元素成为民众以特殊方法长期享用的东西。树木不光提供食物和热量，还散布美、绿荫和健康。

由此可见，把民众的东西以特殊方式转变为自己的东西，再以特殊方式把自己的东西转变为民众的东西，就是文学创作过程。

如果这个论断成立的话，知识必然自动退出文学。因为，英语中所谓的真实（Truth），孟加拉语中我们称之为 shotto，它是我们可凭才智认知的东西，应脱离个人的特性。真实超越个体，如纯金白玉，没有杂质。地心引力对我和对别人，是一样的。在它上面，没有落上各种心灵的色彩新奇的影子的可能性。

有些东西，为了进入别人心中，向天才之心祈求情调、色彩和暗示，它若不被我们的心重新塑造，就不能在别人的心中生存，这些东西，就是文学素材。它与体裁、情思、语言、乐音和韵律浑然交融，才能存活。它是属于个人的，不能发现，不能模仿，它是创造。所以，它一旦展现，它的形态就不可能再变了。它的整体，依赖于它的每个部分。一旦出现偏差，就文学角度而言，它就是低下的。

1903 年

文学批评

我们坐在家里欢笑或痛哭时，从未想过，笑声应该更大一点儿，或者哭声怎么不知不觉小了。但要在别人面前表示欢乐或痛苦时，表情和心情是不可能完全一致的

一个丧儿的母亲，夜里号啕大哭，打碎了全村的睡眠时，她不光表达丧儿的悲恸，其实也想昭示痛苦的光荣。人一般不用对自己说明自己的苦乐，可对他人表示是必要的。所以，比起表达悲恸所需的正常哭泣，得用更高的哭声显示悲恸，不这么做是不行的。

说这是虚伪而一概加以排斥，是不公允的。显示悲恸，是表达悲恸的正常组成部分。她也许心里想：我儿子的价值，对我来说是很高的，他的离去，是一桩多么悲惨的事情，别人是理解不了的；他不在了，世界上其他所有的人，照样心情十分轻松地吃饭，睡觉，到公司上班。人世对她儿子的冷漠，是对悲痛欲绝的母亲的沉重打击。于是，她就以更强烈的悲恸，对世界宣告她损失的巨大，似乎想以此表明儿子的尊荣。

属于自己的悲恸，受到正常的节制。而对他人展示的悲恸，往往突破合理的界限。有了以自己的悲痛打动别人麻木的心的正常欲望，就会采取不正常的行动

不啻悲伤，我们大部分心情都有两种表现形式：对自己的表现形式和对他人的表现形式。把我个人的心情，转化为大家的心情，既带来安慰，又带来荣誉。某件事，使我寝食不宁，而你冷若冰霜，你这种态度，我当然不喜欢。

因为，若不被各种人所证实，真实往往站不住脚。如果我看到的天空是黄色的，而别人都没有看见，那只能说明我患了眼疾了，这是我体

弱的表征。

我心情悲痛，世界上对我表示同情的人越多，我悲痛的真实性就越被确认。于是我深切地感到，我不虚弱，我没有生病，我没有疯癫。我在大家心中证明我的悲痛是真实的，为此，我感到特别欣慰。

告诉大家一样蓝的物品是蓝的，不是难事。但让大家认同我的苦乐也是他们的苦乐，我的好恶也是他们的好恶，就很难了。在那种情况下，单单表达一下自己的情感，是不够的。情感表达必须声情并茂，让别人感到这确实是真的。

所以，在这儿稍微过分一点是可能的。从远处展示一样东西，把它弄大一些是必要的。到底弄多大，应遵从真实的旨令。否则，展示的东西小了几分，虚假就是几分。应该把它弄大一些，以确保它的真实性。

我的苦乐对我来说，一清二楚，可对你来说，就不清楚了。你远离我，必须算出你我之间的距离，把我的话稍加放大，再对你说。

以适当扩大的方式维护真实的能力中，能看到文学家的真正才华。厘毫不差的临摹，不是文学。

因为，我在自然界看到的一切，对我来说是直观之物，我的感官可以作证。文学中展示的一切，尽管是天然的，却不是直观的。所以，文学中应弥补直观的欠缺。

泰戈尔在写作

自然真实和文学真实的差别，从这儿开始。文学母亲的哭泣和自然母亲的哭泣，是不一样的。然而，文学母亲的哭泣，不是假的。自然母亲的哭泣，首先是可观的，她的悲伤通过形态、暗示、声音和四周的景致，以及悲惨事件的实证，及时传递给我们，引起我们的同情。其次，自然母亲不能充分表达自己的悲恸，她没有这种表达能力，也没有表达的氛围。

由此可见，文学不是自然的一面镜子。不光文学，任何艺术，都不是自然的单纯模仿。在自然界中，我们可以直接感知，可在文学和其他艺术中，我们认知的，是非直观的东西。在这儿双方成为彼此的镜子，就将一事无成。

由于直观的欠缺，文学必须采用韵律和语言修饰的各种工具。于是，作品的内容表面上有些失真，可本质上比自然现象更加真实。

在这儿，使用"更加真实"这四个字，具有特殊意义。自然真实，与人的情感相关联，是破碎的、短时的。人世的波涛此起彼伏，一个波涛眼看着压到另一个波涛的肩上，它们中间没有主次之分，"微小"和"高大"，肩靠着肩，身贴着身，推搡着游逛。在自然的宏大舞台上，当我们观看人的情感表演时，我们进行选择，删除许多东西，用猜测作很多补充，以想象进行大量创作。即使是一位近亲，我们也不能洞悉他的一切。我们的记忆，像一个熟练的文学家，删除他的许多成分。他大大小小所有的组成部分，假如平等地丝毫不差地占有我们的记忆，那么在这一堆东西中间，他的真相就会被压扁；收留他所有的东西，我们就不能真切地看见这位近亲。相识的含义在于，该舍弃的就舍弃，该接受的就接受。

看来还得进一步阐述。综上所述，即使是近亲，我们也只看到他很小的一部分东西。我们对他生活的大部分情况，一无所知。我们不是他的影子，也不是他心灵的主宰。他的许多东西，我们看不见。在空白的那部分上面，我们让想象大显身手。填补了缝隙，我们在心里画一幅他完整的肖像。要是我们对某一个人无从施展想象，他人生的空缺部分原封不动地在我们面前呈现，我们手上只有他可观的部分，不可观的部分，我们看不清楚，模模糊糊，那我们就无从了解他，或者了解甚微。世界上大部分人，在我们眼前，就是这样的影子，几乎是不真实的。我们知道他们中间有的人是律师，有的人是医生，有的人是店主，而作为人，我们并不了解。换句话说，我们了解最多的，是他们和我们在表面上的关系；他们内心更重要的东西，没有得到我们的关注。

文学力图把想告诉我们的一切完整地告诉我们。换言之，它保留"精华"，删除"杂芜"，让"大"、"小"各得其位，填补空白，使"松散"变成"结实"，昂然矗立。凡是心灵想在自然界公平的繁复中做的事情，文学都想做成。心灵不是自然的镜子，文学也不是自然的镜子。心灵把自然界的景物变成精神元素，文学则把精神元素变成文学元素。

两者的工作方式大体是一样的。只是因为某些特殊原因，使两者产生差别。心灵进行创造，是为满足自己的需要，而文学进行创造，是为了给大家快乐。为自己的话，大致记载下来就行了。但为大家，必须从头至尾，条理分明地创造，在某个地方，以某种方式，在充沛的阳光下展示，让大家清楚地看到全貌。心灵通常在自然界采集，而文学在心灵中积蓄。想让心灵的东西在外面结果，尤其应有创造力。就这样，从自然反映到心灵，从心灵反映到文学，这种过程是远离模仿的。

在真正的文学中，我们试图使我们的想象和我们的苦乐，不仅存在于当今时代，而且存在于千世万代。它们的数量，应该与浩大的存在之地相匹配。把从短暂时光中收集的材料，为永久生存而进行创造，使用短暂时光的标尺，是断不可取的。基于这个原因，高雅文学，与当今时代，与窄小的人世，在数量上是有差距的。

把内心的变为外在的，把情感的变为语言的，把自己的变为人类的，把瞬间的变为永恒的，这就是文学创作。

心灵与自然的关系，包括心灵与文学家的天才的关系。称那样的天才为世界人类的心灵，是无可指谪的。心灵从自然界收集自己的东西，在这个心灵中，人类的心灵重新选择自己的东西，为自己进行创造。

我知道，这话说得相当艰涩。下面我尽量说得清晰一点儿。能不能成功，没有把握。

我们在自己的心中，感受到两种东西。一是我们的个性，二是我们的人性。我的房间假如有意识，通过冥想，它能感知自己内部的狭小空间和与之相关联的无限空间。我们内心的个性和人性，与之相似。两者之间，假如垒砌穿不透的墙壁，那么，灵魂就只得蜗居在枯井里了。

真正的文学家的心中，如果个性和人性之间有差异的话，那是想象的玻璃在透明度上的差异。透过差异，彼此相识的障碍，是不存在的。这样的玻璃，可以用于制造望远镜或显微镜。它使模糊变成清晰，使遥远变为毗邻。

文学家的人性是创造者。它把作家的个性变为自己的一部分，把片刻变为恒久，把部分变为整体。

心灵的工厂，建在自然之上，世界之心的工厂，建在个体心灵之上——文学源自上面工厂的底部。

前面我已说过，一谈心灵王国的话题，评判真实就很困难了。证明黑的东西是黑的，很容易，因为在绝大多数人面前，它肯定是黑的。但证明好的事物是好的，就不那么容易了。因为此时此地找到大部分人的观点一致的证据，相当困难。

还有其他许多麻烦接踵而至。大部分人觉得好的事物，果真好么？抑或，对于某个教派来说，它确是好的？

如果把科学撇在一边，那么，关于自然物质，可以肯定地说，大部分人认为黑的东西，它确实是黑的。调查表明，这方面意见分歧的可能性极小，不必收集更多的证据。

但是，好的事物真好吗？好到什么程度？意见分歧很大。为此，应收集哪方面的证据，也很难确定下来。

尤为困难的是，文学家不只为当代从事高尚的创作，永世的人类社会是他们的服务对象。为现在和未来写的作品，在当下如何找到评判它的大部分证据和评判者？

经常可以看到，某些地域性的应时之作，在大部分人中间，赢得最尊贵的席位。统计一下某一时段的证人人数，进行文学评判，不公正的可能性极大。所以，文学的目标应超越今时，定在永世之上。

绵绵不绝的时代里，人们的各种教育、情感和境况，尽管不断发生变化，但那些维护自己荣誉的作品，经受了烈火的考验①。我们的心灵是不容易看见的，把心灵限制在很短的一段时间内，对它进行观照，那么在不停的运动中，我们就很难收集到心灵究竟永久还是短时生存的证据。所以应在浩茫岁月的观察室里，考察人的精神产品。除此之外，没有其他鉴别的有效方法。

但是，如果没有切实可行的方法，文学中就会出现无政府状态。在高等法院的上诉法庭里，不可能重审审判法庭的全部案子。文苑中，审判法庭的案件审理不会停止。而上诉法庭的终审，是一个极其漫长的过程。这期间可能宣布模棱两可的判决，即使面对不公正的判决，人们也束无手策。

悉多经受烈火考验

---

① 典出史诗《罗摩衍那》，罗摩救出被十首王罗波那关押在楞迦岛的悉多，但对她的贞操表达怀疑，让她跳进烈火接受考验。结果悉多完好无损，说明她是贞洁的。

文学评论的天才，和自由的文学创作中的一个个天才一样，成为所有时代的代表，获得所有时代的珍贵席位。他们具有剖析一个个作者创作的一部部作品的非同寻常的才华。那些短命的浅薄作品，欺骗不了他们。而那些永恒的作品，他们一眼就认出来。他们了解永恒的文学作品，自觉或不自觉地把作品永恒的标志融入他们的内心。得益于天赋和接受的教育，他们有资格获得永世的评论家的位子。

另外有一种做交易的评论者。他们掌握了一些书本知识。他们坐在文艺女神的宫殿门口，吆三喝五，指手画脚，干着贿赂和中伤的勾当。他们对内宫一无所知。他们经常一看到两匹马拉的豪华马车和挂表的金链，就诚惶诚恐。但住在内宫的文艺女神的许多亲戚，衣着朴素，像穷人一样走到文艺女神身边。文艺女神把他们搂在胸前，吻他们的额头。他们身上的一些尘土有时不小心落在她洁净的裙衫上，她微笑着拂去尘土。虽说他们身上有尘土，文艺女神照样把他们搂在怀里。可门口那些听差见了哪种标志能认出他们呢？他们只认服饰不认人。他们只会捣乱，挑不动评论的重担。承担欢迎文艺女神的责任的人，也是文艺女神的儿女。他们是女神的家庭成员，了解家庭成员的地位。

1903 年

美　感

　　印度人步入青春之门，就得出家修行，以规则和克制塑造人生。一提到印度这条古训，许多人心里就反感地嘀咕：这可是极其严格的苦行。即使修行造就意志极为坚定的人，即使扯断欲望之索，造就一个苦行僧，但修行中哪有情味①呀？文学、绘画、音乐都到哪儿去了？如果想把人塑造得完美，美的熏陶不可缺少。

　　这话说得对。我需要美。自杀从来不是修行的课程。灵魂升华，才是修行的目的。事实上，在学习期间，修行并非枯燥乏味。农民吃苦受累，不是为了把农田变成荒漠。农民扶犁耕地，用耙捣碎土疙瘩，荷锄除草，把农田整得平整利索。无知的人看了可能心里想，这是折磨土地。但只有这样做，才能五谷丰登。同样，要成为品尝人生趣味的人，一开始也得干这种"辛苦的农活儿"。在人生趣味之路上，有许多让人迷路的假象。谁想躲过路上所有的危险，赢得完美，就得遵守规则，保持克制。为了品尝人生真味，必须耐得住寂寞孤独。

　　人们的不幸在于，目标经常被歪风邪气所淹没。学唱歌的人，学会了装腔作势。想成为富翁的人，拼命攒钱，成了吝啬鬼。想为国效力的人，使某个组织的章程顺利通过，就觉得大功告成。

　　同时，我们又常常看到，最终目的所在之地布满规则和克制。认为规则就是收获就是德行的人，不顾一切地追寻规则。对规则的渴求，使

---

　　① 按照印度诗学理论，情味有八种，即滑稽味、悲悯味、奇异味、厌恶味、宁静味、暴戾味、英勇味和恐惧味。

常言的六大情绪①增加到七种。

这是脾性古板的表征。人一着手积蓄，就不想停下来。听说英国许多人像疯子似的，收藏国内外打上邮戳的邮票。他们到处寻找，不知花了多少钱。沉迷于这般收藏之风，有的人收集中国的瓷器，有的收藏旧鞋。甚至有人一直走到北极点，在那儿插上一面旗子，这也算是个典型事例。那儿除了冰雪，没有别的东西。但他们心里绝无中止探险的念头。有的人着了迷似的，丈量他走到离北极点几英里的地方。登山者则认为攀登越高，成就越大。为了这虚名，有的人遇难。他们还强迫许多不情愿的脚夫为他们卖命，始终不肯停下脚步。

他们觉得，花费越多，越是精疲力竭，这种不必要的收藏和不停地夺取胜利的光荣就越辉煌。而对严格规则的"执著追求"，也计算受了多少累吃了多少苦，从中品味乐趣。如果开初躺在硬板床上，那接着就是在地上铺条床单，再下来就是铺一条披肩，以后连披肩也不要了，索性躺在地上的欲望，越来越强烈。视苦修为收获良多，最后以自残为终结。这不是别的，不过是把节制变为一种狂热而已。本想解开脖子上的绳索，却让绳索勒死了。

所以，如果仅把遵循规则当作终极追求，那么，只会增大残酷的压力，把压碎的美感从本性中挤出来，这是毋庸置疑的。但我们如果着眼于获得完美，恰如其分地保持克制，那么人性的任何元素非但不会受到伤害，反而能够趋于丰满。

问题在于，基础应当坚固。否则，上面就造不成房子。基础承载重物，给重物以形体，一般是坚实的。不管人的躯体多么柔软，假如没有骨骼支撑，那就是一团肉，成不了形体。同样，知识的基础，乐趣的基础，也应该坚固。知识的基础不坚固，它就是飘忽的梦。乐趣的基础不坚固，它就是疯狂和狂热。

这坚固的基础，就是克制。它中间有辨析，有毅力，有奉献精神，

---

① 印度人所谓的六大情绪是：爱恋、愤怒、贪婪、痴迷、疯癫和嫉妒。

还有冷峻的坚定。它像大神，一只手施惠，另一只手破坏。这样的克制在创造之时是坚定的，在破坏之时也是刚强的。充分享受美，需要这样的克制。否则，如同一个小孩，端着饭碗，饭菜往身上抹，落了一地，只有一点儿饭菜进入肚子，效果与父母的期望完全相反，我们享受物品，也是这样，把东西往身上抹，结果一无所获。

美的创造，不是胡思乱想。没有人为点燃晚灯在房间里到处放火。这样稍不注意，火就会脱离手的控制。因此，想照亮房间，必须有效地控制火种。兴致也是如此。如果让兴致完全燃烧起来，它就会把只需要耀亮的美烧成灰烬；去摘花的话，就会把花撕碎扔在地上。

确实，人世间我们饥饿的"兴致"端着乞钵静坐的地方附近，时常可以看到美的培植。水果不光能填饱我们的肚子，在色香味三个方面，它也是美的。即使一点儿也不美，也可吃了充饥。尽管我们有巨大的生存需求，可除了吃饱肚子，从享受美的角度而言，它也为我们提供快乐。这是需求之外我们又一大收获。

世界上被称为我们高层次收益的美，把我们的心灵引向何处呢？我们看到，美尽力使人消除饥渴的本能欲望不成为主宰我们的神，使它缠绕我们的心灵的绳索稍稍松弛一些。难近母①变为饥饿女神，怒气冲冲地说："没有什么可说的，我要吃掉你。"而美貌无比的吉祥天女②脸带微笑，倾洒甘露，遮住"紧迫需求"的发红的眼睛，将饥火压在

印度神话中的女神难近母

① 难近母是印度神话中降魔的女神，她有十只手，分别拿着各种武器。

② 印度教神话中，吉祥天女是保护大神毗湿奴之妻。

低层，在上面安排诱人的欢乐的盛宴。必不可少的需求之中，包含着对人的欺凌。但是美比需求高尚得多，因而能阻止对我们的欺凌。美在饥饿消除的同时，时刻播放一种高雅的音乐。所以以前那些毫不节制的野蛮者，如今变成了真正的人；只听从感官的指令的人，如今接受爱的约束。如今即使我们饥肠辘辘，我们也不会像牲畜和魔鬼那样，暴殄佳肴。没有优雅的氛围，我们的食欲荡然无存。总之，现在食欲不是太上皇，文雅使之温和。我们有时斥责孩子说："哎哎，瞧你吃饭像个馋鬼！吃相太难看了。"美节制我们的欲念，使我们与自然界不仅保持满足需求的关系，也保持欢乐的关系。从需求角度而言，我们是贫穷的，是被奴役的，而在欢乐方面，我们是自由的。

由此可见，美最终把人引向克制。人品尝了美给予的甘露，一天天战胜饥饿的粗野。有些人不认为不克制是祸根，心里不肯把它放弃，但愿意把当作不美而自动摈弃。

印度神话中的吉祥天女

如同美渐渐把我们引向文雅，引向克制，克制也深化着我们美的享受。静不下心来，我们就不能从美的本源汲取琼浆玉液。只有对丈夫感情专一的贞女，才能感知爱的真美。移情别恋的妻子是体会不到的。贞操，是心稳气定的克制，依凭克制，可以获得爱情深处幽秘的趣味。如果我们的爱美之心中没有贞操的克制，那会是怎样的情形呢？那它只能在美的外面烦躁地转来转去，误认为疯狂就是快乐；它认为一旦获得就能捐弃别的一切，并让自己安分的东西，其实是不能得到的。真正的美，在专注的探求者面前，是显现的，可在贪婪的享乐者面前，是不显现的。馋鬼成不了美食家。

波索国王对年轻的隐士乌坦克说："走进后宫吧，你会看见王后的。"但乌坦克进入后宫，没有见到王后。心地不洁的人，是见不到贞女的。当时乌坦克是品行不端的人。

世界所有美的所有荣誉的后宫里，居住着贞洁的吉祥天女。她也在我们面前，但品行不端的话，是看不见她的。当我们在奢侈中沉浮，享受成瘾，晕晕乎乎时，她身着世界的阳光之衣，消失在我们的视线之外。

我说这番话，不是宣传宗教教义。我是从欢乐的角度，从英语中所谓的 Art（艺术）角度，说这番话的。印度的典籍中也有论述，不只为宗教，为幸福也应克制。换句话说，你要实现你的愿望，就应把愿望置于控制之中。你要享受美，就应抑制享乐的欲念，保持纯洁，心情平和。如果不懂得驾驭欲望，错误地把实现欲望当作美的享受，势必以为用双手压挤心灵，就能得到了美。因此我说过，正确地培养美感，必须进行苦修。

很难被他人说服的人，突然起了疑心，说，这完全是诗意描述嘛。他们还说，在人世间我们经常看到，那些艺术才华横溢、创造美的大家中间，许多人没有为后人树立克制的榜样。他们的传记不值得一读。

所以，收起你的诗情画意，当下急需讨论的是客观真实。

我以为，我们为什么如此相信客观事实呢？因为它是看得见的。但在许多地方，我们所说的有关人的客观事实，大部分我们看不见。看到了一点儿，心里就想，我已看到了全部。于是，关于一个人的真实情况，有人说是白的，有人说是灰的，还有人竟然说是黑的。有人称拿破仑①是神，有人则说他是恶魔。有人称阿克巴②是爱护臣民的一代明君，

---

① 拿破仑一世（1769—1821）是法国资产阶级政治家和军事家，法兰西第一帝国皇帝。

② 阿克巴（1542—1605）是印度莫卧儿帝国第三代皇帝。

有人则说在印度教徒眼里，他坏事做绝，恶贯满盈。有人说种姓差异保护了印度教社会，有人则说种姓制度毁了我们的一切。然而，双方都声称自己说的是客观事实。

莫卧儿皇帝阿克巴

事实上，关于一个人，在同一个地方，我们看到许多相反的评说。在对人观察到的一部分中产出的各种歧义，肯定与观察不到的那部分有着内在联系。所以，客观真实并非在观察到的那部分之上浮现，而是沉浸在观察不到的那部分中间。因此，才有这么多的争论，这么多的派别，开展同样的一段历史研究，不得不为观点对立的两派委任律师。

关于才华横溢的名人大师，我们看到的评价大相径庭的地方，也不是声称掌握了客观真实，突然说一些尖锐对立的话就可了结争论的。"美的创造来自软弱，来自浮躁，来自放任自流。"这是极端自相矛盾的话。证明了客观事实，我们仍可以争辩说，肯定没有找到所有的证人，关键的证人逃走了，藏起来了。如果看到一伙强盗发了大财，也不可以在发财这个客观事实的支持下，得出结论：杀人越货是致富的方法。这时不用证据就可以说，强盗暂时发了财，根本原因，是他们内部是团结的，也就是说，他们彼此是遵守行规的。当他们的钱财挥霍殆尽时，我们不会说，他们的内部团结是钱财耗尽的原委，而会说，彼此不讲信义，是他们散伙的原因。如果我们看到一个人，做生意挣一大笔钱，之后大肆挥霍，那我们不会说，挥霍金钱的人，深谙敛财之道。而会说，在挣钱这件事上他是精明的，他比一般人有更多的自制力和审时度势的能力。在挥霍金钱之时，他花钱的欲望撇开了精打细算的理性。

事实上，具有艺术才华的名人文豪，注意修身养性，不为所欲为，有自制力，才是名副其实的名人文豪。只有极少数人，意志极为坚强，能够百分之百地践行道德标准。稍稍偏离道德规范，往往在所难免。因为，我们大家正从卑微走向完美，尚未臻于完美。生活中我们创造恒久的高雅的东西，借助的是对正道的认知，而不是道德偏离。文人墨客进行艺术创作，也在展示他们的品德。一旦他们摧残人生，他们的品德缺失也会暴露出来。他们心中有美好的道德理想，他们被情欲拉到它的对立面时，异常痛苦。创造需要克制，破坏需要的是放纵。受纳应当克制，学习说谎需要的是信口开河。

这儿可能会引来质疑，展示美的才能和品行上的不检点同时在同一个人身上，这不是意味着让我们看见老虎和黄牛在同一条码头石阶上饮水么？

不错，老虎和黄牛不在同一条码头石阶上饮水。但什么时候能同饮呢？大概要到他们都达到至善至美的境界的时候。不过在幼小的时候，它们是能在一起玩耍的。长大了，老虎擅长扑食，而黄牛一溜烟儿地逃跑了。

同样，美感中包含的成熟的情愫，任何时候，不能与暴躁的欲望和内心的放纵同存共处。两者是对立的。

你要是问为何两者对立，那让我告诉你原因。先举一个例子。众友仙人①与梵天②竞争，又创造了一个世界。那是他愤怒的创造，傲慢的创造。所以那个世界与梵天的世界格格不入。他凶狠地撞击它，使它变得杂乱怪异。他与他的世界不合拍，不协调。他折磨它，最终自己受到伤害，一命呜呼。

---

①　众友仙人系印度神话传说中的仙人。在史诗《罗摩衍那》中他是罗摩的师父。

②　梵天系印度神话中的创造大神。

我们的欲望过分炽热的话，就仿佛自己在进行创造，与梵天的世界相对抗，这时与周围的一切就无法融洽。我们的愤怒，我们的贪婪，在自己的周围，造成种种变态，其间渺小变得崇高，崇高变得渺小；错认为瞬间的是永久的，视而不见真正的永久之物。我们对之产生贪欲的东西，被我们弄得如此虚假，并用它遮掩住阔大的真实，连太阳月亮也被遮得黯然无光。我们这种"创造"，必然与梵天发生对抗。

想一想吧，一条大河向前流淌，每个波浪独自高昂着头，可所有的波浪融为一体，歌唱着流向同一个大海。波浪互不阻拦。但旅程中任何地方受阻，形成漩涡，就会在同一地点疯狂旋转，妄图阻止流动，沉入河底。它在大河的流淌和愿望中，造成阻碍，既不能长存，也不能前行。

我们的某种欲望一旦疯癫，也会把我们拉出人世之河，在一个点上旋转，挨打。我们的心灵被束缚在一个中心的四周，既想把自己的一切丢在那儿，也想损害别人的一切。在疯癫的状态中，一个派别的人，只看见一种美。甚至，我认为，欧洲文学中，欲望的旋转舞蹈，是毁灭的狂欢，没有结局，没有安宁，从中似乎得到了过多的快感。但我们不能称之为教育的完善，它是本性的变态。在窄小的范围内观察，突然觉得它令人陶醉，但把它与世界对比，它与美的矛盾，就会映入眼帘。酒会上，酒鬼忘记整个世界，觉得酒会就是天国乐园。但不醉的旁观者，把它与周围的世界比较一下，就能发现它可怕的荒唐。当我们的欲望胡作非为时，闪射出一种不正常的眩光，但在宏大的世界中间，把它举着审视，立刻发现它的丑陋。由此可见，不能镇定地将崇高与渺小，整体与个体比较的人，误认为亢奋是快乐，变态是美。所以，想完整地获得美感，心灵必须平静，心浮气躁，是无法获得的。

接下来分析一下完整的美感向哪个方向延伸。

此前有过这样的情形，野蛮民族称之为美而倍加珍惜的物品，被文明民族抛到一边。主要原因是，文明人的心灵从不待在野蛮人的心灵所在的狭小范围之中。在身心内外，在时光和空间里，文明民族的世界极其宏阔，它的组成部分极其丰富多彩。所以，野蛮人的世界和文明人的世界里，事物的标准和分量，是不一样的。

不懂绘画艺术的人，看到画布上抹的颜色，或乱七八糟的草图，惊喜不已。他不把画放在更大范围内加以审视。他缺乏驾驭感官的高层次的辨析智力。凡是首先对他打招呼的，他都钦佩得五体投地。看见王宫门口门卫的帽徽和满脸胡子，就认为他是地位最高的人，对他敬慕不已，感到没有必要跨过大门走进王宫了。但不那么土里土气的人，是不容易迷惑的。他知道，门卫的威严一瞬间确实夺人眼球，可他没有更引人注目的威严。国王的威严不单引人注目，更应用心去察看。国王的威严中交织着威力、沉稳和庄重。

但有鉴赏力的人，不会看到画布上浓艳的色彩就动容。他寻找画面上重点与次要，中央与四周，前面与后面的协调。色彩吸引视线，可观察协调要用心思。以深邃的目光审视，得到的快乐也更淳厚。

所以那些艺术高手，不注重低级的外在华丽。他们的创作中似有冷峻的韵致。他们创作的古典乐曲，没有装饰性乐音。猛一看作品表面的浅易，缺乏审美眼光的人，就想把它抛在一边。然而，它纯洁的平易中深厚的蕴藏，给别具慧眼的行家的心以巨大快乐。

由此可见，光以肉眼观察是不够的。不投以肉眼后面心灵的目光，美就不能看得很清晰。获得心灵的目光，需要接受专门的教育。

心灵也有多个层次。我们把心中的情感与单以理性判断看到的东西结合起来，它的范围就扩大了。动用了认识本性的智慧，目光就能投向更远的地方。而精神目光一旦开启，视野便无边无际。

所以，占有我们大部分心灵的观察中，我们得到极大满足。较之花朵的美丽，人的面容更加吸引我们。因为人的面孔，不光有五官的和谐，还闪烁着灵性的光辉，展现聪慧，透露内心的温善。它拥有我们的悟性、才智和心灵，不会在很短时间内离我们而去。

人中俊杰，在凡世以天帝的福祉的面貌出现，把我们拉到内心世界极远的所在，在那儿我们寻不到边际。例如，王子罗摩为思考消除臣民的痛苦之道，离开王国，使深受感动的人写出多少颂诗，画了多少画作，简直数不胜数。

对此持怀疑态度的人也许会质疑，你把美的话题，扯到道义上来了。何必把两者混为一谈？好就是好，美就是美。好事以一种方式吸引我们，美以另一种方式吸引我们。两者吸引的方式迥然不同，因此语言中给两者两个名字。凡是好事，肯定是需要的，且能感动我们，但凡是美的，为何也感动我们，我们说不清楚。

关于此事，我要说的是，善行使我们受益，所以我们说它是好的，可这句话不代表全部。名副其实的善行，满足我们的需求，它是美的。换句话说，在满足需求之外，它具有莫名的吸引力。道德学家从需求出发，以道德劝谕，宣传善举功德。而诗人通过不可言传的美的形象，对人们阐述善德。

《罗摩衍那》的主人公罗摩和罗什曼那

事实上，善行之所以是美的，并非因为它满足了我们的需求。米饭、衣服、鞋子、雨伞，是我们的日用品，可米饭、衣服、鞋子、雨伞在我们心中未激起审美愉悦。但罗什曼那跟随兄长罗摩，进入原始森林栖居受苦的故事，在我们的心弦上弹响手足之情的颂曲。这是可以以优美的语言，以悠扬的旋律，以高超的手法布局抒写、永久保存的传世之作。我们这样说，并非因为弟弟侍奉大哥是社会中的一件好事，而是因为它是美的。为何美呢？因为善行与整个世界极为和谐，与所有人的心灵有着神秘的一致。我们看到善行和真实的完全统一，它的美，就躲不过我们眼睛了。悲悯是美，宽容是美，爱情是美，堪与百瓣莲花和圆月相媲美。和百瓣莲花和圆月一样，它在自身和四周的环境中，具有一种没有对抗的和谐。它与万物是相得益彰的。印度的《往世书》中，吉祥天女不单是美神和财富女神，也是功德女神。美的形象是善德的完美本相，善德的形象也是美的完美本相。

现在，让我们分析一下美和善完全统一的地方的情况吧。我们首先看到，美是高于需求的。所以我们称它为财富。所以它使我们摆脱追逐利益的精神缺失，在大爱中获得解脱。

我们在善行中也看那样的财富。当我们看到某个英雄为了道义放弃私利，献出生命时，映入我们眼帘的一种珍奇，比我们的苦乐更巨大，比我们的利益更重要，比我们的生命更崇伟。善行依凭自己的财富，不再把损失和悲痛当作损失和悲痛。牺牲个人利益不会给他带来损失。所以善行和美一样，鼓励我们作出自我牺牲。美在世事中，而善行在人的生活中，显示天帝的财富。善行不只让肉眼看到美，不只让心智理解美，而是更近地把它带到人们的身边。它把天帝之物变成凡人之物。事实上，善是人们面前最含蓄的美。所以，我们经常不容易明了它就是美。可一旦明了，我们的心就像雨季的大河一样丰满起来，看不到有比它更迷人的东西。

你用鲜花、绿叶、灯烛、金盘银盘装饰餐厅，当然很好，但应邀的出席宴会的客人，如果得不到东道主的热情欢迎，真诚款待，那么所有富丽的陈设和名菜佳肴，对他来说就等于零。因为，真诚才是内心的财富，才是内心的富有。由衷的甜蜜微笑，亲切的话语，温文尔雅的举止，是如此之美，能使当盘使用的香蕉叶比金盘更加珍贵。我不敢说，所有人会有这样的看法。我们看到许多人，在菜肴极其丰盛的宴会上即使受到冷落，依然打算准时出席。为什么有这种现象呢？因为他们不懂宴会的重要意义和凝重的美。事实上，用餐和摆设，不是宴会的主体。如同花苞的花瓣在自身中间卷裹着，那些自私的人的骨气也一直蜷缩在自我中心的周围。某一天束缚松脱，让它面对他人，就像盛开的鲜花，他与别人欢聚中的至美，立刻朝着外部世界展开。祭祀内含的深邃的善德之美，不能完全看见的人，必然看重祭品的丰富和布置的华美。他难抑的欲望和享用分发的供品的贪欲，使他不能看清祭祀的神圣内涵。

印度的典籍云："宽容是强者的服饰。"不过，不是人人能够体会到显示宽容中的强大之美的。相反，一般愚蒙的人，看到强悍的霸道，才对强者肃然起敬。羞涩是女性的服饰。不过，比起华服之美，谁更多地看到羞颜之美呢？只有不是狭隘地观赏美的人。当狭小的展现的波浪，在广远的展现之中平静下来时，观看博大的美，必须站在高处远望。想这样审美，人需要接受教育，需要肃穆，需要内心的宁静。

印度古代的诗人，描写孕妇之美，从未流露出一丝犹豫。而欧洲的诗人，碰到这个题材往往感到羞怯。事实上，孕妇的柔美不会引发目光的盛会。当女性获得人生最大成功的时刻即将来临之时，对它的期待，使女性形象充满光荣。对孕妇之画观察，奢望的眼睛的不满足，由心中的尊敬给予更多的补偿。

迦利陀娑名作《云使》中译本

倾洒了全部雨水，秋天的薄云，无端地乘风飘扬，夕阳的余晖落到它身上时，反射的斑斓色彩使人眼花缭乱。但雨季浓黑的新云，像奶水充足的黑母牛，载负着将下的雨水，缓缓前行，在它一团团水汽中，没有富丽色彩的变幻。它在四周浓密地遮掩着我们的心灵，不留下一条缝隙。它湿润的黛黑中，充盈消暑清热使大地重新清凉、清除农田的贫瘠、让清瘦的河流湖泊重又丰满的慷慨承诺。它默然移步，承负着功德圆满的凝重的情韵。迦利陀娑本可让春风当孤寂的药叉①的信使。人们普遍认为，他具有让春风当信使的诗才，尤其是南风无需逆行，只朝北方前进。然而，诗人喜欢雨季乍到的新云。新云消除人间的酷热，难道仅把情人的口信送到心上人的耳朵里？不，它一路上把种种完满注入河流、山脉和丛林。于是，金色花怒放，茄姆树上挂满累累黑浆果，一行大雁在天上飞翔。丰盈的河水汩汩地冲刷着岸边的藤蔓。在村寨里年轻媳妇温情目光的凝视下，雨季的天空格外迷人。诗人一步步把离人的口信传达与人世善举结合起来，使他那颗渴求美的心得到极大满足。

迦利陀娑的叙事诗《鸠摩罗出世》

迦利陀娑在《鸠摩罗出世》② 中不曾在突然提前来到的春天的盛会上，被爱神射的雨一般的花箭击中后的迷醉中，完成对毁灭大神和雪山神女终成眷族的描写。他首先往男女疯狂拥搂中燃起的毁灭般的烈火中倾倒了宁静之雨，之后再安排两者的结合。诗人以苦修之火，耀亮了柯丽③的爱情的最美好的形象。那儿，春天的花簇是黯淡的，杜鹃的歌鸣沉寂着。

在《沙恭达罗》④ 中，忠贞的沙恭达罗成了母亲，痛苦的修行中，

---

① 药叉是印度神话中掌管财富之神的俱毗罗的侍从。迦利陀娑的抒情长诗《云使》中，受贬谪的药叉委托雨云把口信捎给他的爱妻。

② 《鸠摩罗出世》是迦利陀娑另一部长篇叙事诗，叙述雪山神女经过苦修，打动毁灭大神，与之结合的经过。

③ 柯丽是雪山神女的名称之一。

④ 《沙恭达罗》是迦利陀娑创作的以沙恭达罗和国王豆扇陀的爱情为题材的名剧。

情欲冲动升华为端庄沉稳，后悔和宽容相融，王室夫妻的重逢，才意义深远。初次邂逅蕴涵着毁灭，再次相会意味着解脱。诗人在这两部诗作中，在安谧和善德中昭示美的完满，他的诗笔是淡雅的，他的心弦是平和的。

印度神话中的雪山神女

事实上，美臻于成熟之处，必然捐弃放浪形骸。花朵把色彩和芳香的繁复转变为果实浓郁的甜蜜，而成熟起来。这样的成熟中，美和善浑然一体。

目睹了美和善相融的人，任何时候不会把美与骄奢淫逸联系在一起。他的生活用品是简朴的，这并非因为他缺少审美情趣，而恰恰说明他拥有较多的审美情趣。

阿育王的御花园如今安在？我们如今看不到他王宫墙基的任何遗迹。但他建造的石塔和石柱，至今屹立在释迦牟尼悟道成佛的菩提树附近。他的艺术精品不同凡响。在佛祖发现消除人类痛苦之路的圣地，也是阿育王至善的纪念地，他在那儿高扬了艺术美。他未把自己的享乐演变为后人的祭品。印度多少陡峭的山岭上，多少杳无人烟的海边，我们看到多少寺庙，看到多少艺术装饰极为精美的名胜古迹啊！但何处有印度教国王穷奢极侈的宫殿的残痕？离开京城，在丛林山区建造美的雕像的原因是什么呢？答案是，人们在那儿通过自己的美的创造，对高于自己的一切，表达充满惊奇的虔诚。人创造的美，伫立着，高举双手对比自己更崇高的美表示敬意；以自己的神圣，默默地弘扬比自己更高洁的神圣。先人用沉默的艺术语言说："你看，睁大眼睛看，谁是美和伟大的化身。"绝对不会说："注意看，我是无与伦比的享乐者。"也不会说："去看看我在世时我游乐的地方吧，去看看我死了化为泥土的地方的荣耀吧。"

　　我不知道，古代印度教国王是否同样盛饰他们日日花天酒地的宫殿，不过可以肯定，印度教民族并未爱惜保护这些宫殿；为宣扬某些人的尊荣而建造的宫殿，与那些人一起统统化为了尘土。但人的伟力，人的虔诚，在把自己的美的珍品置于象征佛祖善德的菩提树的左侧，而感到无比荣幸，我们至今尽力保护位于崇山峻岭的人们朝拜欢聚的殿宇。

　　善与美的融合，毗湿奴与吉祥天女的结合，都是完美的。这样的见解隐藏在印度所有的文明之中。总有一天，美不被私利拘禁，不受嫉妒伤害，不被享乐腐蚀，而在安宁和善行之中，纯洁地展现。只要我们看不见脱离欲望和贪婪的美，就不能完整地看到它。在那种缺乏文化教养的、不节制的、局部的审视中，我们看到的东西，不会让我们满足，只会加剧我们的渴求；不会提供食物，而让人饮酒，损害饮食方面的健康趣味。

　　怀着这样的担忧，道德的宣传者劝诫人们从远处膜拜美，禁止人们踩踏索取之路，以免蒙受损失。但正确的劝导，应是告诉人们努力保持克制，以便获得掌控美的全部权力。印度传统的修行的目的就在于此，并非最终只让人厮守枯燥单调。

　　提到修行的话题，可能有人会问，修行的功果是什么？它的终结在哪儿？我们能够理解依靠感官做事和依靠感官汲取知识的动机，但美感缘何在我们心中占有一席之地呢？

　　回答这个问题，必须先简单讨论一下美感之路通往何方。

　　当美感只借助我们的感官时，我们认为美的东西，是很清楚的，一眼就看见了。在这种情形下，我们面前美和不美，两者的对立非常清晰。之后，心智也成为美感的助手时，美和不美的差别就远遁了。这时，吸引我们心灵的东西，也许一睁开眼，可能不觉得它适合进入视野。一旦看到初始和终了，主要和次要，一部分和另一部分之间的内在和谐，我们获得了乐趣，就不会再接受充当迷醉双眼的"美"的家丁的契约。之后，对善德的感悟也加进来，我们心灵的权力就越发扩大，美和不美的对立消失得更加无影无踪。在这种情境下，贤惠的贞女漂漂亮亮地出现了，当然不只是容貌俊俏。在耐心、勇气、宽容和爱情的光芒四射的地方，我们不认为有加添华丽色彩的必要性。在诗作《鸠摩罗出世》中，乔装打扮的毁灭大神湿婆站在乌玛①面前，大肆攻击湿婆的相貌、品行、年龄和才能时，乌玛平静地说："我的心完全沉浸在对他爱的琼浆中。"由此可见，寻求快乐，不需要任何奢侈品。在爱的琼浆中，美和不美的严酷壁垒荡然无存。

然而，在善德之中也有矛盾。对善德的感悟，留存了是非发生冲突的空间。但在这样的矛盾中，不可能有局部的终结。终结只有一个，而不是两个。只要大河流淌着，就需要两条河岸。但在流动终止的地方，只有无边的大海。大河的流动中存在矛盾，可在终结中矛盾化解了。取火的时候，要用两根木头摩擦，火燃起来，两根木头的摩擦自行停止。我们的美感，也有使感官愉悦和不愉悦的两种情况，我们的人生，也有造福和不造福两个方面，当两者摩擦的矛盾中，溅出火花，某一天充分燃烧起来，它所有的局部和震颤就消逝了。

那时是怎样的状态呢？矛盾消解，一切都是美的，本真和美融为一体。我们可以明了，对本真的恰切理解就是快乐，它的至高形式就是美。

在这个浮躁的世界，我们在哪儿品味本真呢？在我们心平气和的地方。路上的行人来来往往，对我们来说他们只是影子。对他们的认识十分浅薄，因而他们中间没有我们的快乐。而朋友在我们眼里是极为真实的，这样的真实给我们的心灵以憩息之所。对朋友的了解越是真切，给我们的快乐就越多。有的国家，我们只在地理书中知道他的名字，可那些国家的某些人，为本国献出生命。他们深爱自己的祖国，才会这样献身。对愚人来说极为可怕的知识，对聪明的人来说，可以从中获得极大的快乐，一辈子深入研究。总之，在认知真实的地方，我们看到了快

---

① 乌玛是雪山神女的名称之一。

乐。对真实残缺的理解，则造成快乐的匮乏。哪个真实中没有我们的快乐，我们只知道它是真实，而无从得到它。对我们来说，实实在在的真实中，有我们的爱，有我们的快乐。

这样理解的话，对本真的感知和对美的感知，就完全统一了。

人类所有的文学、音乐和美术自觉或不自觉地朝这个方面前进。人们在诗歌、绘画和其他艺术中，耀亮了真实。诗人把以前没有映入我们的眼帘、对我们来说是不真实的东西，呈现在我们眼前，扩大了我们真实王国和快乐王国的疆界。作家的文学作品，每日以真实的荣光发现所有渺小的被忽视的题材，赋予其艺术美。他只把熟人变成朋友，只把自己的神思引向看到的一切。

一位现代诗人说：Truth is beauty，beauty is truth（真实即美，美即真实）。印度身着洁白衣衫的文艺女神萨罗萨蒂，既是真实又是美的化身。《奥义书》云："展现的万物，是她的欢乐本相，是她的不朽本相。"从我们脚底下的尘颗到天上的星星，一切都是 Truth，一切都是 beauty。

目睹了真实的不朽欢乐本相，表现欢乐就成为诗歌文学的宗旨。我们只用肉眼观察真实时，不以聪慧把它擒获。但我们用心擒获了真实，就可在文学中表现它了。那么，文学难道不是技巧的创造，只是心灵的发现？文学中间有一部分是创造。心灵依凭自己的财富，用语言、声音或色彩，把发现的惊喜，发现的欢乐，记录下来。这中间有创作技巧；而这就是文学，这就是音乐，这就是绘画。

站在浩茫的沙漠中间，人类以

象岛石窟

两座金字塔的奇迹，为沙漠作了标记。人类在山坡上开凿艺术技巧精湛的石窟，为杳无人烟的荒岛海滨作了标记，大声说，这使我的心得到了满足；这个奇迹，就是孟买附近的象岛石窟①。面对东方，印度人看到了大海中日出的壮观景象，于是从几百里外运来石头，留下了双手合十膜拜太阳的一幕，这就是科纳拉克太阳神庙②。人类深切地认识了真实，也就是说，认识到真实是欢乐本相和不朽本相的地方，刻下了自己标志。这标志在有的地方是石雕，有的地方是庙宇，有的地方是圣地，有的地方是京城。文学也是这种标志。人心抵达世界的任何一个码头，就在那儿用语言奋力修建一个永久的圣地。如此这般，把世界之滨的所

科纳拉克太阳神庙

---

① 象岛石窟，位于印度孟买以东 6 公里的阿拉伯海上，印度中世纪印度教石窟。约建于 8 世纪。

② 科纳拉克太阳神庙，是印度 13 世纪最著名的婆罗门庙宇之一，位于奥里萨邦科纳拉克小镇上。

有地方，改造得可让人生之路上的旅人的心栖息和过往。人类在水域、陆地、天空，在秋季、春季、雨季，在宗教、世事、历史上，刻下隽永的印记，时刻呼唤人心追寻本真的优美形象。一个个国家，一个个时代，这样的印记，这样的呼唤，不断扩展。世界各地，人类假如不用文学镌刻这些印记，世界在我们的眼前将是多么狭小，只怕是我们难以想象的。如今我们看到的听到的世界，衍化为我们广袤的内心世界，主要原因，是人类的文学以心灵发现的标志，布满了大千世界。

其他科学能够证明真实是物质的恒定与变化的统一，真实是因果关系。但文学昭示的是，真实是快乐，真实是不朽。文学时刻在阐述《奥义书》中的一句话："他就是艺术趣味。"人品尝艺术趣味，是快乐的。

美

　　夕阳坠入地平线，西天燃烧着鲜红的霞光，一片宁静轻轻落在梵学书院娑罗树的枝梢上，晚风的吹拂也便弛缓起来。一种博大的美悄然充溢我的心头。对我来说，此时此刻已失落其界限，今日的黄昏延伸着，延伸着，融入无数时代前的邈远的一个黄昏。在印度历史上，那时确实存在隐士的修道院，每日喷薄而出的旭日，唤醒一座座净修林中的鸟啼和《娑摩吠陀》的颂歌。白日流逝，晚霞鲜艳的恬静的黄昏，召唤终年为祭火提供酥油的牛群，从芳草萋萋的河滨和山麓归返牛棚。印度那纯朴的生活，肃穆修行的时光，在今日静谧的暮天清晰地映现。

恒河平原上的壮丽景象

　　我忽然想起，我们的雅利安族祖先，一天也不曾忽视一望无际的恒河平原上日出和日落的壮丽景象。他们从未冷漠地送别晨夕和晚祷。每位瑜伽行者和每家的主人，都在心中热烈欢迎迷人的景色，他们把自然之美迎进了祭神的庙宇，以虔诚的目光注望美中涌溢的欢乐。他们抑制着激动，稳定着心绪，将朝霞和暮色溶入他们无限的遐想。我认为，他们在河流的交汇处，在海滩，在山峰上欣赏自然美景的地方，不曾营造自己享受的乐园；在他们开辟的圣地和留下的名胜古迹中，人与神浑然一体。

暮空中萦绕着我内心的祈祷：愿我以纯洁的目光瞻仰这美的伟大形象，不以享乐思想去黯淡去贬低世界的美，要学会以虔诚使之愈加真切和神圣。换句话说，要弃绝占有它的妄想，心中油然萌发为它献身的决心

我又觉得，认识到真实的美，美的崇伟，不是件容易的事。我们摈弃许多东西，把厌烦的许多东西推得远远的，对许多矛盾视而不见，在合乎心意的狭小范围内，把美当作时髦的奢侈品。我们妄图让世界艺术女神沦为女婢，羞辱她，失去了她，同时也丧失了我们的福祉。

撇开人的好恶去观察，世界本性并不复杂，很容易窥见其中的美和神灵。将察看局部发现的矛盾和形变，掺入整体之中，就不难看到一种恢宏的和谐。

然而，我们不能像对待自然那样对待人。周围的每个人离我们太近，我们以特别挑剔的目光夸大地看待他的小疵。他短时的微不足道的缺点，在我们的感情中往往变成非常严重的过错。贪欲、愤怒、恐惧、忧愁妨碍我们全面地看人，而让我们在他人的小毛病中摇摆不定。所以我们很容易在寥廓的暮空发现美，而在俗人的世界却不容易发现。

今日黄昏，不费一点力气，我们见到了宇宙的美妙形象。宇宙的拥有者亲手把完整的美捧到我们的眼前。如果我们仔细剖析，进入它的内部，扑面而来的是数不清的奇迹。此刻，无垠的暮空的繁星间飞驰着火焰的风暴，若容我们目睹其一部分，必定目瞪口呆。用显微镜观察我们前面那株姿态优美的斜倚星空的大树，我们能看清许多脉络，许多虬曲，树皮的层层褶皱，枝丫的某些部位干枯，腐烂，成了虫豸的巢穴。

站在暮空俯瞰人世，映入眼帘的一切，都有不完美和不正常之处。然而，不扬弃一切，广收博纳，卑微的，受挫的，变态的，全部拥抱着，世界坦荡地展示自己的美。整体即美，美不是荆棘包围的窄圈里的东西，造物主能在静寂的夜空毫不费力地向世人昭示。

强大的自然力的游戏惊心动魄，可我们在暮空却看到它是那样宁静，那样绚丽。同样，伟人一生经受的巨大痛苦，在我们眼里也是美好的，高尚的。我们在完满的真实中看到的痛苦，其实不是痛苦，而是欢乐。

我曾说过，认识美需要克制和艰苦的探索，空虚的欲望宣扬的美，是海市蜃楼。

当我们完美地认识真理时，我们才真正地懂得美。完美地认识了真理，人的目光才纯净，心灵才圣洁，才能不受阻挠地看见世界各地蕴藏的欢乐。

美和文学

有人散布流言，说我在《美感》和《世界文学》这两篇文章中，没有把自己的观点讲清楚。所以，在这篇文章中，我尽力阐明要点，并尽量避免重复以前说过的话。

如同我们只知道世界上发生了一件事，可不知道它为何发生？前因后果是什么？它与世界上其他事情有什么关系？我们就不能充分认识这件事一样，只知道世界上存在某个真实，其间没有我们的快乐，那对于我们的心灵而言，可以说它形同虚无。事实上，我们不能把我们所在的宏大世界的大部分东西，纳入我们的感知世界之内。它的绝大部分东西，没有进入我们的内心世界，成为我们自己的东西。

然而，我凭知识了解了世界多少，凭心灵获得了世界的多少东西，它就是我在世界上的广度和涵盖程度。我对世界的认识越少，我就越渺小。所以，我的心力、我的心智、我的才能，力图更多地占有世界。惟其如此，我们的个体才能在真实和力量的基础上不停地扩展。

在扩展过程中，我们的美感起什么作用呢？因为我们强调真实的某一部分是美的，它便在我们心中只把这一部分照亮，而任其他部分黯然失色，并加以排斥吗？果若如此，美就是我们扩展的障碍，阻挠我们的心灵在全部真实中间扩展。它矗立在真实中间，把真实分割为美和不美两部分，就像文底耶山①，把印度分为北部雅利安人聚居区和南部土著人聚居区，阻塞了两者交流的通道。不过，这不是我前两篇文章中力图阐明的要点。如同知识历来设法把全部真实渐渐置于我们智力的掌控之

---

① 文底耶山是印度北部和南部的分界线。

下，美感也把全部真实渐渐置于我们欢乐的权限之内。这是美感唯一的成就。因此，所有的真实，是我们认知的内容。所有的美，是我们快乐的元素。

我们觉得玫瑰花很美的原因，在世界上广泛地存在着。世界上既有博大的富丽，也有严厉的节制。它的离心力在无数变异中，使它在周遭万物中呈现千姿百态，它的向心力则把变异的火热激情融入唯一完整的和谐之中。一方面是绽放，另一方面是收缩，它的韵律中产生美。在世界上这种放松和攥紧的永恒游戏中，美在各处显示自己。魔术师做抛球表演，以同时进行的抛起和接收，显示惊人的娴熟技巧和美。表演过程中，如果我们只看到一个球的瞬间状态，那它不是升起就是下落。这样的观察是不完整的，也就没有完整的快乐。我们越是全面地观察世上快乐的游戏，就越能深刻地知道，是非、甘苦、生死，一切的一切，或升起或下降，谱写着世界之歌的旋律。从总体上看，这种旋律是没有裂缝的，美也是没有缺损的。在世界上学习全面地观察美，就是美感的最终目标。人越是贴近这样的观察方式，就越能把他的快乐在世上扩散；以前他觉得没有意义的，渐渐变得有意义了。以前他轻视的，渐渐成为自己的了。以前认定与其势不两立的东西，在整体中加以观察，竟能发现它的恰当位置，为此得到满足。在世界的整体中，人们观察美的经历，通过欢乐获取世界的历史，在人类的文学中保存着。

然而，我们常常让美脱离全部真实，对它单独审视。还可以看到，我们中有些人因美而组成社会团体，开展活动。在欧洲，掀起了研究美、膜拜美的教派狂热。探讨美的特殊含义，仿佛是一种极为时髦的事情，一群人神气活现地挥舞着胜利的大旗。甚至可以看到有些人，把上帝拉入自己的团队，大吹大擂，与其他派别唇枪舌剑。

不消说，把美从周围环境中剥离出来，撇开世上其他所有事物，成天在美的后面奔跑，这不是凡世百分之九十以上的人干的事情。而一味规避美和不美，像耆那教①的苦行主义者，走路计算迈出的每一步，也不是长久之计。

人世间，关于美和圣洁，考虑过于精细的人，鄙视考虑粗疏的人，称他们是乡巴佬，后者居然畏葸地承认自己确实土里土气。

在欧洲文学中，打着美的旗号，将流行的、世俗的和细小的一切统统斥之为"平淡无味"，妄图将它们彻底根除，这是某些地方习见的现象。我记得很清楚，很久以前，我阅读译成英文的法国一位大作家的著作。那部著作很有名气。诗人斯温伯恩②称它是美的福音，美的圣经。著作中讲，一个男人和一个女人，把在全体

耆那教神像

男女中间寻找心中的偶像，当作终生事业。人世间凡是每天可见的，凡是周围发生的，凡是普普通通的，他们一律避之三舍；他们时时处处藐视大部分人的平凡生活。整本书中，以令人称奇的高超技巧，绘声绘色，对美的难以企及的精粹表达了极其强烈的好奇心。我觉得，这是我以前从未读过的一本冷酷无情的书。我只是觉到，美的引力，如果这样把人心拽出凡世，不让人的愿望与周围的一切相适应，宣称凡是平凡的全微不足道，把善良的说成土气的，冷嘲热讽，那么美就该受到谴责。这就好像把葡萄捏碎，舍弃它的色泽、芳香、甜汁，只把残余物酿制成酒。

---

① 公元前六世纪至五世纪，在南亚次大陆与佛教同时兴起的一种宗教。

② 斯温伯恩（1837—1909）系英国维多利亚时代最后一位重要的诗人。

美不承认门类，它在万有之中。它照亮、显示我们瞬息中的永恒和我们"普通"的清秀面孔上的永恒奇迹。美把世界的基调注入我们的心灵，在它的帮助下，我们近距离地看到全部真实。记得法尔衮月①一天黄昏，我走在极普通的一个村庄的田埂上，从花儿盛开的油菜田里飘来的阵阵芳香，把那蜿蜒的阡陌、乡间池塘和霞光明丽的黄昏时光，永远镌刻在我的心上。美特意对我们展示我们平时不注意看的东西，不让我们忘却我们平时忘了的东西。我们不光在美中看到某一样东西，而且通过它看到一切。优美的歌曲把尊严赋予包括河流田野天空在内的万物。杰出的文学家也承担了宣扬天地万物的光荣使命。他们以语言、韵律和作品风格的美，为我们展现我们熟视无睹的东西。受习惯的制约，我们称平凡为渺小，文学家把作品美的青睐一投向平凡，我们立刻发觉，它并不平凡。在美的氛围中，它的美和价值，被发现了。在文学的光芒下，我们重新审视极为熟悉的事物。在令人惊讶的新奇中，我们得以更深刻地认识熟悉和不熟悉的一切。

但一个人的心理发生变态，他会把美逐出他的环境，用于实现相反的目的。这情形如同首身分离，砍下的首级必然敌视身躯一样。如果用特殊手段把美从平凡中抽出来，就会把美和平凡对立起来。把美变成隐藏在"真实"家中的敌人，在它的帮助下，就能使我们对平凡产生厌烦情绪。事实上，那家伙就会摈弃美的特质。正道也罢，美也罢，任何高尚的东西，当把它圈围起来，以特殊手段将它肢解，必然破坏它的本来面目。这如同筑坝拦截一条河，想把它变成自己心中的模样，结果这条河不复存在，成为池塘了。

鉴于有人竭力压挤各种美，把美变成享受的高傲和疯狂之物，某些教派便把美当作危险，他们说美就像金碧辉煌的楞伽城②，最后烧成一片焦土。

---

① 印历 11 月，公历 2 月至 3 月。

② 典出史诗《罗摩衍那》，神猴哈奴曼火烧楞伽城。

天帝的恩惠使何处没有危险呢？水中有危险，陆地上有危险，火中有危险，风中有危险。危险帮助我们看清每样物品的特性，教会我们正确使用。

有人可能质疑，水土火风是十分需要的，否则，我们一秒钟也活不了。所以，我们应承认危险，全面地认识它们。但美的享受，对我们来说，并非必不可少。所以，它纯粹是危险，在我们看来，它只有一个的目，即天帝为考验我们的心，让美这只诱人的金鹿①在我们面前奔跑，一旦上当受骗，人生的珍宝就被窃走。

老天爷，救救我们吧！天帝是考官，人世是考试的场所——这种虚假的恐惧的描述，实在叫人无法忍受！千万别把我们仿造的大学与

火烧楞伽城的神猴哈奴曼

天帝的真大学作比较。在天帝的大学里，没有考试的必要，不举行任何考试。他的大学里只有教育，只有才华展示。人的心中美感如此强烈，是因为它将促进我们的这种展示。有危险就勇敢面对吧，为此离弃展示之路，绝非良策。

展示是什么意思，前面我已阐述过了。个体与整体的联系，方式越

———————————

① 典出史诗《罗摩衍那》，悉多要罗摩去捕捉妖魔摩哩遮变成的金鹿，罗摩离开住所，悉多被十首王罗波那劫持。

多，范围越广，个体的展示就越充分。天国之王因陀罗①假如为阻挠我们建立这种联系，真的把美遣送人间，那就得承认，闭上双眼，从远处对天神之王因陀罗的欺蒙遥拜，是最好的选择。

不过，我们对大神因陀罗没有丝毫不信任。我从未说过，必须痛打赶走他的使者。我当然知道，为促使我们的心灵与真实的密切而充分的融合，"美感"面带微笑步入我们的心房。那是超越需求的融合，是欢乐的融合。当蓝天仅仅为占有我们的心，把它金光灿灿的轻纱铺在广阔绿野之上时，我们情不自禁地说："啊，太美了!"当春天树木柔嫩的新叶，绝非出于某种需求，而像森林女神的纤指，对我们作出暗示，呼唤我们的时候，我们心里便充溢美的琼浆。

印度神话中的因陀罗

① 印度神话中因陀罗既是天神之王也是雷雨之神。

但是美感只把我们的心灵引向名为美的真实的一部分，真实的其余部分，则不让我们的心灵接触，如何消除它这种办事不公的坏名声哩？这是我正在考虑的一件事。

我们的智力如今已把世界的全部真实纳入我们的稔知中了吗？我们的才能如今已掌握运用世界的全部资源了吗？我们只认知了世界的一小部分，大部分仍是谜团。我们只用了少量世界资源，大部分尚未利用。尽管如此，我们的知识每天一点一点地消解着已知世界和未知世界的矛盾。我们正撒出证据之网，把世界的全部真实渐渐置于我们才智的掌控之中，把外部世界变为我们的内心世界和知识的世界。我们的才能通过利用世界资源，渐渐把它占为己有。电水火风日益成为我们庞大的才能之躯。我们的美感也渐渐把整个世界变为我们的欢乐世界，并坚持自己的前进方向。依凭知识，我们的心遍布世界；通过劳作，我们的才能遍布世界；透过美感，我们的欢乐遍布世界。这就是人性的目标。换言之，人之所以被称为人，是因为他能以知识、才能和欢乐的形式获取世界。

但是，不经过获得与未得之间的对立，不可能有获得；而不经过矛盾，也不可能有嬗变。这是创造的根本规则。一分为二，二合为一，这就是嬗变。

接下来从科学的角度探讨一下。洪荒时代，人看不到树木、岩石、人类、云彩、月亮、太阳、河流、山脉、生物与非生物的差别。对他来说，一切全是相同的。时过境迁，人凭科学智慧，看清了生物与非生物的差别。就这样，从无差别中首先产生了矛盾。若非如此，他就不能看清生命的真正特征。他越是真切地了解这些特征，矛盾就退得越远。开初，动物和植物之间的界线是模糊的，无从确认哪儿是植物的终了，哪儿是动物的初始。后来，如今我们坦然称之为固体的金属中的生命表征，也渐渐映入"科学"的眼帘。于是，在识别差异的智力的帮助下，我们认识了生命。在认识的过程中，差别逐渐消隐。从无差别中产生矛盾，从矛盾中产生统一。最后，科学有一天将和《奥义书》中提到的隐士用同一种声音说："一切在生命中颤动。"

《奥义书》云："一切在生命中颤动，一切皆为欢乐。"在观察世界的持续不断的欢乐形态之路上，美和不美的差别，首先凸现出来。否则，美的本相就不可能崭露。

在美感的原始状态中，美的独特性，仿佛在击打我们想把我们唤醒。对立是它第一件武器。它以色彩的鲜艳和姿态的繁多，从周遭的灰暗中脱颖而出，对我们大声呼喊。音乐总是采用高雅词汇的激越，试图使天堂如疯似狂。末了，美感越是绽现，随之更多地出现的，不是特异，而是一致，不是打击，而是吸引，不是霸道，而是和谐，并给我们欢乐。如此这般，我们首先把美从周遭分离出来，进行认识美的探索，之后，把美与周遭融合，认识到周遭的一切也是美的。

对单一事物观察，我们看到的，是不规范。全方位地整体地观察，才能发现规律。这时，尽管浓烟升向天空，砖块落到地上，软木在水上漂浮，铁块沉入水中，可这两种截然相反的现象中，我们看不到地心引力的规律的变异。

这是使知识摆脱困惑的方法，同样，若想纯洁快乐，就得让快乐脱离局部，进入整体。要确认感知的事物是真的，在科学上必然受到质疑，同样，要确定感动我们的事物是美的，快乐必然遇到障碍。从各个角度处处检查我们的感受，方能确定它的真实性。同样，我们的感觉与四周的一切交融时，我们才能说这样的感觉是快乐的。不管酒鬼喝了酒感到多么痛快，可四周他"痛快"的仇敌林立。他的痛快，是别人的痛苦；他今天的痛快，是他明天的痛苦。他本性的一部分是痛快的，其他部分却是痛苦的。所以，他的痛快中，美毁灭了，快乐残破了。它与本性的全部真实，是不相容的。

经过各种矛盾，各种苦乐，人们把美和快乐向真实的各个方向扩延，才能深广地体认它们。他们的体认在何处储存呢？关于客观事物，人们的认识，长期以来通过许多人的记忆，充实了科学宝库。这为一个人的观察与另一个人的观察，一个时期的观察与另一个时期的观察进行比较带来了方便。否则，科学就不会成熟。同样，人对美的体认，对快乐的体认，在一个个国家一个个时代的文学中保存下来。人的心灵对真实的拥有权，是沿着哪条路前进的？幸福感是怎样从感官满足渐渐扩展，赢得所有人的心灵和良知，并变渺小为崇高，变痛楚为喜悦的？那条路的轨迹，时刻被人留在文学中。世界文学的读者们将通过文学，沿着那条大道，探明所有人献出爱心企求什么，得到了什么，并为此感到满足。

应该记住的是，一个人懂得什么，这不足以反映他的真貌，他得到了怎样的乐趣，从中方能看清他的真貌。人的那种真貌，能引起我们的兴致。当我们看到，为了真理，有人甘愿流放时，这位英豪有多少乐趣，就在我们心镜里显现出来。我们看到，那乐趣占有的地盘如此之广，流放的痛苦不经意间化为了它的一部分了。流放的痛苦印证了乐趣的圣洁。在金钱中享受快乐的人，害怕丧失钱财，甘愿接受虚伪和侮辱；为了保住职位毫不犹豫地干坏事。不管这个人通过多少门考试，掌握了多少知识，只有在情趣的界限内，才能发现他的本来面目。释迦牟尼拥有无限乐趣，连王室灯红酒绿的享乐也未能束缚他。看到了这一点，每个人便看到了人性的快乐之国的辽阔，

佛祖释迦牟尼

仿佛在别人中间发现了自己的秘密珍宝，在外面看到自己挣脱羁绊的样

子。在崇高品行中体悟乐趣，我们也就发现了自己。

所以，人通过表达自己的乐趣，在文学中展示自己恒久的最佳形象。

我知道，从文学中收集一把细微的证据，来批驳我文章的题旨是很容易的。在文学中有了立足之地的，如果回答它们所有问题的责任，强加到我头上，那可是我不小的灾难。然而，在人类所有重要事情中，存在千百种自相矛盾。当我们说日本人打仗胆大勇敢时，去核查日本军队每个军人的勇敢，在各地肯定会看到一些人的缺点。不过，确确实实，兼容了他们的恐惧心理，日本人总体上的"勇敢"，在战争中取得了胜利。人在文学中作了广泛的自我表现，逐渐把他的欢乐从局部引向整体，同时加以表述。广义地看，这话是对的。虽说有扭曲和缺陷，可总体上这话是正确的。

我们应该记住，文学以两种方式为我们提供乐趣。第一，文学以动人心弦的形式为我们展示真实。第二，文学让我们感受真实。让别人感受真实是一件极难的事情。喜马拉雅山峰海拔几万英尺，山顶上覆盖着冰雪，它的哪个部位生长哪种植物，即使叙述得十分详细，我们对喜马拉雅山还是没有清晰的印象。能以寥寥数语让我们真切地感受喜马拉雅山的人，我们称他为诗人。不啻喜马拉雅山，将长满水浮莲的池塘呈现在我们心灵之眼的前面，我们也是欣喜的。我们用肉眼见过许多生长水浮莲的池塘，可通过语言观察，是新颖的观察方式。心灵通过感官眼睛所看到的，能被感官的语言所展示，心灵就可以从中得到新的乐趣。就这样，文学就像我们一种新的感官，重新为我们展示世界。除了新的功能，语言的一大特点，还在于它是人本身的东西。它很大程度上是我们心灵的产物。所以它把外界的事物领到人身边，仿佛特地又把那些事物变成人的了。语言画的画，受到我们的喜爱，并非因为画得特别逼真。语言在其中融入了人情味，所以那画在我们心中获得了一份特殊亲情。使用语言，在人的内心蒸馏过的世界，与我们更加贴近了。

不仅如此，通过语言我们眼前出现的画面，没有带来全部细节。可它带来的，足以构成一个特殊整体。于是，我们看到它呈现为完整的艺术趣味；任何多余的繁芜不能打破它。由于在完整的艺术情味中进行审视，那画面我们的内心闪现，就能被深切地体认。

诗人穆昆达罗姆①在《钱迪②颂诗》中，对人物邦鲁笃多的描述中，并未展示人物性格的主要方面。像邦鲁笃多这类狡猾、自私、心狠、假仁假义、作威作福的人，我们见得多了。我不能说，同这些人相处是愉快的。但穆昆达罗姆为我们塑造了这种人的形象，有其特殊原因。他带着滑稽的情调在语言中成形，不仅出现在卡尔格土的朝廷上，也在我们的心殿轻易地获得了一席之地。在现实世界中，我们接触不到邦鲁笃多这种人。诗人对邦鲁笃多的刻画，并未超过我们心里可以容忍的程度。可现实世界中的邦鲁笃多，不是这副模样，我们当然就没有发觉的机会。任何事物不让我们整体地感知到的话，我们就得不到快乐。穆昆达罗姆写的《钱迪颂诗》中，剔除了赘疣，邦鲁笃多以趣味盎然的完整形象出现在我们面前。

《罗摩衍那》中的主要人物罗摩

沿着邦鲁笃多这个话

---

① 穆昆达罗姆是 16 世纪的孟加拉诗人，诗镯是他的称号。《钱迪颂诗》约作于 16 世纪后叶至 17 世纪初叶。

② 钱迪是难近母的另一个名字。

题，再谈谈其他作品中的人物形象。《罗摩衍那》中的主要人物罗摩，不仅仅因为伟大而给了我们乐趣。另一个原因是，对我们来说，他是个可感可知的鲜明人物。单凭这些对他审视，他就以情味充沛的完整形象，在我们面前显现了。舍弃了琐碎，《罗摩衍那》只把他的完美形象呈现在我们面前。因此，他是如此清晰，让我们一目了然。清楚地观照，是人的一种特殊愉悦。清晰地观照意味着完整地观照，意味着目睹灵魂。同样，文学在均衡的和谐中展示形象，让我们品味乐趣。这就是和谐之美。

另外，需要记住的是，文学的一大部分，是所谓的材料部。建筑部门不仅造楼，还烧砖。红砖不是建筑，受到一般人的轻视，但建筑部门知道它的价值。在文学王国，文学素材的价值也是不低的。所以，许多时候，光是文学的语言美，光是写作技巧，也备受称赞。

人们是多么急切地想表达心中的感情，这话说起来可就长了。心灵的特性在于，把自己的情感转变为他人的情感，就感到如释重负。然而这件事太难了，于是也就愈加急切了。所以，当我们看到某个人把一件事表述得极为生动精彩时，也特别欣喜。我们认为排除表达的障碍，是很有价值的事情，这会增加我们的能力。讲述的一件事情，哪怕没有特殊价值，但表述本身如有特色，就会受到人们的喜爱。所以，随便撷取一个普通题材，以高超的手法表现，不会受到文学的冷淡。人们这样做不仅是显示自己的才华，给人乐趣。抓住一个时机，玩一般地披露一下自己的表达特点，由此产生离题的多余乐趣，也会沁入我们的心中。当我们看到一个人轻松地在做一件难事，我们会感到惊喜。但当我们看到，不是做什么事，可碰上一个很不起眼的时机，某个人熟练地扭动自己的肢体，他的姿势表露他的活力，他的热情，也会使我们的内心兴奋起来、快活起来。在文学中，表现心灵的目标不明的舞姿般的狂放，赢得了足够的地盘。健康在不倦的娴熟工作中显示自己，可健康就是健康，有时也无来由地显示自己。同样，在文学中，人不仅表现自己的丰富感情，显示一下自己激昂的表现能力，也很惬意。因为，显示就是快乐。所以《奥义书》云："大凡显示的，均为他的快乐本相，他的不朽本相。"人们在文学中，以繁多的形式，时刻展示自己的快乐本相和不朽本相。这就是我们要探讨的命题。

1907 年

文学创作

如同盛满浓糖水的杯子中央悬垂一条棉线，四周就会凝结细糖粒一样，我们心里假如横贯一条文脉，它四周散乱的情思，也会凝结成形。在我们心里，似乎总有一种从模糊到清晰，从纷乱到有序的过程。甚至我们在梦中也看到，凡事开了个头，它四周一些浮想眼看着就凝成形了。难以表达的思绪，在半眠半醒的状态下，像鬼魂似的，在心田游荡，仿佛等待着成形的机会。白天我们工作的时候，严加看管的理性，不许胡思乱想在我们的办公室聚集，妨害工作。在它的统辖下，我们的思想只得遵从工作程序，秩序井然地地展现自己。闲暇时分，我们默默地坐着，那种状况便又出现了。起因或许是闻到的一缕花香，几多日子的回忆，眼看着就汇集在它的四周。哪个思绪理出了头，以它为依傍，究竟多少遐想接踵而至，也一一成形，一时半会儿恐怕就说不完了。不是别的，这是尽力把某件事理出头绪的过程。这在思维王国一刻不停地进行着。

一旦成功地理出头绪，接下来就会设法把它稳定下来。

天气合适，菠萝蜜树呼啦呼啦长了许多果子，但长在枝条上的小果子，它的茎托太细，刚刚参加菠萝蜜果的竞争游戏，就销声匿迹了。

我们的"遐想"也是如此。凡是在一定状态下有了依托的，凡是存留下来的，都能充分扩充；它所有的"细胞"排列有序，满满当当，它的诞生，是成功的。而有的"遐想"，勉强有了立锥之地，却又变形了，纷乱了，不久便隐逝了。

有的树上开的花，不等到结果，就凋谢了。同样，有一些心灵中，"遐想"来来往往，但没有凝为情感的充裕机会。但善于思考的人的心中，有活力，有情味，可协助"遐想"凝为情感。当然，有不少凋落了，可总有一些长成了果实。

树上长的果实，聚会提出要求："把我们老绑在树枝上，不行！我们要成熟，充满甜汁，色泽鲜亮，香气扑鼻，扎成一束，离开树枝，走到外面去。不在外面合适的土地上落脚，我们的一生就没有意义。"

善于思考的人的心中，"遐想"凝为情感，也聚在一起，提出同样的要求："好不容易抓住机会，我们脱胎换骨了。此时，我们要到外面去，要在人类的心田上获得再生，要做永生的游戏。"

首先是抓住依托的机会，其次是成熟的机会，最后是在外面获得栖居地的机会。有了这三种机会，人心里的遐想，就能成功了。"遐想"像有生命之物，催促人奔向成功。

所以，人与人之间，就有了拥抱，有了窃窃私语。为了放下自己沉思的负担，为了使自己心中的情感引发别人心中的遐想，一颗心寻找着另一颗心。

所以，女人们喜欢在码头石阶上扎堆儿，朋友互相走动。书信不断往来。

所以，人们成立社团，展开辩论，撰写文章，反驳抗议。甚至打架斗殴，大动干戈。

人心里的思想，暗地里拼命催逼人去获得成功，不让人孤独地待着。在它的催促下，全世界的人日日夜夜有声或无声地诉说了多少话，无从计算！那些"诉说"身着多少款式的服装，以多少不同的姿态，通过多少合乎情理或不合乎情理的活动，散落在说书、新闻、故事、传说、书信、雕塑、绘画、诗歌、散文、劳作里；它们聚集在人世间，互相推搡着朝着走，如以心灵的眼睛看见它们，必然瞠目结舌。

在整个人类社会，一个人心里的想法，力图在另一个人心里获得成功。在这种努力下，人的情思必然凝成形象，这些形象就不单单属于冥想者了。很多时候，这是在我们毫不察觉的情况下发生的。也许略微思忖，大家都会认同，我们对某个朋友讲的话，它多多少少也以朋友的心

灵模具重塑自己。我们给一个朋友写的信的内容，不会和写给另一个朋友的信完全一样。我们的一种情感暗中试图在朋友那儿臻于完美，也会在一定程度上，与他的心灵本性达成妥协。事实上，我们说的话，是说的人和听的人共同完成的。

所以，一个作家把自己的作品捧到读者面前，不知不觉地也把作品和读者的秉性融合了。达苏拉耶①写颂诗，不光写达斯罗梯②一个人。它是由作者和聆听的社会共同完成的。因此，颂诗中不光有达斯罗梯一个人的情感。一个特殊时代的特殊群体的爱憎、信仰、敬意、情趣必然在作品中得到表现。

就这样，作家中有的对朋友，有的对社团，有的对社会，有的对所有时代的人，讲述自己想讲的话。达到目的作家的作品中，或多或少也有那个朋友，那个社团，那个社会和人类的一些情况。因而，文学不仅属于作家，文学也载负着他写作对象的信息。

物质世界中，一个稳定的物体，坐着恰当的地方，组织一次聚会，得到周围的支持，就能生存下来。作家与写作对象的关系与之相似。生存的物体，不仅显示自己的，也显示周围物体的情状。因为，它不仅依怙自己的，也依怙其他物体的特长，才得以长期生存。

现在，探讨一下文学本源，即文学的形成过程。先举一两个例子。

雨季乍到的一团团乌云，空中一行行大雁，雨水浸润后炎热大地散发的阵阵馨香，多少山脉丛林、河流清涧、城市村庄上空，阿沙拉月③铺展的细密氤氲的云纱，一代又一代，在多少诗人心里留下多少遐想的影子、美的激奋、忧伤的暗示啊。谁的心里不曾留下这些哩！大千世界日夜抚摸我们的心灵，温情的抚摸在我们的心弦上或多或少地弹出一些音符。

---

① 达苏拉耶（1804—1857）系孟加拉著名曲艺剧作家和曲艺艺人。

② 十车王之子，即罗摩。

③ 印历3月，公历6月至7月。

在迦梨陀娑的心里，已逝的漫长岁月的许多音符，一黏附他的思路，便一个接一个地聚在一起，清晰起来，凝成多少美的结晶啊！多年的一幅幅情感之画，在迦梨陀娑心中，一直等待着这个吉祥时刻！如今，它们以传递充满药叉离情别愁的口信为契机，在层次分明的描述中，在用蒙达克郎格律①写就的诗行中聚集了。它们彼此帮衬，在整体中一个个鲜活起来了。

美的结晶名作《云使》封面

说起贞洁的吉祥天女，印度教徒脑海里浮现的形象，是我们大家所熟悉的。我们每个人当然见过类似的女人，贞操的神圣程度不同地打动过我们的心。我们在日常家务的琐碎中，经常看到贤惠女人的美好形象，那目睹的一幕幕回忆，在我们心里影子一样浮荡着。

迦梨陀娑把《鸠摩罗出世》的故事一写进书中，空中浮荡着的对贞女的印象，是怎样汇聚一处，渐渐坚实，又显现的呢？千家万户勤劳忠厚的女人的所有辛苦，透过家务，映入他的眼帘。在他的笔下，那辛苦在天界的恒河水浸润的雪松绿荫下喜马拉雅山岩石上女神②修行的形象中，永远闪闪发光。

我们所谓的抒情诗，在一两行中便可袒露一种情绪。比如，毗达波

---

① 梵文格律，每行有 17 个字母。
② 指雪山神女。

迪①的诗行：

> 帕德拉月②，大雨倾盆，
>
> 我的庙宇空无一人。

这是我们心中长久未能抒发的情绪，有了契机，便流露出来的一个生动例子。帕德拉月，大雨滂沱，多少人心里，困守空屋的"忧愁"，默默无语，一天天四处飘游。如同借助恰当的韵律可写出精当的诗句，大家多日未倾吐的心语，化为真切坚实的意象。

水汽在空中飘浮，一遇到花瓣清凉的摩挲，便凝为露珠。在天空飘浮的水汽是看不见的，可水汽碰到山坡，便凝结成云，化为雨，倾落大地，使河流清涧哗哗奔流。同样，一种情绪在抒情诗中凝聚，便像珍珠一样晶莹透明。而在鸿篇巨制中汇集的情感，像山泉一样汩汩倾泻。但最为重要的是，像水汽一样难以表露的情愫，在诗人的想象中受到爱抚，眼看着就凝成神奇的美的形象，可感可观。

出家讲道的贾伊笃纳

像雨季一样，在人类社会中，也有大量情感水汽在空中飘移的一个个时代。贾伊笃纳③之后，孟加拉出现了一个新时代。那时，整个天空，被情爱的情味所滋润。孟加拉各地，一颗颗诗心雨后春笋般涌现。他们以新奇的语言和崭新的韵律，使趣味的水汽浓稠，凝结，猛烈而丰沛地从天倾落。

法国革命时期，浸透人类大爱

---

① 毗达波迪系十四世纪的孟加拉诗人，以写表现罗陀与黑天的爱情的诗歌而著称。

② 印历5月，公历8月至9月。

③ 贾伊笃纳（1485—1533）系毗湿奴教派诗人。

的情感之浪漫过天幕。众多诗人心里受到冲击，他们以悲凉或反叛的声调，以繁多的意象，以千百种形式，抒唱心声。所以，实际上，那些时刻受到人心激励的难以表达的丰富情感，不停地把短暂的痛苦，短暂的思考，短暂的话语，布满人类宏大内心世界的天空。而一个个诗人的想象，像一个个磁心，以想象的纽带维系它们中间的一个个结晶，清晰地呈现在人心之前，我们便可体味其中的喜悦。为什么呢？原因是，所有的人心中间，一直活跃着自我观照的种种努力。因此，在整体之中看到自己的某种表现，那儿它平时的努力成功了，就会给人心欢乐。不仅文学，哲学和史学也是如此。哲学的所有问题和所有理念，模糊地散布在所有的人心中。哲学家的聪慧使它们中间某一部分统一起来，它的一种形态，一种界定，就在我们面前显现了，我们也就看到了自己心中想法的具体形象。历史以传说的形式，散布在人们的口中。历史学家的才智，以一条纽带将它们联结，以前多年未阐明的历史的鲜明形象，就在我们面前出现了。

诗人的想象中，凝成人心的特殊形象的无穷富丽，通过美，奇妙地展现出来，这是值得文学评论者分析探讨的命题。说迦梨陀娑的比喻生动，语言饶有韵味，《鸠摩罗出世》第三幕叙述优美，《沙恭达罗》的第四幕弥漫着悲凉的情绪，等等，这样讨论是不够的。迦梨陀娑的整部诗作中，铸造了人心的特殊形象。他的想象是核心，按照引力推力、接纳排斥的规律，人的内心世界中不可言传的，借助特殊的审美手段，被表达出来了。这也是文学评论者应该剖析的。迦梨陀娑降生人间，目睹了人生百态，思考了种种现象，忍受了许多磨难，展开想象，进行创作。他的人生充满忧思、痛苦和遐想，他以奇语妙词，把人类无数形象中一个特殊形象，展示在我们面前。难道不是这样吗？假如我们人人都是出类拔萃的诗人，就都能形象地展示自己的心，从而出现空前奇迹，这样的无穷繁富，就能展示无穷尽的"一体"①。但我们没有那样的才能。我们说着支离破碎的话，不能正确地了解自己。我们宣扬的真实，也许不是我们本性的真实，也许是习惯地重复他人的观点。因此，我以我的一生看到了什么，明白了什么，得到了什么，不能完整地清晰地展示。诗人也并非完全能做到这一点。他们的话语，也非全都清晰、真实、完美。他们竭尽全力，也不是总能实现本性的隐秘的愿望。可他们不知不觉，在来自他们的探索不可企及的地方、遍布世界的隐藏的探索的鼓舞下，穿越种种障碍和混沌，将"心说抓住抓住，却总抓不到"的心灵形象，或多或少地表现了出来。洞察奥秘的冥想者，在诗人的作品中，看见整体形象，就堪称名副其实的文学批评家。

我说此话意欲说明，我们的情感创造，不是一件随心所欲的事情，而和物质创造一样，受制于铁的规律。我们在外部世界所有原子分子中间，看到崭露的一种冲动，同样的冲动，也在我们的心情中剧烈地活跃着。所以。我们要以观察高山丛林、河流湖泊、沙漠大海的眼光，审视文学；文学也不是你我个人的，而是万物创造的一部分。

这样观察的话，就不能只评判了文学的是非，立刻鸣锣收兵。与此同时，必然产生观察它的显现轨迹和它连绵的因果关系的热望。让我举一个例子，尽量把这个观点讲清楚。

我在《乡村文学》中说过，在全国普通群众中间，最初一些情感，化为零星的诗句，聚集着四处游逛。之后，一个诗人用一条长诗之线，把那些零星的诗句辍联起来，形成一部巨著。《往世书》②中没有湿婆和雪山神女的许多故事，原本《罗摩衍那》中，罗摩和悉多的许多故事也找不到，在农民的院子里，这些故事由农村的歌手和说书人，以不

---

① 按照印度古代哲学宗教理论，"一体"是万物本源，亦即梵、创造大神。

② 《往世书》是一类古印度文献的总称，印度教徒奉为圣典。共有18部，成书时间有早有晚，大约在公元前1000年公元至公元1000年之间。

规范的格律和乡村语言，口口相传了一个个时代。某一天，不是在村舍农院，一位宫廷诗人应邀在盛大的宴会上唱歌的时候，提炼了那些乡村诗句，以华丽的韵律，精当的语言，把它变为高雅的鸿篇巨制。变陈旧为新颖，将零星铸成整体，醒目地昭示，全体国民从中清晰地看到自己放大了的心，无比欣喜，在人生旅程中仿佛跨进了一个新阶段。穆昆达罗姆写的《钱迪颂诗》，迦诺罗摩①写的《正道颂诗》，格塔加达斯②写的《龙女漂流记》，婆罗多·昌德拉③写的《谷神颂诗》，都是这类诗作。这些全是把孟加拉短小的乡村文学作品，变为大部作品的生动例子。乡村文学把自己生命融入宏大巨制，就像结了果实，花瓣凋谢那样，消逝了。《五卷书》④，《故事海》⑤，阿拉伯长篇小说《一千零一夜》，英国的《阿瑟传奇⑥》，斯堪的纳维亚半岛的萨迦文学⑦，也是这样诞生的。这些作品，都有人嘴上散落的故事，聚集一处，凝成巨著的过程。

这种零散情感凝为一体的现象，在人类文学的许多地方，极为惊人地相继显现。如希腊的荷马史诗，印度的《罗摩衍那》和《摩诃婆罗多》。

《伊利亚特》和《奥德赛》⑧，也是由各种故事片断渐渐合成章节，最后凝成的完整著作，这种情况几乎所有地区都发生过。那个时代，没

---

① 迦诺罗摩是十七世纪的孟加拉诗人。

② 《龙女漂游记》是格塔加达斯和克马南达斯共同完成的，格塔加达斯只写了全部60章中的26章。

③ 婆罗多·昌德拉（1634—1682）是孟加拉诗人。

④ 《五卷书》是印度古代的寓言故事集。

⑤ 《故事海》是印度古代诗体故事集，作者月天。

⑥ 阿瑟王是中世纪传奇故事中的不列颠国王。

⑦ 萨迦文学指中世纪冰岛和挪威历史故事、历史人物、轶事传闻等北欧传说。

⑧ 《伊利亚特》和《奥德赛》是希腊的两部史诗。

有手写本和印刷本，歌手吟唱创作的诗，四处流浪。吟唱的诗，渐渐在后世许多人手中，沉淀为诗集，是不足为奇的。毫无疑问，那让这些诗歌获得立足之地的框架，是一位大诗人的杰作。新的缀连，集中到框架内，就不会脱离整体了。

分析一下弥提拉城的毗达波迪写的歌词怎样演绎为孟加拉说唱词，就可明白，按照文学自身的规律，文本整体是如何形成的。在孟加拉流行的毗达波迪的说唱词，不能说是他个人的。大部分说唱词中，已没有原创诗人写的内容。在孟加拉艺人和听众的参与下，它的语言，它的内涵，甚至它的情韵，发生变化，成了新的作品。格里亚尔逊出版的毗达波迪的原作中，只能找到几句孟加拉唱词，绝大部分对不上号。然而，尽管经过漫长年月，许多人参与再创作，作品面目全非，可唱词听起来并不像杂乱的哀诉。因为贯穿其间的基调，时刻谨慎地兼容了所有的变异。凭恃基调的强力，我们仍称它是毗达波迪的唱词，而凭恃持续变化的强力，称它为孟加拉文学作品，是没有理由犹豫的。

由此可见，最初在万人之口中流转的雏形民歌，渐渐演变成的诗歌，又由民众唱了许多年，岁月之手从各个角度，将它作了加工提高。它从全国各个领域汲取了营养，又逐渐成为全国的作品，其中融合了国家心中的历史、伦理道德、宗教观和行为方式。是为它奠定基础的诗人的惊人才华，使它走向了成熟。他在适当的地方以适当的方式，开了个好头，他的计划是如此远大，在之后很多年，他仍让整个国家为自己效力。我不能说，这么长时间经过了这么多人的手，它一点儿没有变样，但依靠它基本结构的神奇张力，一切都被它收容了。

印度的《罗摩衍那》和《摩诃婆罗多》，尤其是《摩诃婆罗多》是最有说服力的例子。

在漫长的岁月中，一个国家以某个诗人的诗才为基础所创作的诗作，可以说是货真价实的史诗。

我想把它和恒河、布拉马普特河①比较一下。首先，从各种幽秘的山洞里，水量不一的泉水流到一个地方，汇成一条大河。之后，在它的奔流之路上，又汇聚了各地的许多支流，在其间消失了初始的自我。

不过，世界上像印度的恒河、埃及的尼罗河和中国的长江的大江大河，数量很少。这些河流和母亲一样，养育着大国的广袤大地。它们也像以乳汁喂养一个个古代文明的奶妈。

在我们熟悉的世界文坛，史诗只有四部，即《伊利亚特》、《奥德赛》、《罗摩衍那》和《摩诃婆罗多》。按照修辞学的人为法规，《罗怙世系》②，婆罗维③和玛格④的诗作，弥尔顿⑤的《失乐园》，伏尔泰⑥的《亨利亚德》，被勉强塞进了史诗的行列。之后，在印刷厂的统治下，史诗创作的可能性灭绝了。

在《罗摩衍那》创作之前，有关罗摩传说的原始往世故事，在印度百姓中广为流传，可如今已经找不到了。不过，毫无疑问，其间《罗摩衍那》的原型故事，曾传遍全印度。

在印度被认为神的伟人，肯定为人世福祉作出过不平凡的贡献。在《罗摩衍那》创作之前，关于罗摩·昌德拉的传说，无疑在印度流传。他遵从父命，栖居森林；杀死劫持妻子的坏人，救回妻子，足以证明他品德的高尚。可他为民众建立的丰功伟业，赢得了民众的心，在《罗摩衍那》中却像影子一般，若隐若现。

---

① 发源于我国西藏的雅鲁藏布江流入印度境内之后，被称为布拉马普特拉河。

② 罗怙世系是迦利陀娑的梵文长篇叙事诗。

③ 婆罗维是六世纪的印度诗人。

④ 玛格是梵文诗人。

⑤ 弥尔顿（1608—1674）是英国诗人、政论家。

⑥ 伏尔泰（1694—1778）是法国启蒙思想家、作家、哲学家。

雅利安人①进入印度之前，达罗毗荼人②征服原始土著人，占领全国。他们并非不文明。后来，他们没有束手向雅利安人屈服。他们骚扰雅利安人的祭祀，破坏雅利安人的农业生产，经常偷袭师尊们在林区伐树修建的道院。

达罗毗荼族人在南印度的僻远地区，逐渐强大起来，建立了富庶的王国。他们派遣的人马，有时突然冲出森林，打得雅利安殖民者措手不足，惊惶失措。

罗摩·昌德拉将"猴子们"即印度的原始土著人拉入自己的阵营，经过多年经营，施展计谋，摧毁了达罗毗荼人的权势。所以，歌颂他功业的歌曲，在雅利安人中间广为传唱。如同超日王③挫败塞种人④的侵袭，保护了印度教徒，名声大振，罗摩·昌德拉消除了非雅利安人的影响，使雅利安人得以安居乐业，他也深受老百姓的爱戴，甚至受到顶礼膜拜。

当时，举国上下，人人都在考虑由谁率兵阻挡外来侵袭。众友仙人看到年幼的罗摩·昌德拉英姿勃勃，认定他是合适人选。从少年时期起，罗摩·昌德拉就由众友仙人传授武艺，在众友仙人的激励下，一次次与敌人拼杀。当时他同国王瞿诃迦建立了友谊，开始掌握克敌制胜的战术。

那个时代，黄牛被当作财富，农业被视为神圣事业。遮那竭⑤亲手干农活儿，雅利安人用耕地的铧犁，逐渐亲近了印度的土地。铧犁前行，丛林后退，农田扩展。而罗刹⑥是扩大农耕的绊脚石。

---

① 公元前两千年至一千年间，从中亚进入印度的游牧民族。

② 印度古老的居民。

③ 印度笈多王朝的皇帝。

④ 塞种人，简称塞人，伊犁河流域的游牧民族，约公元前160年前后进入南亚。

⑤ 《罗摩衍那》中女主人公悉多的父亲。

⑥ 印度神话中的妖魔。

在古代伟人中间，遮那竭是雅利安文明的杰出代表，这可以从传说中得到印证。在扩大农业生产方面，他采取了许多有效措施。他为女儿起名"悉多①"。他承诺：他要把女儿嫁给折断神弓、力大无比的勇士。在动荡的岁月里，他期待着那位顶天立地的英雄。这是选择能与强大敌人对抗的统帅的唯一办法。

众友仙人向罗摩·昌德拉传授了击败非雅利安人的武艺，把他送到遮那竭布置的比武场地。罗摩·昌德拉毫不费力地折断神弓，表明他武艺高强，是率兵打败非雅利安人的最佳人选。

之后，他把处理朝政的大权交给小弟弟婆罗多，为实现神圣誓言进入原始森林。波罗达吉、奥格斯达等仙人在偏僻的南方扩大雅利安人的聚居区。听从他们的劝告，罗摩·昌德拉在二弟罗什曼那的陪伴下，走进陌生的森林，从此下落不明。

史诗《罗摩衍那》中的猴子兵

罗摩·昌德拉在深山密林里，一箭射死篡权的猴子婆利，帮助他哥哥猴王苏耆梨婆重登王位，苏耆梨婆此后成为他的盟友。他收编了猴子们，组成军队，教他们如何打仗。他率兵攻岛，巧施妙计，离间敌人，

———————————

① 悉多的意思是耕犁留下的痕迹。

一举摧毁楞迦城。罗刹们是能工巧匠。坚战①的令人叹为观止的宫殿，就是名叫穆亚的技师猴子负责建造的。印度的宫殿建筑方面，达罗毗荼人的技术至今享有盛誉。有人猜测他们与古代埃及人同属一个民族，并非没有道理。

总之，流传至今的金碧辉煌的楞迦岛的传说，大概是有根据的。罗刹们并非不文明。相反，他们在艺术审美上比雅利安人更高明。

罗摩·昌德拉征服了敌人，可没有占领他们的王国。维毗沙那②成为他的朋友，登基继位，统治楞伽岛。他把吉什金陀③的王权交给猴子，使他们成为他永远的臣民。罗摩·昌德采取这些步骤，促进了雅利安人和非雅利安人的融合，在两者之间建立了正常交流的关系。结果，达罗毗荼人和雅利安人渐渐融入一个社会，形成了印度教民族。印度教民族中交融了两个民族的风俗习惯、祭祀方式，印度终于实现了和平。

时光流逝，雅利安人和非雅利安人的融合完成之时，彼此进行了宗教和知识方面的交流，口口相传的有关罗摩·昌德拉的陈旧故事，在内容和形式上都发生了变化。假如某一天实现英国人和印度人的完全融合，难道有盛赞克莱伊波④的功绩的理由吗？还是应该怀着正常的激情，设法让起义者乌塔姆⑤等战士的故事，被一代代的后人怀念呢？

加工整理民间传说，使之成为史诗的诗人，没有渲染征服非雅利安人的事件，而是凸现崇高品质的完美榜样。说作品是他一个人这样完成的，恐怕不正确。对应受膜拜的罗摩·昌德拉的缅怀，跟随不断变化的时代和环境，渐渐把他值得膜拜的观点，变为群众对他的虔诚情结。诗人不过依凭自己的才华，在一本书中，将罗摩·昌德拉集中而清晰地展

---

① 印度史诗《摩诃婆罗多》中般度国王的长子。

② 毗毕沙那是楞伽王罗波那的弟弟。

③ 苏耆梨婆是吉什金陀国的国王。

④ 英国驻印度总督。

⑤ 乌塔姆是 1857 年印度士兵大起义中的一个士兵。

现出来，于是，群众的虔诚才有实际意义。

但是，最初诗人笔下的《罗摩衍那》，并未原地不动。

《罗摩衍那》的原创者，把罗摩作为以家庭生活为核心的印度教社会一切品行的化身，加以展示。蚁垤仙人的笔下，罗摩作为儿子，作为兄弟，作为丈夫，作为朋友，作为梵教的维护者，最后作为国王，证明他是值得人们膜拜的。他杀死十首王罗波那，也只为营救发妻悉多。最终为了博取老百姓的欢心，又放逐妻子。他以典籍中的说教严酷控制所有纯真的情感，诠释维护社会的理想。为保全均衡是重心的真实社会，每走一步，都需要有牺牲、宽容和自我折磨，这一切在罗摩的品格中得到了体现，《罗摩衍那》于是成为印度教社会的史诗。

罗摩射杀十首王罗波那

原创诗人创作《罗摩衍那》之时，罗摩的性格举止中有极世俗的成分，可依然被描写成人的楷模。

然而，一本书中的世俗成分，是不可能封存的，它慢慢变质了。罗摩渐渐得到了神的称号。

于是，在《罗摩衍那》的基调中，浸入了变异，这在格利地巴斯①写的《罗摩衍那》中得到了印证。

被称为神的罗摩，无所不能，做成了许多匪夷所思的难事。可为了圣洁他的品德，这种描写已远远不够。从情感的角度分析，神的性格更受到人的青睐，于是诗作中的情感日趋炽烈。

这种情感，就是虔诚和博爱。格利地巴斯的罗摩，是虔诚和博爱的罗摩。他救赎了所有的罪人和未开化的野蛮人。他称瞿河迦和凶残的羌达罗人为朋友，热情拥抱他们。他把虔诚渗入崇拜者哈奴曼的生活，使他一生富于意义。维毗沙那也是他的崇拜者。仇敌罗波那死在他手中，从而得到了解脱。整部《罗摩衍那》充斥虔诚之戏。

这样一股虔诚的潮流，一度在印度群众中兴起。天神的权力并非只属于智者，想与天神为伴，不需要诵读经文咒语，也不需要遵从特别的法规。有了质朴的虔诚，连羌达罗人也能追随天神。这仿佛是一个新发现，卸却了印度群众难以承受的卑微的重荷。当全国洋溢着这巨大的欢乐时，问世的文学作品，必然反映群众获得的新的光荣。作品的主角，是猎人、富人和商人等普通人。文学作品以各种方式宣扬，天神不光是婆罗门、刹帝利、尊者、智者的，也是社会底层的人的。这样的观念，在格利地巴斯的《罗摩衍那》中也有所体现。天神也是对典籍一无所知、顽皮捣蛋的猴子的朋友；松鼠微不足道的侍候，天神并非不可接受；他击败罗刹，既给了他们应有的惩罚，也拯救了他们。这样的观念，在格利地巴斯笔下表现得极为强烈，他把《罗摩衍那》的故事主流引向与众不同的一条路上，就像河水从恒河流到了它的支流巴吉罗梯河②一样。

我们跟踪的《罗摩衍那》故事主流的一条相当现代的支流，在诗

---

① 格利地巴斯（1385—？）用孟加拉语改写《罗摩衍那》，增加了许多新内容。

② 西孟加拉邦恒河的一条支流。

集《因陀罗者伏诛》① 中流淌。这部诗集虽以《罗摩衍那》的古老故事为题材，题旨却与蚁蛭和格利地巴斯的原作截然相反。

我们常说，我们用英语写的文学作品，不是地道的真货，不配被认为是印度文学作品。

如果称具有恒久的特质、没有任何变化的一样东西，是真货，那在生意盎意的自然界，是找不到这种真货的。

在人类社会的情感融合中，出现丰富多彩的崭新创造。印度发生了多少这样的融合！我们的心灵经历了多少变化！这一切难道拘囿于界限之内吗?! 有一段时间，穆斯林高踞印度的御座，他们难道没有打动过我们的心？他们源于阿拉伯的情愫，与印度教徒的情愫难道没有自然而然地交融？事实上，我们的文艺、服饰、情韵和气性中融入了穆斯林的诸多元素。没有心灵的融合，是不可思议的。假如我们中间不发生这种现象，那是我们的极大耻辱。

从欧洲涌来的思潮，冲击我们的心灵。我们的心灵在碰撞中翻然苏醒。否认这一点，是对自己心灵的不公正的诟病。这种思想的交融中必然产生新事物，过了一段时间，某一天就可清晰地看到它的模样了。

从欧洲涌来的新思潮的冲击，唤醒我们的心，如果这是客观事实，那我们为何还要费尽心思使自己纯而又纯呢？我们的文学不能不以新面貌出现，不能不反映真实。万万不可埋头走老路，一再重版旧作。非要那样干，我们就不得不说，这种文学是虚假的。

诗集《因陀罗者伏诛》中，我们不仅看到格律②和写作手法的变化，也看到了题旨和意蕴的前所未有的变化。这种变化不是彻底否定自

---

① 作家麦克尔·默屠苏登·达多（1824—1873）是近代孟加拉文学奠基人，在《因陀罗者伏诛》中为罗刹翻案，内容上与《罗摩衍那》大相径庭。因陀罗者是十首王罗波那的儿子。

② 《因陀罗者伏诛》采用的是无韵诗体。

我。不过其中蕴涵着反叛情绪。诗人突破了"波雅尔①"诗体的框框。我们心里，对罗摩和罗波那早已有固定看法，诗人冒天下之大不韪，打破了固定看法的束缚。在他的诗集中，罗波那和因陀罗者比罗摩和罗什曼那高尚得多。对道义唯唯诺诺的人，总是非常细致地掂量，哪件事多么好，哪件事多么坏。这种人的奉献、贫苦和自制力，吸引不了这位现代诗人的心。他在"强大"②的自我张扬的淋漓尽致的表演中，体味快乐。这种强大的四周积聚了大量财富；于是，罗波那的宫顶阻塞了流云之路，他隆隆的飞车声和战马的嘶鸣震颤大地；他以凶悍吓呆诸神，使风神、火神、雷神成为他的奴仆；为了得到想得到的东西，他不肯向任何挡道的典籍和兵器屈服。多年敛积的金山银山，高耸入云，崩裂化为灰烬。与一路乞讨走来的相貌一般的罗摩作战，比他自己生命还要珍贵的儿子、孙子和亲属，一个个死去。他们的母亲们呛天呼地，放声大哭。在可怕的灾难之中，他坚如磐石，绝不承认失败。诗人站在海边的焚尸场上，目睹与道义相悖的狂傲的失败，长叹一声，结束了他的长诗。诗歌女神仿佛心里瞧不起凡事谨小慎微、循规蹈矩的人，而把自己泪湿的花环戴在桀骜不驯、目空一切的人的脖子上。

欧洲的强大带着奇特的冲击力和空前的财富，站在世俗荣耀的顶峰，如今出现在我们面前。他闪电镶嵌的雷霆在我们头上隆隆轰响。当今时代，《罗摩衍那》这把古琴上新系的一根弦③，在这种强大的颂曲中融进了弦曲，这种情形，可有人意识到了呢？这样做在全国是必要的，出于软弱的怨恼，我们口头上不肯承认，可每走一步，不得不承认，我们唱《罗摩衍那》之歌，也挡不住那弦曲了。

---

① "波雅尔"是孟加拉语的一种诗体，每行 14 个音节。每两行押韵。麦克尔·默屠苏登·达多写的《因陀罗者伏诛》，不押韵，一句跨数行，打破了"波雅尔"的格式。

② 指十首王拥有的权力。

③ 指诗集《因陀罗者伏诛》。

　　我就《罗摩衍那》展开论述，意欲说明，目前在人类文学中正在形成一种思潮的范围，是极其广阔的。乍看它来得突兀，就像人们觉得，杰特拉月①的阵雨，下得很突然一样。事实上，在持续的力量推动下，阵雨从遥远的西方涌来，有时行进特别顺利，有时则遇到阻力，最终湿润了我们的土地。思潮也是这样涌来的。由于大大小小的原因，它有时化整为零，有时又聚为整体，姿态变幻着扩散。人类聚集的博大心灵，受内心隐秘而不可抗拒的规律制约，不断地展现自身，奇妙的心灵创造，遍布整个世界，拥有繁多的姿态，繁多的趣味，繁多的演变。

　　当我们在近处观察作家时，作家和作品的关系一目了然，就像贡甘特里山②和它拥搂的恒河。世界上有些诗作的作者是谁，无从知晓，仿佛是诗作自己创造了自己，不过它的脉络没有断裂，我以这样的诗作为例，试图把你们的思绪引导到情感创造的宏大本体上来。

1907 年

---

① 印历 12 月，公历 3 月至 4 月。
② 恒河流经的一座山。

长篇历史小说

人类社会的真真假假、事件和想象，像兄弟姐妹一样，吃一锅饭，在一起玩耍，可长大成人之后，它的童年消逝在哪儿了呢？人做梦也没有想到，如今它们闹分家会闹得这么厉害。

《罗摩衍那》和《摩诃婆罗多》的往昔，就是印度的历史。今天的历史承认与它们的亲缘关系，是非常迟疑的。它说："与史诗成亲，它的家族断绝了香火。可如今重续它家族的香火，实在太难了，于是，历史愿意自称是史诗了。"不料史诗说："历史兄弟，你身上有许多虚假，而我身上有许多真实。来吧，我们和以前一样，相安无事吧。"可历史说："不，兄弟，哪些是你的，哪些是我的，搞清楚为好。名字叫知识的勘测者，已开始在各地丈量，动手分地了。他决心在真实王国和想象王国之间划一条清晰的界线。"

历史学家以歪曲历史的罪名控告长篇小说，这是当下文学家庭成员闹分家的证据。

这样的诉讼不光发生在印度，也不光诺宾先生①和般吉姆先生②被推

孟加拉历史小说家诺宾

---

① 诺宾·吉德拉·桑（1847—1909）系孟加拉作家、诗人。
② 般吉姆·钱德拉·查特吉（1838—1894）系著名孟加拉小说家。

上被告席，连长篇历史小说家的鼻祖和楷模司各特①也未能免于指控。

在当代英国史学家中间，弗利曼先生颇有名望。他对长篇小说中歪曲历史的行为表示了极大愤慨。他说，谁想了解欧洲的十字军东征时代的情况，最好别读司各特的《艾凡赫》。

当然，欧洲的十字军东征时代的真实史料，应该熟悉，这是毋庸置疑的。不过，我们也应知道，司各特的《艾凡赫》中，也有人类历史的永恒真实。其实，我们想厘清史实的欲望是非常强烈的，虽然关于十字军东征时代，可能获得错误信息，学生们仍挡不住《艾凡赫》的诱惑，瞒着弗利曼先生阅读这本书。

现在，需要讨论的是，同时保留史实和文学的永恒真实，司各特能不能写成《艾凡赫》？

要我们下断言显然是困难的。可我们看到，他没有那样做。

也许，他并非是故意不那么做。关于十字军东征时代，司各特不如弗利曼先生知道得那么多。在司各特时代，没有广泛地搜寻史料，寻找证据，进行深入细致的分析。

持反对观点的人说，坐下来构思小说情节的时候，他应该尽量多收集史料，之后再动笔。

但这种收集何时可以结束呢？何时可以肯定，关于十字军东征时代的所有实证全找到了呢？怎么能够断定，今天我们了解的所谓永恒的历史真实，明天不会又被发现的新的文件从历史的御座上推下来呢？怎么可以言之凿凿，今天依据现有的历史知识写历史小说的作家，明天不会又受到新的史学专家的抨击呢？

持反对观点的人可能接口说："是呀，你想写小说只管写，可千万别写历史小说。"当然印度至今没有人站出来讲这种话。但在英国文坛上，最近出现了反对的苗头。弗朗西斯·帕尔格雷特爵士说，长篇历史小说既是历史的敌人，也是故事的死敌。换言之，长篇历史小说家为了

---

① 司各特（1771—1832）系英国历史小说家。

编故事，放肆地打击历史，而受伤的历史就破坏他的故事。这样一来，可怜的"故事"的父亲的家族和岳父的家族，全遭殃了。

尽管危险四伏，历史叙事长诗缘何在文苑有了立足之地呢？下面我阐述一下我们心里认知的原委。

印度的修辞学中，这样给诗下定义：富于情味的句子，就是诗。我们在别处从未见过如此简单又如此广义的定义。当然，什么叫情味？很难解释透彻。为有品位能力的人解释情味这个词，是多此一举。而没有品味能力的人，根本就没有必要搞清楚它所有的含义。

印度的修辞学中，论述了九种基本情味①。但还有许多不可言传的混杂情味，修辞学中没有命名。

在那些未界定的情味中，有一种可称为"历史情味"。这种情味，是史诗的生命。

一个人的苦乐，对他来说不是区区小事，可世界上发生的大事，在他眼里不过是影子。这样的个体或几个人的人生的跌宕起伏和剧烈碰撞，写在小说中的话，情味骤然变得非常浓烈。这种浓烈情绪在我们面前弥漫造成对我们的冲击。我们大部分人的苦乐的范围非常狭小。我们人生的怒涛，仅在几个亲戚朋友中间便消逝了。长篇小说《毒树》②中的人物那坎德罗、苏尔雅穆琪和琨德南迪妮的痛苦、欢乐、忧伤，我们能够深切地体会。因为书中全部苦乐的中心，是那坎德罗的家庭。把那坎德罗当作我们的邻居，心理上我们没有任何障碍。

但是，降生人世的少数人的苦乐，与世界大事密切相关。王国的兴衰和无始往昔的悠远的一连串事件，与怒吼的大海一起起伏，那伟大的

---

① 情味是印度文学理论中的术语。《舞论》中论述了戏剧中的 8 种"味"。此后，始于戏剧的"味"的理论，扩大到整个文学领域。有的理论家把"味"增至 9 种或 10 种，加上了"平静"和"慈爱"两种。所谓"味"，是作品包含的一种感情倾向。

② 《毒树》是般吉姆·钱德拉·查特吉的一部长篇小说。

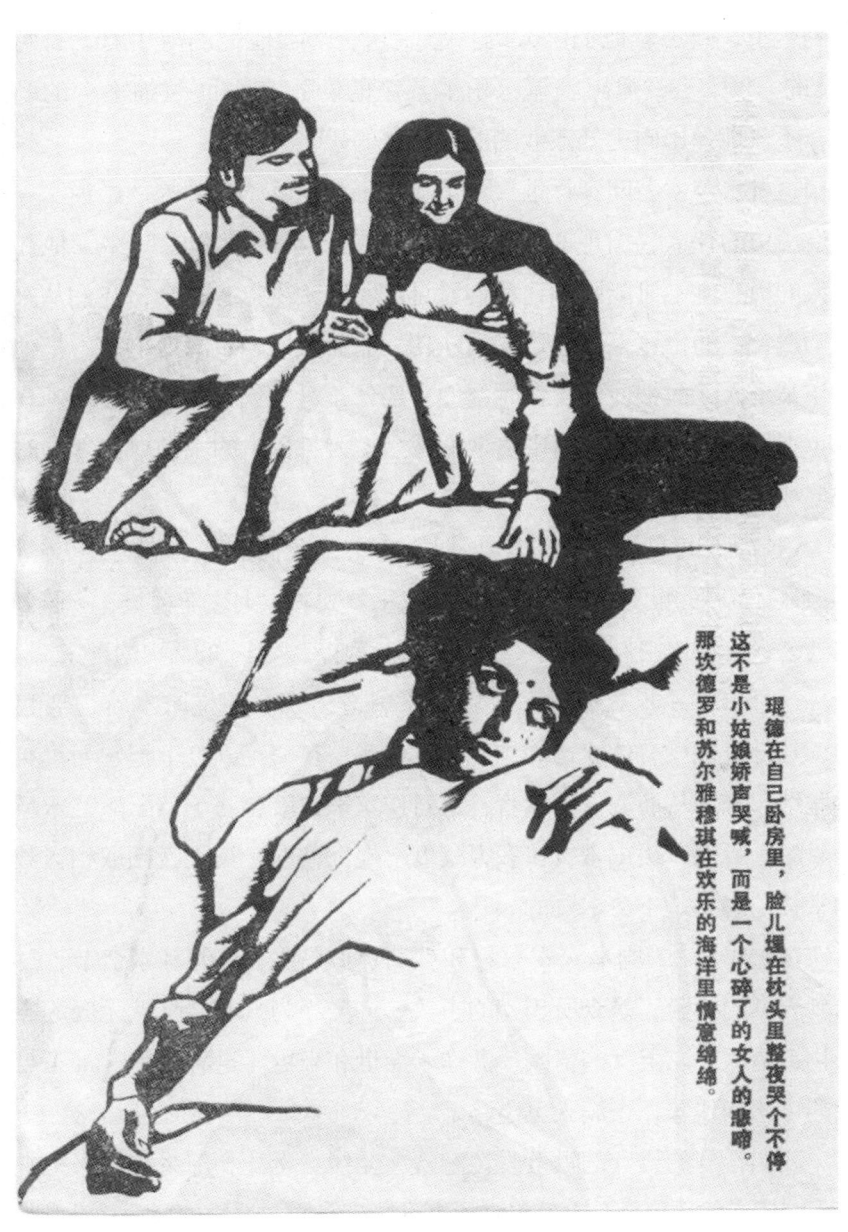

琨德在自己卧房里，脸儿埋在枕头里整夜哭个不停
这不是小姑娘娇声哭喊，而是一个心碎了的女人的悲啼。
那坎德罗和苏尔雅穆琪在欢乐的海洋里情意缠绵。

《毒树》 中译本插图

交响乐中，回荡着他们个人的喜怒哀乐。吟唱他们的故事时，鲁特罗琴①的一根弦上，弹出基调，乐手其余的四指在后面粗细不一的弦丝上，不停地弹出向远处漾散的深沉奇妙的乐音。

这种人与岁月同步行进，不是我们每天能够感受到的。虽说有一种创造历史的伟人，出现在我们面前，可在狭小的"今时"中，他和那阔大的历史，不可能同时让我们看见。所以，尽管有机会，我们从来不能站在合适的位置上，在这些人建功立业的领域中看清他们。不把他们当作某个人，而把他们当作时空的一部分，对他们观察，就必须站在远处，把他们置于悠悠岁月中。他们曾是宏大舞台上的主角，必须同时远望他和他的舞台。

这与我们每日的寻常苦乐离得太远了。当我们上班，吃饭，因委屈而落泪时，宽阔的世界之路上，伟大的驭手驾驶着岁月之车前进，一瞬间察觉到这一点，走出狭小的生存之地，这就意味着尝到了的历史的真味。

这种事，并非不可能完全凭想象创造出来。凡是原本就远离我们的，凡是我们没有体验过的，凭某种假想，在一定程度上把它与真实事件联结起来，从而取信于读者，这对作家来说就容易了。酝酿艺术趣味是目的，所以，历史素材在多大程度上提供帮助，诗人就撷取相当数量的素材，想必是不会迟疑的。

莎士比亚②的剧本《安东尼和克莉奥佩特拉》③ 的基本情节，每天受到人世的检验，是众所周知的事实。许多不为人知、默默无闻的杰出人物，坠入妖媚美女的情网，葬送了今世和来世。这种微小的神圣与人性的可悲的残骸，布满人世之路。

我们看到的男女的世俗爱情游戏，交织着毒汁和琼浆，诗人把它置于一个宏大的历史舞台上，将它提高升华。在心灵反叛的后面，动乱的黑

---

① 印度的一种弦乐器。

② 莎士比亚（1564—1616）系英国著名剧作家。

③ 《安东尼和克莉奥佩特拉》系莎士比亚创作的悲剧之一，作于1607年。

云笼罩着国家的天空，布满爱情矛盾的、被专制禁锢的罗马城里，酝酿着可怕的自我分裂的军事行动。在克莉奥佩特拉的奢华的卧室里，弦琴弹出的旋律，与从远处海边传来的残杀的号角声一起回荡。诗人把历史意蕴和"艳情"、"悲悯"等情味相融合，它便成为震撼人心的悠久和博大。

假如历史学家穆姆·桑把证据的炽光投向莎士比亚的戏剧，那么许多年代搞乱的错误，许多史料的谬误，很可能暴露无遗。但莎士比亚往读者心中倾注的作品魅力，以扭曲的混淆的历史酿造的历史情味，不会因一发现新的史实便荡然无存。

所以，我在以前的一篇评论中写道："与历史的接触过程，使长篇小说中产生一种特殊的艺术情味。小说家渴求的是这种情味，而对历史真实不太理会。谁要是对小说中历史的特殊味道和气味感到不满意，而在要小说中寻找完整的历史，那么这就意味着，他在做好的一道菜中，探寻完整的小茴香、香菜、姜黄、芥子。他要是能保持佐料的完好无损，做的菜肴味道也好，那他只管做。谁要是把佐料捣碎，搅混，我们也不会与他争吵，因为，在这儿，味道是唯一目的，佐料不过是配角。"

换言之，作家保留了完整的历史也罢，还是打破了历史也罢，只要能提供历史情味，写作就算是成功的。

如此说来，把罗摩·昌德拉描写成恶棍，而把罗波那描写成圣贤，难道不算是一种罪过？当然是罪过。但不是篡改历史的罪过，而是亵渎史诗的罪过，彻底推翻众所周知的真实，等于破坏艺术趣味，朝读者头上猛击一棍。遭到突然袭击，史诗一下子便瘫痪了。

另外，如果某个历史谬误，一直为民众所信，史诗如果站在历史和史实一边，从中横加干预，就可能犯错误。你想一想，如果证据确凿，酗酒的，胡作非为的雅度族①是希腊的一个家族，黑天②是栖居森林、

---

① 雅度族是史诗《摩诃婆罗多》中主要人物之一黑天的家族。

② 在史诗《摩诃婆罗多》中，黑天是大神毗湿奴的化身，般度族的坚定支持者。

自由自在、吹笛子的希腊牧童；如果证实，他的皮肤和他的大哥大力罗摩一样白皙；如果确认，流放的阿周那①离开小亚细亚的某个王国，与抢来的优纳尼国的公主妙贤结为夫妻②，多门城③位于希腊的某个半岛；如果有证据表明，流放期间，般度兄弟在希腊武艺高强的天才英雄黑天的鼎力相助下，收复了王国，黑天那种闻所未闻的与众不同的政治、战术和以业绩为核心的正法理论，使他在惊讶的印度成为毗湿奴的化身，即使如此，毗耶娑的《摩诃婆罗多》也不会消亡，诗人诺宾也不敢硬把"黑"重新变成"白"的。

在这儿我们只是作一般的论述。至于诺宾先生、般吉姆先生在他们的长诗和长篇小说中，是否远远地偏离了历史，以至于损害了诗味，尽可在对他们著作的专论中作详细评说。

当下应做什么呢？读历史，还是读《艾凡赫》？回答十分简单，两者都读。为获得真实读历史，为赢得快乐读《艾凡赫》。担心学到的是谬误，万分谨慎，不让自己品尝诗味，心灵势必枯萎、衰竭。

在诗作中如果学到的是谬误，就通过学历史加以纠正。但没有机会学习历史的人，光读诗歌，是不幸的。而没有机会读诗的人，光读历史，就更不幸了。

1898 年

---

① 史诗《摩诃婆罗多》中的人物之一，般度五兄弟中的老三。

② 妙贤是黑天的妹妹，阿周那的妻子。

③ 雅度族所在的城市。

诗人的传记

诗人丁尼生①的儿子为纪念已故的父亲，最近出版了两卷本《丁尼生书信和传记》。

古代诗人的详细生平，如今收集不到了。因为古代没有喜欢写传记的人。另外，那时，不管是大人物还是小人物，比起现在的人，更乐意默默无闻地生活。书信、报刊、团体不多，文学争论不那么激烈。所以，没有机会读到反映天才人物的人生的作品。

许多旅行家不辞艰辛前往人迹罕至的地方，寻找大江大河的源头。也有一些人饶有兴致地探寻宏大诗篇的源头，心中勃生了在现代诗人的传记中满足兴趣的希望。在现代社会，诗人仿佛没有藏身之地，火车一直可以开到诗作之河的源头所在的崇山峻岭。

抱着这样的希望，我兴致勃勃地读完了这两大本书。但诗人在哪儿？诗歌之河是从哪个山洞里流出来的？无法找到。这本书可以说是丁尼生的传记，但不是诗人的传记。我们不明白，诗人是何时把网撒向人心之海，捕捉到如此丰富的知识和情感的；又是坐在何处，用他那管笛子练习吹奏世界之曲的。

诗人构建人生，不同于他创作诗歌。他的人生不是诗歌。功勋卓著的人，自己构筑自己的人生。如同诗人穿越语言的障碍，组建跌宕起伏的韵律，给平凡的感情以不平凡的格调，给琐碎的事情以崇高的意义，功勋卓著的人，排除人世的重重阻挠，谱写自己的人生旋律，以自己超

---

① 丁尼生（1809—1892）系 19 世纪英国著名诗人，1850 年获得了桂冠诗人的称号。

凡的才能，把周遭的渺小变为高尚。他们以手边得到的普通材料，构筑高洁博大的人生。他们的人生事业，就是他们的诗，所以，民众不能丢弃他们的传记。

但诗人的人生，民众能派什么用场？其中有恒久的成分吗？把它与诗人的名字相联结，高高挂起，等于把渺小置于崇高的御座上，把它羞辱一番。传记是属于伟人的，诗歌才属于大诗人。

出类拔萃的杰出人物，在诗歌和人生两个领域，一样施展才华。诗歌和功业都是他才华的成果。把他们的诗作和人生放在一起观察，意义更加广大，内涵更加丰厚。但丁①的诗作和人生密切相连，一起阅读，就能更多地看到人生和诗作的荣誉。

丁尼生的人生不是那样的。那确是一个好人的人生。但它任何一个阶段，都未产生意义深远或者丰硕的成果。他人生的分量与诗作的分量是不一样的。他某些诗中存在狭隘性，缺少世界的宏大，弥散着现代英国文明的工厂和商店的太多的新气味，这倒反映在他的传记中了。但他在某些方面是高大的，他在一个广阔的音乐领域整体地展示了人与人，展示了创造与造物主关系，可惜他这宽阔的情怀，在传记中没有得到表现。

印度没有古代任何诗人的传记。我对此一直很感兴趣，但不感到遗憾。没有人把有关蚁蛭的传说当作历史。在我们看来，那是诗人的真实经历。蚁蛭仙人②的读者，在他的长诗中创作的他的传记，比他真实的人生更加真实。是怎样的打击，穿透了蚁蛭仙人的心，从中汩汩地流出了诗歌之河的呢？一部《罗摩衍那》是悲悯的泪泉。一只丧偶的雌麻鹬发出的哀鸣，在《罗摩衍那》的故事中心回响。罗波那也像那个猎

---

① 但丁（1265—1321）系意大利中世纪诗人。

② 印度历来认为蚁蛭仙人是《罗摩衍那》的作者。据说他出身婆罗门，曾为盗，后改恶从善，出家修行。有一次他看见猎人射死一只正在交欢的雄麻鹬，雌鸟发出哀鸣，于是他用悲悯"情味"，创作了《罗摩衍那》。

人，拆散了一对情人①。楞伽岛大战的惨烈，是雌麻鹬的翅膀发疯般扑扇的体现。罗波那造成的生离，比死别更残酷。他们团圆之后，那生离的创伤也未能治愈②。

欢乐的积累是怎样升华为美的呢？父亲的慈爱，平民的爱戴，兄弟的手足之情，还有新婚夫妻罗摩和悉多的喜结连理，以及年轻国王的灌顶大礼的描写，是为使这样的享乐趋于完美和圣洁作好铺垫。恰恰在此时，猎人罗波那对准它射出一支箭，箭射中目标，悉多被劫持了。此后一直到终篇，分离未能结束。夫妻生活最甜蜜的开始，就是夫妻幸福的最惨痛的终结。

罗摩和悉多喜结连理

那对麻鹬的故事，是《罗摩衍那》核心题旨的简洁而形象的诠释。大致上说得通的是，后人无疑发现了客观事实：大诗人蚁蛭仙人的纯洁的奥奴斯杜波韵律③的冰河，在悲悯的温暖下融化了，轻捷地流动起来。夫妻情爱的过早而永久的斫裂，唤醒了仙人充满慈悲的诗心。

另外还有一个罗德纳格尔④故事，具有别样的立意。它是从另一角度对《罗摩衍那》诗性的评说。这个故事，是围绕《罗摩衍那》中罗

---

① 指罗摩和悉多。

② 指罗摩迫于社会压力，最终放逐悉多。

③ 梵文的韵律之一。

④ 罗德纳格尔是蚁蛭仙人的曾用名。

摩的品行而编写的。故事中说，罗摩和悉多的离情别绪的无限悲凉，并非《罗摩衍那》的主线，对罗摩的虔诚，才是它的基调。罗摩的人品使一个强盗①改恶从善，成为诗人。虔诚具有多么强大的力量！在印度的眼里，《罗摩衍那》中的罗摩是多么高大地出现在人们面前，这个故事为他作了细致的丈量。

这两个故事想要说明的是，每日的话语、书信、会见、劳作和教育中，没有诗情的本源。史诗的本源中，活跃着巨大的激情，仿佛是骤现的神力，超越诗人的掌控。据说诗人穆昆达罗姆就是在梦中受到了女神的启示，才写出名作的。

有关迦梨陀娑的故事，与此相似。传说中他愚拙，缺少幽默感，是颇有才气的妻子嘲笑的对象。有一天受到神的启示，他突然聪明睿智，诗兴大发。蚁蛭仙人曾是残酷的强盗，而迦梨陀原先是木讷的蠢人，对两人的这种描写，具有同样的铺垫作用。蚁蛭仙人的作品中充满怜悯的圣洁，迦梨陀娑的作品中充满幽默的才智，两者都演绎了奇异的神力。

这些故事，民众不是从诗人的生活，而是从他们的诗作中收集到的。即使探知到诗人生活的许多细节，它与诗人的诗作也不会有深邃而长久的联系。蚁蛭仙人每天的言谈和活动，任何时候都不能与《罗摩衍那》相提并论。因为那些是短暂的，不是永久的。《罗摩衍那》是他内在的永恒本性，亦即整个本性的创造，是不可言传的无量神力的展现。它不像其他劳作那样，是在片时的兴致驱策下去做的。

丁尼生的诗人传记，可以成为一部作品。对于现实生活来说，那是缺少实证的，可对诗歌生涯来说，是有根有据的。没有想象的帮助，不可能使之真实。其中，有贵妇人夏洛特和阿瑟王时代，与维多利亚时代的奇异交融；有马尔林的魔术和科学发现的携手联袂。"现时"像一位后妈，在童年时期就把他流放到想象的森林里——在那儿，他独自坐在

---

① 指蚁蛭仙人。蚁蛭仙人也是《罗摩衍那》中的人物之一。罗摩遗弃悉多于森林时，他收养了她的两个孩子。

古代破残的城堡里，如何获得阿拉丁的神灯，如何与公主团聚，如何肩扛着古代的财富，身着皇袍返回现代，这样的长篇故事，还没有动笔写。倘若写成，它与另外一个人的作品不会雷同，丁尼生的人生，在不同的时代不同的人的嘴上，将呈现不同的形态。

1910 年

儿 歌

最近一段时间，我忙于收集广为流传的妇女哄孩子吟唱的孟加拉儿歌。这些儿歌对于确定孟加拉语和社会的历史走向，具有特殊价值。不过，我觉得我更钟爱其中原生原汁的诗味。

我最怕说我喜欢哪样，不喜欢哪样，不经意间成为批评的导火索。因为，那些批评的里手行家，认为我写的文章是骄傲的表现，是一种罪过。

我恭请求他们静下心来，他们略加思索就会明白，这种骄傲不是傲慢，而恰恰与之相反。那些名副其实的评论家，心里揣着一杆秤。他们制作了测试文学作品分量的法定砝码和与之配套的大量词汇。任何文章送到他们跟前，他们毫不犹豫地在它的背上写上恰当的分数，打上恰当的记号。

然而，由于无能和缺少经验，有些评论者手中没有测试文学作品分量的法定砝码，在评论领域全凭个人的好恶行事。所以，关于文学，期望他们使用像《吠陀》一样的经典语言，是痴心妄想。其实，他们应该承认，不高喊哪种作品优秀，哪种作品低劣，而说"我喜欢哪种作品，不喜欢哪种作品"，是合适之举。

要是谁问，谁愿意听你这种高论呢？我就回答，在文苑大家早已听到了。对文学的批评，被称为评论。不过大部分文学作品本身，就是对自然和人类生活的评论。关于自然，关于人类，关于种种事件，当诗人表达自己的喜悦、忧愁和惊诧，借助激情和写作手法，把他的感受传递到别人的心中时，没人指责他是罪人。读者只是骄傲地思忖：看看诗人的看法和我心里想的是否一致。诗歌评论者如果也抛开逻辑辩论和诗作等级的判定，把读诗产生的想法告诉读者，那也是无可指谪的。

　　尤其今天我叙述的事情中，有一部分是我的切身经历。把哄孩子唱的儿歌中我品尝到的童趣，与我儿时的记忆完全分开，对我来说是绝对不可能的。儿歌的意蕴，多少依赖自己的童年记忆，多少依赖永恒的文学理想，进行缜密分析和正确评判的能力，现在的作家是不具备的。这一点最好首先承认。

　　"雨水滴答滴答，河里翻卷着水浪。"这首儿歌，小时候对我来说，就像让我痴迷的咒语。那种痴迷状态，我至今难以忘怀。如果我不回忆那种心迷神醉的状态，就不能透彻地理解什么是儿歌的意蕴和艺术效果，也就不能理解，为什么这么多长诗短诗，这么多理论和伦理宣传，人类这么多奋不顾身的拼搏，这么多汗流浃背的运动……每天烟消云散，被人忘却，而所有这些内容不连贯、意思不明确、随心所欲地写的诗句，永远在人们的记忆中流传。

　　所有这些儿歌具有永恒的特质。哪首儿歌是哪个年代哪个人的作品，无从知晓；没有人心里冒出疑问：哪一首是哪一年哪一天哪个人写的。凭恃这种天然的永恒，它今天写的也是古老的旧作，一千年前写的也是新作。

　　细细一想就明白，没有别的什么能像幼儿这样古老。伴随国家、岁月、教育和风俗，成年人不断发生新变化。但今时的幼儿，和几千年前的幼儿，完全一样。那不变的古老，一再以婴儿面貌，出生在

孟加拉儿歌插图—那是月亮舅舅

人们的家里。他至今像第一天出生那样新颖，那样柔软，那样无知，那样甜美。存在鲜活的永恒的原因在于，婴儿是自然创造的，而成年人很大程度上是自己的作品。同样，儿歌是婴儿文学，诞生在人们的心里。

它是天生的，这句话具有一定的特殊意义。大千世界的影像和回声，凌乱地在我们心中萦绕。它们凝成缤纷的形态，从一件事突然跳进另一件事。风中的路尘、花粉、无数种气味、杂乱的声音、落叶、水珠、水汽……从这旋转动荡的世界抛出的飘飞的碎屑……时刻茫然地游逛，我们心中的状态，与此相似。就在那儿，我们的意识流中，也有几多色彩气味声音，几多想象之雾，几多观点的雏形，几多只言片语；现实世界的千百种被遗弃的被遗忘的流散的东西，不为人知地，毫无目标地，也在那儿飘浮着。

当我们全神贯注地注视一个方向，默然思索时，一切杂音停息，网一般的碎屑飘逝，影子般的一个个海市蜃楼，一瞬间无影无踪，我们的想象，我们的思维，以一个完整的脉络为依托，专注地向前延伸。我们那个名为心灵的家伙，拥有特多的权力，当它清醒过来，来到外面时，它的影响涵盖我们大部分内心世界和外在世界——它的统治，它的法规，它的话语，它的随从，遍布整个世界。你想一想，空中鸟儿的啼鸣，树叶的沙沙声，一阵阵涛声，住宅区的嘈杂声，或高或低的千百种窃窃私语，不停地回响着——而我们四周，有多少颤动，多少活动，多少往返，多少光影的活泼的游戏时刻在变幻着。可它们很少的一部分，被我们看见。主要原因在于，我们的心灵像一个渔夫，撒一次"团聚"之网，捕获多少，就接受多少，其余大部分，躲开它了。当它观察时，不认真倾听，当它倾听时，不仔细观察，而当它思索时，既不仔细观察也不认真倾听。它能把目标之路上所有的多余之物，大部分清除掉。依仗这种能力，在世界的无限繁富中间，它一直有自己的强势。阅读《往世书》可以知道，远古时代，有些仙人练就了想死就死想活就活的本事。而我们的心灵就有想眼瞎就眼瞎想复明就复明，想耳聋就耳聋想听见就听见的本事，它每一步都使用这种神力，所以从生到死，世界的大部分东西，在它的知觉之外游弋。它只理解自己主动接受的，自己必需的，和按照自己的心意塑造的东西。在它周围，甚至在意识王国，发生的显现的一切，它都不去费力探寻。

在正常状态下，在我们的心天，像梦一样的影子和声音，仿佛在看不见的气流的影响下，由神力推动着，有时靠近，有时散开，呈现各种形态和变幻的色彩，渐渐凝聚成云彩。它们如果在无知觉的背景上，画上自己的影像，那么，我们就能看到，它和我们讨论的儿歌有着许多相似之处。这些儿歌，就是我们心天上的影子，就像澄碧的湖水中云彩嬉戏着的天空的影子。所以我在前面说过，它们是天生的。

孟加拉儿歌插图——大象和小马

在援引一两首儿歌作为例子之前，我恳求读者原谅我，原因是，首先，世世代代，唱儿歌时充满慈爱的朴实而甜美的嗓音，怎么可能流出像我这种循规蹈矩、生性严肃的成人的笔端？！读者可以在的心里，在自己家中，在童年的记忆中，收集那琼浆般甜美的声音。我依凭哪种神咒，把儿歌中永远交融的慈爱、音乐和黄昏之灯照耀的美的形象呈现在读者面前？！但愿儿歌中间就有那样的神咒！

其次，强迫在家中活动、从不装扮、不讲梵文的女孩般的儿歌，站在用刻板的法规一样的文言文①写的文章里，是对它们的虐待，这恰似

————————

① 泰戈尔时代写文章一般采用文言文。

让家里的媳妇坐在法院的证人席上，疾言厉色地对她们提问。但除此别无他法。法院里审理案件，必须遵从法院的规矩。写文章也得按照文章的规则。残酷是不可避免的——

> 朱木娜波蒂是萨罗萨蒂，明天嫁人。
> 走过加齐塔拉，一直走到婆婆家中。
> 下田采几朵加齐花，捡到花环一个。
> 摇响手镯脚铃，玩耍的是希达拉摩。
> 希达拉摩扭动着腰肢使劲儿跳舞，
> 一只木桶里，装满大米和土豆。
> 吃的大米吃的土豆堵死了嗓子，
> 特里普尼的码头上喝不到一滴水。
> 特里普尼的码头上漂着两条鱼，
> 师父拿一条，拿另一条的人是谁？
> 我要拿着乌尔花去娶他的小妹妹。
> 采着采着乌尔花，时间过得很快。
> 我得在中午赶紧去娶他的小妹妹。

这首儿歌中，思绪是不连贯的，这一点，连专爱挑毛病的评论者也不得不承认。有几个凌乱的意象，拴在极其细小的事件之索上，显现出来。显而易见的是，它们没有经过严格的筛选。仿佛在秋天寂静的中午时分，暖洋洋的阳光下，诗学的宫门口，门卫这家伙伸直腿，舒坦地酣睡，"诗句和情感"不作自我介绍，也不寻找合适时机，毫不费劲地跨过他的腿，甚至时不时地轻轻拧一下他的耳朵，随心所欲地在高耸入云的空幻的想象之宫里游逛。门卫如果脑袋一哆嗦惊醒过来，片刻之间，它们一溜烟儿地跑到了哪儿，就不知道了。

不管朱木娜波蒂、萨罗萨蒂是谁，明天是她成亲的大喜日子，这一点说得非常明确。毫无疑问，成亲之后，她得经过加齐塔拉到婆婆家里去，不过这句话暂时不说也无妨。总之，并非没有话题。但是，成亲做

'সাত আট্টে সাতাশ' আমি　বলেছিলেম বলে
গুরুমশায় আমার 'পরে　উঠল রাগে জ্বলে।

মা গো, তুমি পাঁচ পয়সায়　এবার রথের দিনে
সেই যে রঙিন পুতুলখানি　আপনি দিলে কিনে,

খাতার নীচে ছিল ঢাকা;　দেখালে এক ছেলে,
গুরুমশায় রেগেমেগে　ভেঙে দিলেন ফেলে।

বললেন, 'তোর দিন রাত্তির　কেবল যত খেলা;
একটুও তোর মন বসে না　পড়াশুনার বেলা'।
মা গো, আমি জানাই কাকে?　ওঁর কি গুরু আছে?
আমি যদি নালিশ করি　এখ্খনি তাঁর কাছে?
কোনোরকম খেলার পুতুল　নেই কি মা, ওঁর ঘরে?

সত্যি কি ওঁর একটুও মন　নেই পুতুলের 'পরে?
সকাল-সাঁজে তাদের নিয়ে　করতে গিয়ে খেলা
কোনো পড়ায় করেন নি কি　কোনোরকম হেলা?
ওঁর যদি সেই পুতুল নিয়ে　ভাঙেন কেহ রাগে
বল্ দেখি, মা, ওঁর মনে তা　কেমনতরো লাগে।

泰戈尔用孟加拉语写的儿童诗《砸碎泥娃娃》

了哪些准备，或者别人对这桩婚事是否有一丝兴趣，却不清楚。儿歌的王国，不是说一是一说二是二的王国，所有的事儿都能轻易发生，也可能不容易发生，用不着为它忧心忡忡，或者焦急万分。所以，纵然确定明天是淑女朱木娜波蒂的婚嫁吉日，丝毫也不必给予重视。为什么提起这桩婚事？无人急于知道它的答案。加齐花是什么花？我这个城里人说不清楚。不过我准确地猜到，采加齐花，与名为朱木娜波蒂的姑娘迫在眉睫的婚事，毫无关系。这当儿，希达拉摩为何突然叮叮当当摇响手镯、足镯，翩翩起舞，我无法说明它的缘由。大米和土豆的诱惑，可能是最大的原因。但这个原因，又使我们忘却希达拉摩的舞蹈，突然把我们带到特里普尼的码头。码头上漂着两条鱼，不足为奇。可令人特别惊讶的是，虽搞不清楚拿走两条鱼中的一条鱼的人的动机，但我们胸有成竹的作者，不知为何，下定决心要娶他的妹妹，而且完全藐视现行婚俗，认为用采到的几朵乌尔花，来操办吉祥的婚事就足够了。而他选定的时辰，在新旧年历编写者看来，都是不适宜的。

以上谈了作品结构。假如写作的任务交给我们，我们肯定运用各种手法，编织情节，让首行出现的朱木娜波蒂，在最后一节走到特里普尼的码头上，成为身份不明的那个人的不为人知的妹妹，在选定的中午时分，交换乌尔花花环，完成男女双方自愿结合的"坎达波"式婚事，让好心的读者心满意足。

孟加拉儿歌插图——捕鱼

然而，在小男孩的天性中，心灵的权势是非常脆弱的。大千世界和他自己的想象，接踵而至，轮番冲击他。心灵的束缚，在他是痛苦。他没有能力抓住前因后果的有序线索，自始至终，尾随每一件事儿。坐在外部世界的大海边，小男孩用黄沙堆造屋子。他也坐在在内心世界的海边，快活地造沙屋。黄沙是粘黏不到一起的，沙屋不会长久存在。由于黄沙缺少黏力，它是儿童建筑的最好材料。片刻之间，抓来一把把黄沙，可以堆成一个很高的建筑物。要是不中意，修改很容易；感到累了的话，一脚把它夷为平地，做游戏的"创造者"，心情轻松地回家去了。可在用真砖石垒彻的地方，泥瓦匠就得遵守建筑规则。小男孩不可能遵守建筑规则，他刚刚从没有法规、自由欢乐的天堂来到人世，不像我们长期习惯于规则的奴役。所以，他凭微薄之力，在海边造沙屋，在心里随心所欲地创作儿歌之画，在凡世模仿天国的游戏。因此，印度的典籍中，常常把小男孩的游戏比作天神的活动，两者均有相似的自由自在的快乐。

上面援引的儿歌中，没有连贯性，但有意象。加齐塔拉、特里普尼的码头、乌尔花林发生的事儿，既梦一般的古怪，又梦一般的真切。

希望读者不要因为我说了"梦一般的真切"，而对我清醒的理性产生怀疑。哲学界的不少学者称直观世界为梦而否认它的存在，可学者不能否认梦吧。他说直观世界不是真实。那么还有什么？抑或，还有梦吧。由此可见，以强大的论据否认真实，是容易的，但无法否认梦。这个结论不仅适合清醒的梦，也适合睡眠中的梦。思维敏捷的学者也不能不相信梦境中的梦。在清醒的状态中，他们可能不会放弃怀疑真实的机会，但在梦境中，他们毫不迟疑地接受最荒唐的不可能发生的事情。一个名为"信赖"的特性，应当成为真实的最重要的特性，可没有别的什么更像它是梦中的东西。

读者由此可以明白，对于每天做梦的小男孩来说，儿歌的梦幻世界，比起我们眼里真实的直观世界，更加真实。所以，我们常常视某些真实为不可能而加以摈弃，可他们把不可能视为真实而加以接受。

> 雨水滴答滴答，河里翻卷着水浪。
> 希布先生当了新郎，一共三个新娘。
> 一个新娘烧饭端菜，一个新娘光吃饭，
> 一个新娘回娘家，一粒米饭牙没粘。

像我们这些上了岁数的人，听了这首儿歌，首先觉得，希布先生娶的三个姑娘中间，第二个最聪明。但小时候，我们没有分析人物的能力。这四行诗，是我童年的《云使》。在我的心幕上，浮现的是乌云密布、昏暗的雨天和浪涛翻卷的大河。接着看见，河边的沙滩上，泊着几只舢板。希布先生的新婚妻子们下船到了沙洲上，烧饭端菜。说老实话，我心里希望希布先生的生活非常幸福。甚至他第三个妻子怒气冲冲，快步朝娘家走去的情景，也未破坏我想象中的幸福画面。笨小子①当时不明白，那一行诗表明，不幸的希布先生的生活中，酝酿着一个令人多么痛心的悲惨结局。可我前面说过，较之分析人物，我的心思更多地趋向于营造意象。现在才明白过来，不知所措的希布先生未把第三个年纪最小的妻子突然回娘家的场面当作动人的一幕。

我心里一次也不曾想过，希布先生究竟是哪个时代的哪个人。也许有这么一个人吧。也许，这首儿歌中，留存着被遗忘的陈旧历史一个极小的碎片。别的儿歌中，也许有别的碎片。

> 这边、那边是恒河，沙洲在中间。
> 坐在沙洲中央的希波，是一个小贩。
> 希波去了丈人家，让他坐在游廊里。
> 一盘粳米饼当点心，端出来叫他吃。
> 哦，不是粳米饼，是一大碗爆米花。
> 给他吃的还有酸奶，香蕉很粗很大。

孟加拉儿歌插图——鸭子

---

① 指泰戈尔本人。

从氛围和内容来看，我怀疑希布先生和小贩希波可能是一个人。两人对夫妻生活都饶有兴致，大概也不忽视食品。另外，在恒河中央选择的地方，特别适合新婚夫妻度蜜月。

读者在这儿会发现，起初由于疏忽，谈到用一盘粳米饼当点心，招待小贩希波，可随后又纠正，说"不是粳米饼，是一大碗爆米花"，仿佛绝对不允许偏离事件的真实性。但这样修正之后的招待，本身含有贬义。我不能说，这样款待女婿，更加辉煌地表现了他岳父家的名望。但也不敢断定，在这方面，比起岳父家的尊严，诗人更多地关注了真实的尊严。也许它和做梦一样。也许，粳米饼眼看着就变成了爆米花。也许，希布先生什么时候变成了小贩希波，这种话，谁不能说呀！

听说，火星和木星的轨道之间，有一些小行星。有人猜测，它们是一颗巨大的星球爆炸之后的碎片。我觉得，也可以称这些儿歌是那样的小世界。许多古代历史和古老记忆的碎屑，散落在这些儿歌里。任何考古学家不能再把它们揉粘在一起。但我们的想象，试图在那些碎片中间，获得被遗忘的古代世界那既遥远又临近的信息。

当然，小男孩的想象对重塑历史的完整性不感兴趣。在他面前，一切都是现在的。在他面前，只有今时的光荣。他只要可观的画面，不想让画面在情感的泪水中变得模糊。

下面援引的儿歌中凌乱的画面，好像一群鸟在飞翔。在每一个画面不同的快速移行中，小男孩的心，不断地受到冲击，不断地受到感动。

梳了辫子的鸽子又蹦又跳。
大老爷的太太们下河洗澡。
两岸游来一条鲢鱼一条草鱼。
大哥向它们投去他的钢笔。
对岸在洗澡的是两个姑娘，
擦着湿头发，手镯叮当响。
谁留下谁留下，留下了大哥，
大哥今天扔泥巴明天娶媳妇。

大哥经过哪儿？经过巴库尔树。

采摘巴库尔花，拾到花环一个。

敲响彩虹做游戏的是西答纳特。

他说道，兄弟，我要吃饭吃锅，

吃了饭吃了锅，立刻堵住嗓子。

哪儿？吉德普尔码头上喝到水。

吉德普尔田野里沙子闪闪发光，

烈日炎炎，金色脸庞血红血红。

　　这首儿歌中的任何画面抓不到我们，我们也抓不住任何画面。梳了辫子的又蹦又跳的鸽子，大老爷的太太们，两岸游来的鲢鱼、草鱼，对岸沐浴的两个姑娘，大哥的婚事，彩虹伴奏做游戏的西答纳特，中午闪闪发光的沙子，烈日下血红的一张脸庞，这一切都像梦。对岸洗澡的两个姑娘，抬起手用毛巾擦湿发，手镯叮当叮当，作为一幅画面，这是真实的，可以看见的，但作为事件的一个环节，也像怪梦。

孟加拉儿歌插图——梳了辫子的鸽子

　　读者应当记住，营构梦境特别困难。有时心血来潮，觉得随随便便划拉几下就是一首儿歌。但胡乱划几下又有含义，就不容易。人间世事，我们做得太习惯了，以至于比起天生的情感，人为的情感，对我们来说，似乎更简单一些。即使不招呼，口齿伶俐的"探索"，也自动来到我们的世事中间。它在哪儿游说，哪儿的情感就放弃自己薄云般的形态，凝成水珠，不再在风中飘荡。所以，谁觉得写儿歌容易，对他来说就太容易了。对谁来说有点难，就绝对写不出来。最质朴的，也是最难的，这就是"浅易"的主要特征。

　　读者也许注意到，这首儿歌和我援引的第一首儿歌不知怎的有些重叠了。就像云和云、梦和梦相融合，这些儿歌也掺和在一起。没有一位诗人会指责这是剽窃行为，也没有一位评论者会责怪作品表现的情感乱成一锅粥。事实上，这些儿歌是心灵的云彩之国的游戏，那儿，无从确定界线、形态或权限。那儿也看不到与警察和法规的任何关系。请仔细观察我从别处摘抄的下面这首儿歌：

　　　　对岸有棵占迪树，果子又大又香。
　　　　吃了占迪树的脑袋，小命怎么样？
　　　　小命乱叫乱嚷，喉咙硬得像木头。
　　　　兄弟，待会儿去哈尔古里的田头。
　　　　哈尔古里的地里有熟的了枸酱叶①。
　　　　买了枸酱叶、熟石灰，小姑子吃了油炸占迪果。
　　　　丢了一片枸酱叶，赶快告诉我大哥。
　　　　哥哥哥哥叫半天，哥哥他不在家。
　　　　叫一声苏波尔，苏波尔果然在家。
　　　　今天苏波尔张罗彩礼，明天办喜事。
　　　　带着苏波尔迎亲，经过德格那格儿。
　　　　德格那格儿的姑娘们下河洗澡。
　　　　披散的粗黑的长发在水面上漂。
　　　　她们用毛巾擦的黑发闪闪发光，
　　　　戴的金手镯像雷云一样叮当响。
　　　　脖子上戴的项链，红得像鲜血，
　　　　身上穿的纱丽下摆飘起又飘落。
　　　　两边两条大鲢鱼好半天游来游去。
　　　　师父拿一条，拿另一条的是迪伊。
　　　　　迪伊的妈嫁人，

---

　　①　孟加拉人喜欢用枸酱叶包碎槟榔、熟石灰，放在嘴里咀嚼。

披着一条红毛巾。

菩提树叶是彩礼,

新娘是小姑娘柯丽。

小男孩纳加当新郎!

贾罗克岸边的家中锣鼓敲得咚咚响。

在这些儿歌中寻找真实,必然晕头转向。我们在第一首儿歌中看到,名叫希达拉摩的喜欢跳舞的小男孩,嘴馋,吃了大米和土豆,走到特里普尼的码头上喝水。在第二首儿歌里则看到,西答纳特吃了饭吃了锅,跑到吉德普尔的田野上找水喝。在第三首儿歌里可以看到,不是希达拉摩,也不是西答纳特,是一个忌恨大嫂的不幸的小姑子,吃了油炸占迪果,渴得要命,赶紧到哈尔古里的地里喝水。之后,为了把大嫂因粗心大意而犯的小过错告诉大哥,大叫大嚷,闹得满城风雨。

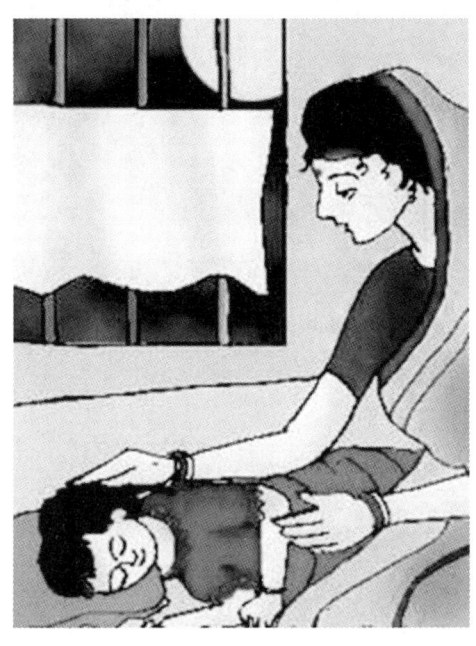

儿歌插图——宝贝睡觉

这就是三首儿歌内容的不连贯。此外,每首儿歌中,也看不到缀连事件的线索。显然,大部分内容是编造的。不过,我们也看到,编造的故事,却比以大量证据使人相信的真实,更令人置信,可作者并未意识到这一点。它们的故事不是真的,也不是假的,介于两者之间。第三首儿歌中谈到的苏波尔的婚事,并非不可能发生的事儿,可又感到不是真的。

哥哥哥哥叫半天,哥哥他不在家。

叫一声苏波尔，苏波尔果然在家。

好像开口叫一声苏波尔，他立刻走了出来。"今天苏波尔张罗彩礼，明天办喜事"，这句话持续的时间不长。接下来马上是德格那格儿的长发姑娘们的故事。在梦中这样的事儿也会发生。也许以相似的词汇，或虚假、细微的关系为支撑，一个又一个瞬间，从一件事儿跃到另外一件事情上。片刻之前，没有它们可能出现的理由，片刻之后，毫不费力，它们又在可能的王国隐逝了。尽管有的读者认为苏波尔的婚事有当时当地的某个真实事件的痕迹，但大家一致承认，"迪伊的妈披着一条红毛巾嫁人"，绝对不能在当时的历史中获得一席之地。因为寡妇再醮这种事，虽说在迪伊家族中时有发生，可在那个教派中从未听说过使用红毛巾。然而，以抑扬顿挫的节奏，以甜润的嗓音，把所有不连贯、不可能的事儿，呈现在听众面前，他们既不相信，也不怀疑，而是以心灵的眼睛观赏梦一般看得见的画面。

我把儿歌比作云彩。两者都变幻不定，五彩缤纷，在气流中随意飘荡。乍看觉得毫无意义。儿歌处于艺术批评理论之外，"云彩科学"也未安身于在经典规则之中。然而，在物质世界和人类世界，这两种放浪形骸的怪物，一直在实现神圣的目标。云彩化为雨水，降落下来，给幼小的植物以生命。儿歌也浸透甘甜的仁慈，以想象的甘霖，沃泽着儿童的心田。无拘无束的轻盈的云彩，依凭自身的轻盈和无拘无束，有效地为世界造福。儿歌也摆脱了重负和深义的束缚，以繁丽的画面，永远愉悦儿童的心。儿歌不是抓住儿童心理学的腰带写出来的。

乡村文学

斯拉万月底的一天，我乘船在巴帕那和拉杰沙希县之间巡游。田野和码头全沉到水下。一个个小村庄，像水生动物的漂浮的巢，不时出现在视野里。河岸已看不见了，四周只有潺潺流动的河水。在夕阳徐徐坠入水中的时候，突然看到十二三个人驾着一艘货船过来了。他们一齐大声唱歌，不用木桨，而是两手握着一支支竹篙，有节奏地啪啪地击水，快速向前。我伸长耳朵听他们唱歌。下面是我记录的他们一次次唱的副歌——

> 姑娘啊，为什么心情郁闷，
> 我从巴帕那为你买来贵重的姆达利。

当夕阳无声地坠向雨季泛滥的洪水时，这首歌是否适合那样的情境，对此，读者尽可持怀疑态度。但听到这两句歌词，在水草晃悠的荒漠般的洪水中，所有的村庄仿佛开口说话了。我看到，在牛厩旁边，在岸上草丛的阴影中，住着心情郁闷的姑娘。她眼睛发红，在她远望的目光下，乡村诗人写的诗在田野码头河流陆地上抑扬顿挫地吟诵起来了。

在人世各种灾难中，姑娘心中的厌世情绪占有最重要的位子。为了消灾，为了获得安宁，诗人创作诗歌，而那些缺少亲情的不幸的人，却准备一死了之。然而，当我听到那句歌词"我从巴帕那为你买来贵重的姆达利"时，一瞬之间心中感到极大的安慰。我不知道"姆达利"是什么物品，但它的价钱不会超过一卢比，诗人对此是没有丝毫怀疑的。在世界另一边的巴帕那县的某个地方，有人不用为困境中的心上人四处奔走，吃苦受累。想到不必去比巴帕那县更艰苦的地方，不用去买比

"姆达利"更贵的物品，他便觉得，心中的哀痛比较容易忍受了。

迦梨陀娑、薄婆菩提①等一流诗人来到这种地方，必定神色欢悦地呼唤心湖中的金莲、天空的星星和天国乐园的仙花。而优禅尼城的绝色佳人听到要她们和着希格利尼和曼达格朗塔旋律，表演高难度舞蹈的建议，不能不欣喜万分。

至少读了诗会这样浮想联翩。可不以为然的散文作家不相信诗有这等魔力。听了咒语，一群羊会死吗？伏尔泰回答说："会死的。但与此同时，需要大量砒霜。"在心情郁闷的姑娘看来，天上的繁星、仙境的鲜花和献身的建议，可能是令人满意的。不过，在大多数情况下，同时需要臂钏和脚镯。诗人隐瞒了这一点。他试图证明：单靠魔咒、韵律和情感的力量，就能达到目的。当然，修饰是必要的，不过那是诗歌的修饰。

所以，韵律和乐曲，不可缺少。在凡世边缘的巴帕那县的沼泽岸边，它也是必不可少的。于是，"姆达利"的价钱，就大大超过一卢比了，一定得用情味和想象的点金石点触一下那个"姆达利"。那两句歌词，不拖腔带调，如果用散文写，其中必然形成一种平淡的乏味。而韵律和乐调，一瞬间就可以将其清除，并用情感之幕把这平常的话遮覆，不让它被人世每天的灰尘玷污。

对人来说，这样做是必要的。时时被各种世事严密地包围着的人，总想以韵律、节拍装饰世事，并在上面投以融合永恒之美的情愫之光，重新进行观察。

在有人居住的地方，做着各种农活儿，渡船在摆渡，铁匠铺里在制作犁铧，木匠家里在制作木臼，金匠家里制作"姆达利"，与此同时，其中文学的创造，也永不停息。文学把每天分散地细琐地做成的东西缀联起来，千方百计制成永恒之物。在村庄里，每天做的许多事情的缝隙里，一种永恒的曲调时刻突破阻挠，奋力奏响。

---

① 罗摩传后篇的作者。

在帕德玛河上航行，听到沙洲草丛中鸳鸯啼叫时，没人误认为它是杜鹃的叫声。当然，无从确定那是高音、中音或低音，但称之为帕德玛沙洲之歌，并不牵强。因为，不管那里面的是动听或不动听的乐音，在冬日的阳光中，在清爽的河风中，那儿回荡着无数生灵享受生活幸福的欢笑声。

不管乡村文学中是否有许多想象之调，但欢乐之曲肯定是有的。借助韵律、节奏演绎村民每天享受的生活的诗人，把语言赋予整个乡村之心。帕德玛河沙洲上鸳鸯的啼叫如同音乐，不会期待纯正的乐曲和节拍。写《云使》的诗人，是优禅尼城的宫廷诗人，可他一直走到阿罗迦。我们默默无闻的歌词作者，肩负重任，也未能走到远离巴帕那的地方。如果真的走了，村民和他的关系就必然中断。他以有限的想象力，把他的邻居维系在一起，因此，他的歌中，不光喜欢想象的诗人的心，所有村民的心也跟着哼唱起来了。

孟加拉民间艺人

所以，在孟加拉的村村寨寨，文学以歌谣、歌曲和说书的形式，时时打动村民的心。如果把它当作诗接受，那么，就得把所有的村庄、住房装在心里，重新阅读。它们能以真义和生命力充实它破损的韵律和不完整的押韵。乡村文学保存了孟加拉村庄的画面和村庄的记忆。所以，孟加拉人认为它充满特殊情味。毗湿奴教派的云游艺人口中吟唱着"胜利属于罗陀"，走进内宅院子里乞讨时，好奇的家庭主妇和蒙着面纱的媳妇们，急切地走上前听他吟唱。年迈的祖母嗓子里装满故事、民歌和儿歌，数百年来，家里的少男少女、姑娘小伙子，在上半个月晚上的月光下和下半个月晚上的星光下，缠着她讲故事，她讲的妙趣横生的故事，在孟加拉读者看来，充满深情，是不朽的。

如同大树的根扎进泥土，树梢在空中扩展，文学的根深深地扎进本国各地的泥土，隐而不露。从狭义的角度审视，它是本国的，当地的，只能被本国的民众接受、享受，外来者不能获得进入它内部的权利。具有地区特色的一部分文学，伫立在本省的下层书架上。这种下层文学和上层文学之间，历来有内在联系。它泥土下面的根须，与它伸向天空的那部分的枝条和果实，不可同日而语。但在文学理论的研究者来看来，两者的相似之处和密切关系，不应被抹杀。

探讨一下古代孟加拉文学，就能清楚地看到下层文学和上层文学之间的联系。写谷物之神的颂歌的诗人和拥有桂冠诗人称号的诗人，虽说都是宫廷诗人，都是饱学之士，精于梵文诗歌文学，可也从未远离本国流行文学。《谷物神颂歌》和《鸠摩罗出世》的故事，差别很小，但《谷物神颂歌》不是用《鸠摩罗出世》的模具浇铸的。它中间的男神女神，是孟加拉农村的湿婆和雪山神女。《杜尔迦颂歌》《正道颂歌》《蛇神游历记》《穆斯林仙人的传说》全取材于农村的民间故事。只有熟悉乡村歌谣，才能找到理解婆罗多·昌德拉和穆昆特罗摩创作的诗歌内涵的路径。毫无疑问，宫廷诗歌的格律、押韵和创作手法，是完美的，但它与乡村歌谣没有本质区别。

我手中收集到的歌谣，比较古老还是比较新颖，我说不清楚。不过，所有这些诗作的年龄相差不会有一二百年。推算一下，距今五十年前乡村诗人所写的歌谣，大致可以说是穆昆特罗摩的同一时期的作品。因为，乡村的生命在有些地方被遮盖着，不会受到时光之河的波涛的猛烈冲击。乡村的生活旅程和它的旅伴文学，在很长一段时期不发生变化，以一种方式缓缓前行。

不过前一段日子，"现代"如同来自远方的新女婿，带着新的行为方式，进入了乡村的内宅。乡村的内部于是发生了变化。几位负责收集歌谣的人写信告诉我：

除了上了岁数的老太婆，不能指望在其他女人口中听到这样的诗歌。她们不知道什么是诗歌，也没有想知道的兴趣。老太婆人数很少，她们中间许多人也不懂诗歌。所以，收集五首歌谣，就得跑到五个村子里找五个老太婆。我们看到，孟加拉的毗湿奴教派艺人中的一两个人，常常诵读了几行就开始乞讨。他们吟唱的歌谣全以罗陀、黑天的爱情为题材。这样的艺人通常很难找到，即使找到，他们许多人唱的也都是一种歌谣。在这种情形下，收集一两首新歌谣，就得有较多的艺人帮助。不过，由于农作物葱绿的祖国大地大发慈悲，每个星期，至少听到来自外地的一两个新艺人吟唱"胜利属于罗陀"，并不是稀罕的事儿。

过去，乡村歌谣在女乞丐口中和祖母们的家中流传，满足了农村名门望族的女人对品尝文学趣味的渴求。如今，她们许多人已学会朗读。孟加拉的文学书刊送到了她们手上。乡村歌谣大概已扩展到社会底层了。

歌谣的题材大致分为两类——关于湿婆与雪山神女和关于罗陀与黑天。湿婆与雪山神女的故事反映孟加拉人的世俗生活，而罗陀与黑天的故事中则反映孟加拉人的感情生活。前一个故事表现夫妻受到的社会束缚，后一个故事表现超越社会束缚的爱情。

贫穷，是夫妻关系中存在的一大障碍。围绕着贫穷之山，湿婆与雪山神女的故事从各个方向掀起波澜。

孟加拉的诗心依凭神圣和神性，使贫穷臻于崇高。诗人以弃绝红尘和忘我精神，消除贫穷的屈辱，让贫穷变得比富有高尚得多。湿婆把贫穷当作身体的服饰——对于贫困的社会阶层来说，没有比这更让人快乐的理想了。哪个人说"我没有财产"，这句话就是他的光荣。哪个人说"我没有奢望"，他难道还会有匮乏？湿婆就是他们这些人的榜样。

湿婆与雪山神女的故事中，讲述了如何克服夫妻关系的危机。贞女对丈夫坚定的尊重，是其一大要素。另一个要素是消除贫穷和赞美高洁。雪山神女的丈夫虽然贫穷，但不卑下。在焚尸场上徜徉的湿婆的妻

湿婆与雪山神女

子雪山神女，因丈夫的德行而比雷神的妻子更加优秀。

夫妻关系中另一个不脏的障碍是丈夫的年老和丑陋。可它被湿婆与雪山神女超越了。在婚礼上，看到年老的女婿，弥诺迦感到懊悔时，凭借神力，年老的女婿突然变成英姿勃勃的年轻人，身着华丽服装。每个年老的女婿能否凭借神力返老还童，它完全取决于妻子真诚的情义和敬意。乡村的云游僧、说书人和歌手，一次次走门串户，讲述湿婆与雪山神女的故事，唤醒那样的敬意。

乡村的诗才并未写到这儿便搁笔。他们用大麻等麻醉品让湿婆变得疯疯癫癫。不仅如此，他们还大肆宣扬他对品行不端的女人的吸引力。在迦梨陀娑笔下的无浪的大海上和在不颤的灯火旁修行的大神，到了孟加拉的农村，就这样受够了糟践。

但总的来说，湿婆与雪山神女的故事，是夫妻跨越大大小小的坎坷，最终获得胜利的故事。印度社会以大家庭为基础，女性的一个生动榜样，在湿婆与雪山神女故事中树立起来了。不管丈夫多么低贱、贫穷、年老、难看，青春美貌的妻子因有敬意、忠贞、宽容、自豪而愈显神采奕奕。妻子是穷人的财富，是乞丐的食粮，是贫寒家庭的有尊严的吉祥女神。

湿婆与雪山神女之歌是社会之歌，而罗陀与黑天之歌是美之歌。

我们暂且不谈其中的精神理论。因为，当理论戴上形象的面具，力图吸引民众的目光时，它便隐藏自己的理论本相，以外貌吸引民众的心。罗陀与黑天的形象中的蕴藉，对于毗湿奴教派和非毗湿奴教派的所有贤达或蠢人，都值得品咂。所以，它散布在歌谣、民歌、快板书和戏剧唱词中。

男女爱情的魅力，以美为渠道，在各国文学中广为传播。仅在社会责任的框架内，是不可能把它全部获取的。社会之外也有它的领地。爱神的五支花箭，向四面八方射去。春天，是世界的青春，偕同"美"，与爱神朝夕相伴。

男女之间的爱情凭借自身的魔力，刹那间将大千世界的日月星辰、花林、河流联结起来，美妙地明亮地安置在自己的四周。爱的力量，突然以无可言传的显身，使凌乱、分散和被冷落的大千世界转眼之间实现梦想。在世界各国，世世代代，人们感觉到并称那种魔力为精神力量的形象。所罗门、哈费兹和毗湿奴教派诗人的作品，便是它的实证。精神冥想者觉得，两个人的爱情具有宏大的世界性，爱情的全部内涵，并非只在两个人中间。它以暗示昭示着世界和世界之主中间无穷岁月的联系和无限激情。

罗陀与黑天

对诗歌来说，这些元素是无与伦比的。它同时是美的、宏广的、最深邃的和能够容纳世界的；是世俗的，又是无可言说的。由于男女缺少公开接触和自由接纳的机会，在印度社会，爱情受到欺负，只得隐秘地存在着，但印度诗人，以各种手段各种技巧把它召唤到自己的诗作中。他们没有公开羞辱社会，而是在社会之外把诗歌供奉起来。在马尼利河畔洒满月光的芒果树林里，春情初萌的沙恭达罗，是囚禁在社会之牢中的诗人心中的想象之梦。豆扇陀和沙恭达罗的爱情，是超越社会的，甚至是反社会的。补卢罗婆娑①的疯狂爱情，撕碎社会羁绊，像河流山谷森林里的疯野象，肆无忌惮地奔跑。《云使》是离别之作。天各一方，坚韧的夫妻纽带稍稍断裂，两人仿佛又获得了重新单独相爱的机会。在男女之间出现隔离带的地方，两心强烈的倾向性有了让自己自由活动的天地。《鸠摩罗出世》中，少女柯丽②如果不违背社会法则，不独自在山上的净修行林里服侍大神，那还能写出像第三章那样无与伦比的诗篇吗？一边是用春天的鲜花装扮、希莉花般的娇柔、款款行走的乌玛，另一边是进行苦修的大神海一样的胸怀，在城镇的法规的高墙内，征服世界的爱情岂能获得这种团圆的大好时机？

然而，人类创造的社会在自己的范围内并不完全满意。"美"和爱的魅力把社会拉向社会外面，人不能不把"美"和爱的魅力至少供奉在心灵世界，并凭借想象来享受。人尽管在世俗社会受到阻挠，可他会以双倍的热情，奋力在精神情感中将其掌控。这就是毗湿奴教派歌曲眼看着传播到全印度的主要原因。毗湿奴教派歌曲是自由之歌，它不承认什么种姓、什么家族。可它的"放浪形骸"接受"美"和心灵的束缚。它不是失去理性的感官的迷茫的疯狂。

如同湿婆与雪山神女的故事中叙述夫妻关系遇到障碍，毗湿奴教派的说唱词中，也谈到爱情之河有一次遇到的强大阻拦，那就是社会。那"一次"代表着社会中的"万千次"。毗湿奴教派的说唱词中，社会障碍的四周，翻腾着爱的波浪。在毗湿奴教派的诗集中，甚至把与未婚女子调情描绘成一件特别光彩的事情。不消说，这种光彩的事情，不是根据社会道德标准评判的。它属于纯爱的范畴。其中显示了对自我和世界的忘却，对谴责、畏惧、羞怯和管教的极度冷漠，对严酷的族规、风俗的熟视无睹；并以此表现爱的强大力量、不可解析的奥秘和无拘无束，以及超越社会、世界、时空、个人、辩论和因果关系的博大情愫。因

---

① 迦梨陀娑的剧本《优哩婆湿》中的男主人公。

② 柯丽和乌玛是雪山神女的两个名字。

此，在人类社会一致谴责的高耸入云的罪过之山上，毗湿奴教派的诗人们，供奉他们描写的爱情，完成它的灌顶大礼。这种吞噬一切、捐弃一切、突破一切羁绊的爱情，在精神意义上即使不被接受，让它成为诗歌题材，也不会造成什么伤害，只是会受到社会道德标准的裁决。

传播这种爱情之歌，可能会觉得它对普通人来说是危险的，对社会是有害的。但实际情况并非完全如此。社会不可能根除人性。人性在劳作、话语和想象中以各种方式表现自己。它在一个方向受到阻拦，就向另一个方向流动。过度地全面地阻遏人性，会招来社会的危险。在那种情形下，当受阻的人性以某种方法找到出路，它其实是在减少危险。在印度，当无羁的爱情找不到社会许可的公开露面的地盘，它想外出的大门关死，并用典籍压着它把它送进坟墓，它脱壳的幽灵在夜半时分，就以双倍的力气从关闭的大门的缝隙钻出去，在城镇游逛时，在我们的社会中，那吞噬家族名望的、一身污点的爱情，按照正常规律，必然秘密地获得立足之地。毗湿奴教派诗人们把突破围堵的爱情的深挚而势不可挡的冲动带到"美"的领域和精神世界，在很大程度上把它带离凡世之路，零零散散地送到精神之路上，并在圣地为印度社会中历来饥饿的鬼魂摆上供品。为了把爱欲变成爱情，他们使用了富于韵味的想象的各种点金石。我们不能说，在他们的作品中，感官的变态不曾找到藏身之处。但如同湍急的大江大河里，无数肮脏和死了的东西时刻在净化自身，在"美"和真情的冲击中，那些变态也很容易得到纠正。

《沙恭达罗》

文学评论者心里，很容易萌生把迦梨陀娑的剧本《沙恭达罗》与莎士比亚的剧本《暴风雨》作比较的念头。两者外在的相似和内在的不同，非常值得评析。

印度名著《沙恭达罗》

幽僻之地长大的米兰达与王子腓迪南的爱情，同修行的倩女沙恭达罗与国王豆扇陀①的爱情，有相同之处。故事发生的地点，也有些类似：前者是大海围绕的孤岛，后者是净修林。

于是，我们看到了两者基本故事情节的雷同。但读了剧本就感觉到，两者的诗味迥然不同。

欧洲的诗坛大师歌德，没有逐段剖析诗剧，只用了一句诗评论《沙恭达罗》。他这句诗，像一根灯芯的火苗，是细小的，但却以灯光一瞬间照亮

① 米兰达和腓迪南是《暴风雨》中的主人公。沙恭达罗和豆扇陀是《沙恭达罗》中的主人公。

了整部作品。他说："谁想同时看到青春韶华的花朵和成熟年龄的果实，同时看到人间和天堂，那在《沙恭达罗》中，他的心愿可以得到满足。"

　　许多人漫不经心地读着他这句诗，觉得诗句中仅仅流露出了他的激情而已。他们粗浅地认为，这句话的意思是，在歌德看来，《沙恭达罗》是非常值得欣赏的。其实并非如此。歌德的这句话，不是快乐的夸张，而是诗学家的深刻品藻，其间有非同寻常的真知灼见。诗人强调指出，《沙恭达罗》蕴蓄深沉的成熟的情致。这种成熟，是鲜花变为果实的成熟，是从人间进入天堂的成熟，是从人性抵达正道的成熟。如同《云使》分为《前云》和《后云》两部分，在《前云》中，主要游览人间的各种美景，最

莎士比亚剧本《暴风雨》

后进入《后云》阿罗迦①的永恒之美，《沙恭达罗》也有初次邂逅相遇和最终团圆两部分。从第一幕激动人心的奇妙的初次相逢，到天国的净修林里快乐的永恒团圆的过程，就是整部剧本《沙恭达罗》。这不只是某种情感的倾诉，不只是某种性格的展示，这是把整部作品从一个世界带到了另一个世界——把爱情从人性之美的国度送往善德之美的不朽的天堂。关于剧本的题旨，我在另一篇文章中作了详细分析，这儿就不重

―――――――――――

　　①　阿罗迦是《云使》中托乌云捎口信的药叉的居住地。

复了。

迦梨陀娑毫不费劲地让人间和天堂重逢了。他不动声色地让花朵转变成果实，让人间的界限隐逝在天堂中间，竟未让人察觉到两者的差异。在第一幕沙恭达罗的越规中，诗人丝毫没有掩饰人间的瑕疵。诗人通过沙恭达罗和国王豆扇陀两人的言行举止，清晰地展示了人间欲望的影响是多么深远。诗人展现了春情勃发时的神情和激情洋溢的举动，以及极度羞涩与自我表露的急切之间的矛盾。这是沙恭达罗纯朴的标志。她事先对在适宜的条件下激情的突然爆发毫无思想准备，她无法克制自己，也无法掩饰自己。不认识猎人的梅花鹿，距被射伤难道会有很长时间么？沙恭达罗不认识爱神的五支神箭，因此她的芳心没有设防。她没有不相信爱神，也没有不相信豆扇陀。和经常有猎物出没的森林里，猎人总是设法躲藏起来一样，在男女天天很容易交往的社会中，爱神乔装打扮，行踪诡秘，下手极为谨慎。就像净修林里的梅花鹿整天无忧无虑，少女沙恭达罗思想上也从不防备。

沙恭达罗和豆扇陀

恰如毫不费力地描写了沙恭达罗受挫一样，受挫之后她性格清澈的纯洁和未受损伤的天然贞操，也轻而易举地得到了表现。这也是她淳朴的标志。家中房间里摆了假花，每天不拂去落在上面的灰尘，是不行的。但不用雇人拂去树林里野花上的灰尘。林中的鲜花裸露着，身上落下尘土，可它依然保持着洁净的美。沙恭达罗身上也落下了灰尘，可她浑然不知。她像森林里天真的麋鹿，像清澈的泉水，沾染了污秽依然洁白无瑕。

迦梨陀娑让在道院里长大的春情初萌的沙恭达罗，在无忧的天性之路上前行，一直走到终点，一步也没有阻拦。另一方面，又把她塑造成为有自制力的、能吃苦的、循规蹈矩的贞妇的榜样。一方面，她像树木藤蔓鲜花果实一样，沉浸于忘我的性情之中，另一方面，她内在的女性是克制的、坚韧的，专注于修行，完全受制于善德和道义。迦梨陀娑以生花妙笔，把他的女主角在游玩的纵情和节制、天性和规则、河流和大海的交汇处，矗立起来，加以展示。她的父亲是修道士，生母是天上的仙女①。他父亲违背苦修誓言，导致她的出生。她在净修林里渐渐长大成人。在净修林这种地方，天性和修行，美和克制，同存共处。那儿，没有社会的人为法规，只有宗教的严格规定。所谓男女两方自愿结合的结婚方式"坎达波"，既有人性的奔放，也有社会的约束。在制约和自由的连接处培植的剧本《沙恭达罗》，具有不同凡响的完美。人物的苦乐和离合，一切的一切，都是在两者的碰撞中造成的。认真想一想会明白，歌德为什么在他的评论中宣称，《沙恭达罗》中聚集着对立的统一。

《暴风雨》中没有这种特质。沙恭达罗是美女，米兰达也是美女，为此，谁期望两人的鼻子、眼睛长得一模一样呢？两人的环境、经历和性格完全不同。从小由别人抚养的沙恭达罗所处的环境，不像米兰达的那样幽僻。米兰达是父亲一个人养大的，她的性格未获得正常发育的有利条件。沙恭达罗是和同龄女友一起长大的。在彼此热爱，彼此模仿，交流感情，欢笑取笑，窃窃私语中，她们的身心得到正常发育。沙恭达

---

① 印度神话中，沙恭达罗的父亲是修道士众友仙人，生母是仙女弥诺迦。

罗假如整天和干婆①待在一起，她的身心发育就会受到阻碍，她的纯朴就会成为愚昧无知的同义词，她就会被培养成女性的鹿角仙人②。事实上，沙恭达罗的单纯是天生的，而米兰达的单纯是由外来因素造成的。两人所处的环境不同，性格不一样是合乎情理的。沙恭达罗的质朴没有像米兰达的那样，四周由无知守护着。沙恭达罗的春情刚刚孕育，好奇的女友不曾让她沉湎于春情之中，这在第一幕中，我们就已看到了。她已学会害羞。可这些是外在的东西。她的淳朴是深藏的，她的圣洁是内在的。诗人一直到剧终所展示的，是她的淳朴和圣洁未受到外部狡狯的亵渎。沙恭达罗的内心是纯洁的，可她对世事并非一无所知。因为净修林并未远离社会。净修林里也履行家庭义务。沙恭达罗对外面的情况虽说知之甚少，但并非浑然不知。她的心殿上置放着信任的御座。她坚守纯正的信任，使她一度偏离妇道，可也拯救了她的终生，使她即使受到最沉重的背约毁誓的打击，仍能保持宽容、坚毅和善良。米兰达的纯朴没有经受过烈火的考验，没有与人生苦涩发生过冲突。我们只见到在人生初级阶段的米兰达，而诗人从剧始到剧终展示了人生完整的沙恭达罗。

我也承认，在这一点上作比较性的评论，是多此一举。可把两部诗剧放在一起观照，显露出来的差异确实多于一致。对差异的分析，有助于更好地读懂这两部作品，这就是我捉笔撰写这篇文章的动因。

我们在海浪冲击、山石嶙峋、杳无人烟的孤岛上看到了米兰达，可她与海岛景物并不息息相通。把她带离从儿时起就养育她的这块土地，别处不会缺少她的安身之地。她在孤岛上无人相伴，这样的孤寂反映在她的性格上。我们在她心中看不到与岛屿与山岭的感情纽带。我们不是在米兰达的心中，而只是在诗人描述的事件中，看到这座幽静的海岛。这座海岛对诗剧故事来说，是需要的，可对人物来说，并非必不可少。

---

① 干婆是沙恭达罗的养父。

② 印度神话中的鹿角仙人，从小跟父亲修行，从未见过女人。

但这种论断不适合《沙恭达罗》。沙恭达罗是净修林的一部分。把净修林推到远处，不啻是对戏剧故事是打击，连沙恭达罗也不完整了。沙恭达罗不像米兰达那样孤单，她与周遭的景物融为一体。她温柔的性格，与树木的绿荫和玛陀毗青藤的花叶一起显现，一起扩展，与鸟禽有着密切的真诚友情。迦梨陀娑没有把在他的剧本中描写的自然景物抛在一边，而是把自然景物在沙恭达罗的性格中也展现出来。所以，我说过，把沙恭达罗和诗境分开，比登天还难。

米兰达这个人物，主要是通过与腓迪南的爱情塑造的。风狂雨骤的时候，她对破船和船上遭到噩运的人的牵挂担忧，体现了她痛楚的心地的善良。而沙恭达罗的胸襟更为宽广。豆扇陀不露面，他的影子也在她丰富的感情中映现出来。她的芳心之藤，以温柔亲切的缠绕，使有生命和无生命的一切，显得那么美好。她为净修林里的树木浇水的同时，也倾注了她的友情。她以含情的目光，摄取鲜花初绽、生意盎然的森林里的月光，储存在温柔

米兰达和腓迪南

的芳心里。当沙恭达罗离开净修林，前往丈夫家的时候，步步受到牵掣，步步感到忧伤。在世界所有文学作品中，我们只能在《沙恭达罗》的第四幕看到，人与树林的离别，是如此悲切，如此痛彻肺腑。在这部诗作中，不只有人性和道义的融合，也有人和自然的融合。除了印度，在别的国家，恐怕没有这种差异中求同一的命意。

在《暴风雨》中，大自然通过爱丽儿①变成了人，可她远离人的亲

---

①　爱丽儿是《暴风雨》中缥缈的精灵。

情。她无奈地当了人的奴仆。她渴望自由。可她受到强大的人的控制，被人支使，像女奴一样干活儿。她心里没有柔情，眼里没有泪水。连米兰达的芳心也没有对她流露出一丝温情。离开海岛之时，她没有对普洛斯彼罗①和米兰达说一句惜别的话。《暴风雨》充斥暴力、压迫、奴役。《沙恭达罗》则充满宁静、友情和善意。《沙恭达罗》中，能够控制情绪的树木飞禽走兽，也与人亲密友好地融为一体。

《沙恭达罗》的帷幕拉开，就响起劝阻手持弓箭的豆扇陀国王的凄凉声音："喂，喂，国王呀！净修林里的麋鹿不许射杀，不许射杀。"这是奏响的整个剧本的基调。这种劝阻以爱怜之纱遮盖了净修林里的鹿的同时，也遮盖了沙恭达罗。修道士唱道：

> 不要对麋鹿的柔软身躯
>> 射出你的利箭！
> 哦，是谁向一朵朵鲜花
>> 喷射一团团火焰？
> 哦，大王，请你爱惜
>> 麋鹿的宝贵生命！
> 哪儿好像响起了
>> 你射箭的响声。

这些话也是为沙恭达罗说的。国王豆扇陀对她射的爱矢也异常锋利。豆扇陀谈情说爱既老练又冷酷。究竟多么冷酷，在其他章节中可找到答案。而在道院里长大的不谙世事的少女的纯朴，充盈太多的稚拙和善意。唉，那殷殷哀求既是为保护麋鹿，也是为保护沙恭达罗的。两者皆是丛林的栖居者嘛。

为麋鹿恳求的余音未绝，我们看到，身穿树皮做的衣服的修行的姑娘，和她的女友一起，往大树四周挖的土洼儿浇水，在情同手足的树木

---

① 普洛斯彼罗是米兰达的父亲。

藤蔓中间，她每天这样温存地侍奉。不只因为穿了树皮做的衣服，她的表情和动作也显示她是树木藤蔓中的一员。所以豆扇陀唱道：

> 她的嘴唇新叶般的鲜艳，
> 她的双臂嫩枝似的柔软，
> 她的芳躯洋溢青春活力，
> 奇葩一样令人心醉神迷。

她的芳躯洋溢青春活力

舞台上帷幕拉开，一种充满宁谧之美的完满生活，交织着幽静的花丛树木中间每日的修道，对来宾的款待，女友之间的姐妹情义和对大千世界的热爱，呈现在我们面前。它是如此完整，如此欢乐，不由得让我们担心，日后受到打击，恐要分崩离析。我们真想举起双臂，一面阻拦豆扇陀一面说："别射箭，别射箭，千万别打破这一幅完整的美。"

在第一幕的末尾，当沙恭达罗和豆扇陀的爱恋渐渐浓烈起来时，幕后突然响起含愁带忧的呼唤："喂，喂，各位修道者，提高警惕，保护净修林里的生灵，狩猎麋鹿的国王豆扇陀已经临近！"

这是这片净修林土地的哭泣。沙恭达罗也是净修林的生灵中的一员。可是谁也保护不了她。

沙恭达罗离开净修林时，干婆喊道："哦，净修林的树木呀——

　　　在为你们浇水之前，
　　　　她从来不先喝水，
　　她爱你们，从不摘一片叶子，
　　　　尽管也想打扮自己。
　　你们的鲜花盛开之时，
　　　　她欣喜若狂，好像过节，
　　这位少女要去她丈夫家，
　　　　你们大家快来和她告别。"

　　沙恭达罗与有生命、无生命的万物有着如此深挚的情谊！有着如此亲密友善的关系！

　　沙恭达罗依依不舍地说道："波丽扬帕德，我心里急着要去见雅利安之子，可是离开道院，我的脚迈不开步子呀。"

　　波丽扬帕德说："不仅你因为要离别净修林而伤心，净修林也为你即将离去而难过。你看——"

　　　麋鹿吐出正嚼的青草，
　　　　孔雀不再翩翩起舞，
　　从青藤落下了一片片叶子，
　　　　似一串串泪水在脸上流。

　　沙恭达罗对干婆说："父亲啊，茅屋旁边慢吞吞踱步的怀孕的母鹿，哪天顺利地生下小鹿，请派个人向我报喜。"

　　干婆说："这件事我不会忘记的。"

　　沙恭达罗感到身后谁拉着她："哎，谁在后面拽我的衣服呀？"

　　干婆说："孩子——

　　　它的嘴被野草刺破，你好生心疼
　　　　急忙为它抹上因古蒂树油，
　　你用一把把稻谷把它喂养大，

就是你儿子啊，这只麋鹿。"

沙恭达罗对它说："哦，孩子，你一直和我住在一起，今天我要出远门，干吗还跟着我呀？你亲妈生下你死后，是我把你养大的。现在我要走了，父亲，好好照应它。孩子，你回去吧！"

沙恭达罗与树木藤蔓飞禽走兽难舍难分，流着泪离开了净修林。

诗人以生动的语言，描写了沙恭达罗与青藤鲜花和净修林的融洽关系。

在剧本《沙恭达罗》中，大自然与阿诺苏娅、波丽扬帕德、干婆、豆扇陀一样，是个性鲜明的人物。在剧本中给予哑默的大自然如此重要如此尊贵的席位，除了梵文文学作品，大概在其他作品中是看不到的。把大自然人格化，让景物开口说话，可以写成一出寓言剧。但是，让大自然依然是大自然，把它写得如此生动，如此真切，如此博大，如此亲切，让它完成戏剧的这么多任务，这是我在其他地方从未见过的。有些地方，把大自然拒之门外，觉得它很陌生；人们在自己四周建造高墙，在世上处处制造隔阂，那儿的文坛，绝对写不出这样的佳作。

《在罗摩传后篇》中，也表现了人和自然的这种情谊。住在王宫里，悉多的心仍为昔日住过的森林流泪。那儿的塔姆萨河和春天的森林女神，是陪伴她的女友；那儿的孔雀和幼象是她的养子，树木藤蔓是她的亲人。

在戏剧《暴风雨》中，人并未怀着友善的情怀，在世界上扩展自身。人企图削弱、镇服世界，成为霸主。事实上，围绕霸权造成的矛盾冲突和争斗，是《暴风雨》的主要内容。普洛斯彼罗失去王权，凭借咒语扩展对自然王国的控制权。在暴风雨中死里逃生的几个人，登上海滩，在荒无人烟的海岛上，背信弃义，搞阴谋诡计，采用暗杀手段，争权夺利。最后，全落空了，谁能说这是个好结局哩。作者笔下魔鬼似的自然被严加管制，担惊受怕，鲜有歇息，像凯列班①一样，默不做声，

---

① 《暴风雨》中的野性而丑怪的奴隶。

117

可他的牙根和指甲缝里残留着毒液。每个人得到了应得的财物，但只是表面上的获得。这可以是世俗的目标，但不是诗歌的极终目标。

暴风雨既是这个剧本的名字，也诠释了剧本内容。它既表现人和自然的矛盾，也表现人与人之间的矛盾，矛盾的根由是争夺权力。全剧自始至终充满仇恨。

是人难以抑制的欲望，掀起了这样的风暴。必须以镇压、严管和酷刑等手段，控制这猛兽一样的欲望。但是，以强力对付强力，不过是权宜之计。我们的精神本体，不承认它是终结。依靠美，依靠爱，依靠善德，才能从里到外涤清罪恶，这是我们精神本体的追求。它在凡世虽说遇到千百种障碍，可它是人们心中的目标。文学所表现的，就是实现这个目标的隐形奋斗。文学把善升华为美，弘扬仁义，将慈爱变为心灵的财富。以指明后果、宣扬恐怖等手段，把我们引向造福之路，是外在行为，那是法理和宗教的议题。而高尚的文学，应当沿着灵魂深处的路径，以从人性流出的泪水，涤洗污浊，以由衷的憎恨焚烧罪恶，以纯真的愉快欢迎善行。

迦梨陀娑也在他的剧本中以悔恨之心的泪水浇灭了狂野欲望的烈火。但他没有过分地探讨病态。他暗示了那种病态，随即又把它遮盖起来了。人世间类似的地方，难免发生的事，迦梨陀娑通过杜尔巴沙①的诅咒让它发生了。否则，它将是极其残酷和令人憎恶的，将破坏整个剧本中的宁静和和谐。迦梨陀娑在《沙恭达罗》中关注的况味，在那种剧烈动荡中，是无法维持的。他让剧本中弥漫着哀伤的气息，只是遮盖了令人痛恨的肮脏。

然而，迦梨陀娑让遮盖之纱露出了一条缝，让人发现了罪恶的迹象。这个环节需要略加说明。

在第五幕，豆扇陀拒绝接受沙恭达罗。这一幕的开头，诗人把国王

①　杜尔巴沙是云游仙人，沙恭达罗思念离去的豆扇陀，怠慢了他，他就诅咒她怀念的国王将忘记她。

的爱情舞台的帷幕稍稍拉开，展示了片时。王后罕丝帕蒂卡坐在后台，如诉如泣地唱道：

> 贪吮新蜜的蜜蜂啊，
>
> 　　亲吻春天的蓓蕾，
>
> 在莲花丛中获得的快乐，
>
> 　　难道都已忘记？

从后宫传来的发自哀伤之心的含泪的歌声，给我们极大的打击。之所以如此，是因为此前豆扇陀和沙恭达罗如胶似漆的恋爱情状，已占据了我们的心。在前一幕中，沙恭达罗带着年迈的修道士干婆的祝福和整座森林的颂赞，怀着极为怅茫而又极为神圣的甜美心情，动身前往丈夫家。在我们充满希望的心版上，已描绘的她的爱情和家庭之画，到了下一幕的开头，沾上了污点。

当剧中的丑角问"你听懂了这首歌的含义了吗"时，国王微微一笑说："我爱过这女人，之后放弃了。所以，有了黛维·芭苏姆蒂，我理应受到她神圣的责备。马达卜，你替我对罕丝帕蒂卡说，'你非常含蓄地指责了我。'……去，郑重其事地对她这样讲。"

第五幕一开始，介绍国王喜新厌旧，不是没有道理的。诗人以此极为艺术地展示，在杜尔巴沙诅咒下发生的故事的种子，在国王的秉性之中。在诗作中展示的偶发事件，有其必然性。

从第四幕到第五幕，别样的世风突然扑面而来。此前，我们一直身处精神王国，那儿的法则与这儿的截然不同。那儿净修林的情调，怎么可能与这儿的一样呢。在那儿很容易发生的很美好的事情，到了这儿，会变成什么样子，想一想真叫人心寒。所以，在第五幕一开始，我们在宫廷生活中看到，这儿人心异常冷硬，爱情极其复杂，团圆之路是不平坦的。森林里的美好理想，在这儿快要破灭了。干婆的弟子沙楞加罗波走进王宫说道："我好像掉进了烈火包围的一所房子里。"沙尔达德说："见了世俗的人，我的感受，和刚沐浴的人见了全身是油渍的人，心地纯洁的人见了内心肮脏的人，清醒的人见了沉睡的人，自由的人见了受缚的人，心里产生的感受一样。"走进言行举止完全不同的人中间，这两位年轻的修行者，是很容易有这种感触的。第五幕一开始，诗人以各种暗示，让我们在心理上做好准备，使沙恭达罗遭拒绝一事，不至于突然给我们太大的打击。王后罕丝帕蒂卡直率而悲凉的歌声，不过是这一惨痛事件的序幕。

失去记忆的豆扇陀不承认沙恭达罗是他妻子

之后，好像五雷轰顶，沙恭达罗遭到了拒绝。净修林里的这位挤奶女，像被一只她信任的手射来的箭射伤的雌鹿，惊愕、恐惧、痛楚，迷茫地呆望着豆扇陀。一团团火焰仿佛落到了净修林的花朵上。在身心内外，或为人知或不为人知地，以绿荫之美遮掩沙恭达罗的净修林，遭到雷击之后，在沙恭达罗四周从此荡然无存了。沙恭达罗彻底裸露了。哪儿是她父亲干婆？哪儿是她母亲乔达弥？哪儿是女友波丽扬帕德、阿诺苏娅？哪儿是与草木藤蔓的亲密关系、真情纽带？一句话，哪儿是那美好的宁静，是那纯洁的生活？看到沙恭达罗刹那间遭到毁灭的打击，好像换了一个人，我们也顿时目瞪口呆了。剧本前四幕中回响的优美音乐，片刻之间停息了。

之后，沙恭达罗四周是多么沉闷的死寂和孤独！以心中的柔情使四周的万物成为自己亲人的沙恭达罗，如今孑然一身！沙恭达罗只能以自己一个人圣洁的痛苦充填无边的空虚。迦梨陀娑没有把她带回干婆的净修林，显示出非凡的诗才。再与以前熟悉的林地团圆，是不可能的了。离开干婆的道院动身之际，沙恭达罗只是表面上离别了净修林，遭到豆扇陀的断然拒绝，她才与净修林彻底告别。从此，以前那个沙恭达罗不复存在。如今，她与世界的关系发生了变化，再把她置于旧式关系之中，不和谐就会极其残酷地显现。此时此刻，对于这个苦命的女人来说，孤独与她神圣的痛苦最最匹配。在没有女友的新的净修林里，迦梨陀娑没有直接抒写沙恭达罗的离愁别恨。诗人默默地让沙恭达罗四周的冷清和空虚在我们的心中浓郁起来。诗人假如把沙恭达罗带回干婆的净修林里，也这样默不做声，那道院也会张口说话，那儿树木藤蔓的哭泣，女友的哀嚎，就会在我们的心田回荡。然而，在天国陌生的净修林里①，我们感到一切是那么安谧、宁静，只有离别凡世的沙恭达罗那顺从法规、肃穆、宽容的无限痛苦，坐在我们心灵之眼前面的冥想之座上。诗人独自站在这冥想的痛苦面前，把食指按在嘴唇上，以这阻止说话的暗示，使所有的问题保持沉默，把整个大千世界推到远处。

与此同时，豆扇陀受到懊悔之火的烤灼。这懊悔是一种苦修。懊悔之余再不能获得沙恭达罗，获得沙恭达罗就没有价值了。随手拿一样东西的获得，不是真获得。获得不是那么容易的事儿。在骤然刮起的青春的疯狂的风暴中，一瞬间抓住飘荡的沙恭达罗，这不是完整地将她获得。获得的最好方式，是执著追索，是苦修。轻而易举地获得的，也会轻而易举地丧失。冲动之拳抓到的东西，一松劲儿，就脱手了。所以，诗人为了让豆扇陀和沙恭达罗深思熟虑地、货真价实地获得对方，安排他们进行长久的难以忍受的苦修。假如沙恭达罗一走进宫殿，豆扇陀就接受她，沙恭达罗只会扩大王后罕丝帕蒂卡率领的嫔妃队伍，在深宫获

---

① 沙恭达罗被拒绝之后，她的生母弥诺迦闪出一道金光把她接回天国。

沙恭达罗回到天国生了儿子

得一席之地。女人追慕国王，沙恭达罗会和许多贪图享乐的嫔妃一样，带着短暂受宠的记忆，在失宠的黑暗中，过着空虚无聊的生活。国王今后重复的一句话是："我爱过这女人。"

沙恭达罗的幸运在于，豆扇陀冷酷无情地抛弃了她。沙恭达罗以他对自己冷酷无情的回击，使豆扇陀不再浑浑噩噩。沙恭达罗以极端痛苦之火，渐渐熔化了他冰冷的心，并与之交融，与他的身心浑然一体。国王的一生中，这是前所未有的体验，以前他没有获得理解

真正爱情的方法和时机。国王说，他在这方面是不幸的。以往他的意愿全毫不费力地实现，因此不曾拥有求索的珍宝。这一次上苍把他抛进难忍的痛苦之中，让他拥有了真正的爱情。从此，他的宫闱淫乐告一段落。

就这样，迦梨陀娑在人心中让自己的火焰焚烧自己的罪恶，而不是从外面用灰把它掩盖起来。他以火烧尽丑恶，结束了这个剧本。读者的心，在毫无悬念的完美结局中，获得了安宁。从外面突然落下一粒种子，长成一棵毒树，不从心田连根拔起，毒树是砍不倒的。迦梨陀娑让豆扇陀和沙恭达罗外在的结合，沿着痛苦开辟的道路前进，转变为内在的结合，臻于完满。所以歌德说："谁想同时看到青春韶华的花朵和成熟年龄的果实，同时看到人间和天堂，那在《沙恭达罗》中，他的心愿可以得到满足。"

在《暴风雨》中，普洛斯彼罗吩咐腓迪南干重活儿苦活儿，以此

考验他的爱情。可那是皮肉之苦。光搬木头算什么考验。迦梨陀娑所展示的，是在内部的高温高压下让炭变成金刚石。他使"污秽"的体内闪射出光芒，施压让脆弱变得坚强。我们在《沙恭达罗》中看到了从"罪过"演变而来的完满。按照上苍的法则，在人世间，罪恶隐藏在善行之中，在迦梨陀娑的戏剧中，我们看到了"罪恶"渐渐变成善行的成熟的例子。没有罪恶的击打，善行不能获得永恒的光芒和力量。

剧本的序幕中，我们在洁白无瑕的美的世界里看见沙恭达罗。她怀着纯洁的快乐，与亲人、女友、树木、藤蔓、麋鹿和睦相处。罪恶悄然潜入这个天堂。天堂之美，像害虫啮咬的花朵一样凋谢了。接踵而来的是羞耻、惶惑、悲伤、分离和悔恨。最终，在更纯正更高贵的天堂里，满眼是宽容、真情和安宁。《沙恭达罗》既可称为《失乐园》，又可称为《复乐园》

第一个天堂是纤弱的，不设防的。它是美的，完整的，却像荷叶上的露珠，即将滴落。脱离狭小的完整的柔美，是件好事，因为它不能持久，不能给我们百分之百的满足。罪恶像疯象冲进来，撞破荷叶之栅，狂叫，撒野，折磨所有的心灵。原生的天堂，就这样很容易遭到破坏，剩下的是求索的天堂。依凭悔恨，依凭修行，当那个天堂获胜时，就没有愁苦了。那个天堂是永恒的。

人的一生与此相似。幼儿居住的质朴的天堂，是美的，完整的，但也是窄小的。中年的烦躁、怨恼，种种罪恶的打击，以及悔恨的烈火，对于人生趋于完美，是不可缺少的。走出童年的安宁，不进入凡世的矛盾动荡之中，就休想品尝到暮年完满的安恬。中午的炎热，烤烘早晨的凉爽，傍晚时分，才有一个个世界的憩息。罪恶摧毁片时的脆弱，悔恨的痛楚塑造恒久。诗剧《沙恭达罗》中，诗人叙述了失去天堂到重获天堂的全过程。

大自然外面上是平静的，美的，可它内部时刻活跃着强大的力量，我们在《沙恭达罗》中看到了它的形象。如此惊人的克制，我们在别的剧本中没有看到过。一有表现强烈欲望的机会，欧洲诗人立刻兴奋不已。他们喜欢采用夸张手法，展示人的欲望可以达到怎样的高度。大量的例子，可以在莎士比亚的《罗密欧和朱丽叶》等剧本中找到。可像《沙恭达罗》如此深沉、宁静，如此节制、完整的剧本，在他戏剧作品中却找不到一部。豆扇陀和沙恭达罗的缠绵情状，是非常简约的，大部分以隐喻、象征来表现。迦梨陀娑在任何章节都没有松开诗笔的笼头。在别的诗人寻找让诗笔奔跑的地方，他突然迫使它收住脚步。豆扇陀从净修林回到京城之后，从不打听沙恭达罗的情况。这时，本可以写许多哀泣、怨恨的话，可诗人没有让沙恭达罗说一句。只是看到沙恭达罗由于心神不定没有款待云游仙人杜尔巴沙，我们才预感到这位不幸女子将受到磨难。临别之际，诗人是多么镇定地、深情地、节制地用简短的几句话，表达了干婆对沙恭达罗的关爱。波丽扬帕德、阿诺苏娅送别沙恭达罗时的悲伤，在几行诗中，不时眼看着要冲决克制的堤坝，立刻又在心中被控制住了。沙恭达罗被拒绝的场景中，交织着惊恐、羞耻、愤懑、恳求、责备、哀诉等种种复杂情绪，可表述却那么简练。谁能想到，在幸福时刻，毫不踟蹰真心诚意地奉献自身的沙恭达罗，面对灾难，蒙受奇耻大辱之时，能以令人惊讶的克制，情绪平和地维护自己的自尊心。她遭到拒绝之后的沉默，是多么深邃，多么阔大！干婆沉默着，波丽扬帕德、阿诺苏娅沉默着，玛利尼河畔的净修林沉默着，沙恭达罗的沉默，最为厚重！本可让人物情绪宣泄的大好时机，在别的剧本中，能够这样被无声地摈弃吗？以云游仙人杜尔巴沙的诅咒之纱，遮掩豆扇陀的罪过，也体现诗人的克制。赤裸裸地放肆地渲染卑劣欲望的狂野的诱惑，被诗人有效地遏制了。他的诗歌女神一面劝阻他一面说：

> 不要对麋鹿的柔软身躯
>
> 　　射出你的利箭！
>
> 哦，是谁向一朵朵鲜花
>
> 　　喷射一团团火焰？

当豆扇陀带着让人愤怒的导火索，疯了似的在剧本中出现时，诗人

北京青年艺术剧院演出《沙恭达罗》

的心中响起："作为破坏修行的活生生的象征，象王闯进了正道之林。"看来，诗境的宁静要被破坏了。但迦梨陀娑立即以诅咒之素，制服了正道之林和诗歌之林里搞破坏的象王。他没有让它搅起荷花丛中的污泥。

换成欧洲诗人，在这儿必然临摹人世的真实，在剧本中原封不动地书写人世发生的真事，不会以诅咒或虚构手法，作任何掩饰。仿佛人世对他们提出了所有的诉求，而诗学没有提出一项诉求。迦梨陀娑没有给人世多于诗学的关注。"在作品中完全模仿路上码头上发生的一切"，有这样条款的契约，他从不签字交给别人。但他服从诗学的指挥。他尽力让诗作中描写的每个事件，符合诗学原则。他保留真实的内在形象，让真实的外貌与诗美相一致。他灿烂地展示了愧疚和修行，以薄纱稍稍遮掩了恶行。剧本《沙恭达罗》从头到尾充满宁静、美和节制。若不这么做，就是一部失败之作。假如对人世的模仿，纹丝不差，那对诗歌女神是严厉的打击。诗人迦梨陀娑娴熟的怜悯之笔，是绝对不会那么

125

做的。

就这样，诗人不让外在的宁静和美过分忧烦的同时，使他诗作的内在张力在沉静中时刻保持活跃和旺健。甚至他让他净修林的自然景色也时时参与心理活动。自然景色有时在沙恭达罗的青春游戏中奉献自己的旖旎，有时在吉祥的祝福中融入吉利的飒飒声，有时在自己哑默的道别中，把哀叹掺入离愁别绪，有时依凭神咒的力量，在沙恭达罗的品行中，时刻闪射圣洁和柔情的光芒。诗剧《沙恭达罗》拥有足够的沉静，可在诗剧中，最沉静最广泛地起作用的，是诗人的净修林。这样的作用，不是《暴风雨》中爱丽儿这位受到严管的奴才的外在作用。它是美的作用，真情的作用，友谊的作用，内在的隐秘的作用。

《暴风雨》中有暴力，《沙恭达罗》中有宁静；《暴风雨》中以强暴赢得胜利，《沙恭达罗》中善行修成正果；《暴风雨》中可看到半路上的夭折，《沙恭达罗》中看到的是完美的结局。《暴风雨》中的米兰达是用质朴的温情塑造而成的，可她的质朴建立在无知和阅历浅薄的基础之上。沙恭达罗的淳朴经历了罪恶、痛楚、考验、坚毅和宽容的洗礼，因而是成熟、深沉和持久的。让我再次引用歌德的评论结束此文：在《沙恭达罗》中，首先展示的青春的美，在充满善的最后结局中得到升华，使人间和天堂会合了。

1902 年

《云使》

生活之河谐和着《云使》的曼达格朗塔韵律，从罗摩山到喜马拉雅山，在古代印度一片广袤的大地上流淌，后来，不光在雨季，一代又一代，我们被赶出了那片土地。那儿的花园外有露兜树篱，一到雨季，麻雀、乌鸦、鸽子，忙着在村里的菩提树上筑巢。村子边上，果树林里的黑浆果熟了，果子黑得像乌云。景色秀丽的圣地达萨尔那如今在哪儿？阿般提城年迈的村民，为孩子们讲邬陀衍国王和巴索波笃达①里的故事，如今他们又在哪儿？还有斯波罗河畔的优禅尼城呢！毫无疑问，优禅尼城聚敛着大量财富，美景令人目不暇接。但有关的详细叙述，不曾扩充我们的记忆。我们只闻到一缕从高楼窗棂逸出的薰贵妇人黑发的香气。漆黑的夜里，屋脊上的鸽子睡着了，我们在心里只能感受到那人口稠密的都市行人断绝的街道和无限扩展的酣眠；看到京城里入睡的楼宇的大门关闭，寂静的街上黑暗中，芳心怦怦跳动、步履急促、幽会归来的女郎的朦胧影子，多么想把试金石上划出的金线般的一丝光亮，投射到她的足前啊。

古代印度那片土地上的河流、山脉、城镇的名字多美呀！阿般提城、毗地沙城、优禅尼城、文底耶山、盖拉莎山、提婆山、瓦列河、斯波罗河、贝德罗波迪河……这些名字具有圣洁、高贵、优雅的气质。从那时起，时光渐渐变得卑贱了。《云使》语言的使用，仿佛加快了心力的委顿和衰弱。如今的命名也庸俗不堪。当下，假如找到走进瓦列河、斯波罗河、尼尔宾达河畔的阿般提城、毗地沙城的路，我们定能摆脱眼

---

① 巴索波笃达是一部梵文作品。

下四周烦人的嘈杂声。

《云使》封面

所以，如今读者的孤独的长叹，成了为药叉传递口信的那片云彩的旅伴。诗人①笔下那个印度的村妇，眼里充满爱意，可尚未学会弄眉毛送秋波。可城里的女人善于舞弄柳眉，浓密睫毛下的黑眼眸闪射出一排蜜蜂般曼妙的好奇目光。我们从那儿被放逐了。除了诗人的云彩，现在我们不能派一位使者去那儿。

记得一位英国诗人这样写道："一个个人像一座座孤岛，中间是浩瀚的咸的泪海。"我们从远处彼此打量，觉得我们一度好像在生活在同一个洲。不知是受了谁的诅咒，分离的泪涛在我们中间翻腾。从大海围绕的微小的今时，当我们远望诗中描述的往昔大地上的河岸，就觉得，我们和斯波罗河畔茉莉花丛中采花的姑娘，阿般提城里讲邬陀衍国王的故事的老人，和看见雨季第一片乌云、怀想在路上行走的妻子、满腹离愁的外乡人，仿佛有感情上的联系。我们和他们中间，有着人性的密切关联，但被残酷的岁月隔开了。是诗人的才情，使悠远的一段时光，成为不朽的美的阿罗迦城。我们从分离的今时的凡世，往那儿派遣想象的云使。

然而，不光是往昔和今时之间，人与人之间，也有深不可测的分离之壑。我们期望与之团聚的人，住在心灵之湖的不可前往的湖边，没有

---

① 指迦梨陀娑。

凡躯抵达那儿的路，只能往那儿派遣想象。我在哪儿？你又在哪儿？中间的地带无边无际。谁能跨越？谁能见到在无边的中间地带中央的最亲近的永恒的人？如今只能在语言、情愫、暗示、隐喻、过错、谬误、光影、身心、生死交织的激流中，感觉到他的一丝气息。假如从你那儿一阵南风吹到我身边，在我那是齐天洪福。在这离愁弥漫的凡世，谁敢奢望获得更多！

> 山上的雪松刚刚萌生了新叶，
>
> 南风中飘荡着它的清香气息。
>
> 贤妻啊，我拥抱从雪山吹来的风，
>
> 风儿也许以前曾触摸你的身体。

毗湿奴教派诗人波勒拉摩达斯谈到这永久的离别，不禁吟唱道：

> 两人在彼此的怀里想着离别默默流泪。

我们每个人独自伫立在凄清的山顶上，朝北方瞭望。中间是天空，云彩，美好世界的瓦列河、斯波罗河、阿般提城、优禅尼城，幸福和美的享受的富丽画面——其间有提醒，但不让人彼此接近；激起人的热望，但不予满足。两个人相距是那么遥远！

《云使》上篇《前云》插图

不过与此同时，我们也觉得，我们仿佛在某个时代住在一个心灵世界，之后从那儿走散了。所以毗湿奴教派诗人问道："是谁把你领出心灵的？"怎么会发生这种事？在我心灵王国中的人，此时为什么出来呢？那儿难道没有你的安身之地？波勒拉摩达斯又说："主啊，她是大力罗摩的，日日心神不定。"在涵盖万物的一个心灵中，融为一体的那些人，如今全从那儿出来了。所以，彼此见了，心情难以平静。他们饱受离别之苦，急于团圆，试图让两心合一，但中间横亘着宏大的世界。

冷寂的山顶上的离人啊，是谁向你许诺，在秋天的圆月之夜，你将和你梦中拥抱的人，托云使向其转达你口信的人，团圆在一个神奇的美的世界？你不理会生命和非生命之间的差别，说不定，真实和想象之间的差别，某一天也会消失哩。

1891 年

歌是我的云使

一

陪伴着她，却又像独居于贬谪之地。

这是同榻共枕的离愁，近在咫尺，彼此看不清面容。

成亲的日子，笛子吹出这样的话："走近我的丽人，离我十分遥远。"

它又预言："我抓住的是守护不住的，我获得的必将丧失。"

此后，笛子为何停止吹奏？

须知，那时的一半情景已被我忘却，只是朦朦胧胧觉得她仍在身边。为何总不觉得她已经远去了呢？

我只看到爱情的一半——结合，爱情的另一半——离别，不曾进入我的眼帘，因而望不见远处永不满足的相会，也许是视线为近处关山隔断了的缘故。

伉俪之间隔着冥冥天宇，这里一切都是静穆的，没有人声鼎沸。空寂允许用笛音填补，但觅不到霭霭云天的罅隙，横笛无法吹响。

我俩之间的冥空上覆盖着漫漫风沙，充满每日的劳作、交谈，充满每日的思索、忧郁和吝啬。

二

夜里，月色凄迷，凉风习习。我清醒地独坐床榻，一阵痛楚涌上心头；我想起，我失去了身边的人。

如何排遣这离愁，我与她的无穷的离愁?！

昔日傍晚，离开书案与之谈心的女性是谁呢？不错，她是人世间千千万万俗人中的一个，为我熟知，为我理解，但飘逝已久了。

然而，在她身躯的什么地方，可有只属于我的不朽生命？梦想的无边海滩，可以再次找到她么？

能在闲暇时分，野茉莉溢香的无事可做的暮色苍茫中，再度与她促膝长谈？

三

乍到的雨季挥舞浓云的纨纱，伫立在东方地平线上。

我想起优禅尼城的诗人①，萌生了向远方情人派遣云使的念头。

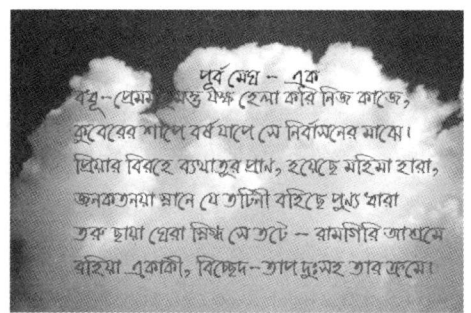

歌是我的云使

腾飞吧，我的歌，飞越我身旁耸峙的孤独！

它必须溯岁月之流而上，返回充盈竹笛苦楚的我们结合的日子——那里交织着宇宙的永久雨季和春天的气息，各式各样的啜泣，露兜树长长的叹息，红木新枝激越的誓词。

把僻静池畔雨天椰子林的簌簌絮语，化为我的心声，送入情人的耳中。她梳妆完毕，纱丽掖在腰间，正忙于家务。

四

渺邈无极的青空，今日头贴着林木苍郁的大地的前额，轻声说：

---

① 指迦梨陀娑。

"我是你的。"

大地不胜惊异："这怎么可能，你那么高远，我这样低微。"

天空急忙解释："我四周环列着云的屏障。"

"你极其富有，拥有亿万星体。"大地依然自悲，"光，向来不是我的财富。"

天空喟叹着："我已丧失日月星辰，属于我的如今只有你了。"

大地试探起来："风吹来，我盈满泪水的心战栗不已，而你岿然不动。"

天空着急道："你不曾看见我的泪也含有悲哀，我的胸脯已变得碧绿，像你的心？"

说话间，天地的长久分离被清泪之歌弥合了。

五

新雨，携带天地喜结良缘的祝祷，降落在我的别绪之上。情人内心不可言传的思恋，像琤然作响的琴丝跳荡起来；森林边缘般的蓝色纱巾，蒙盖着她的发缝，她乌黑的眼眸遥望着湿漉漉跌宕的云曲，绕缠发髻的帕古尔花条分外夺目。

当竹林的幽暗在蟋蟀的聒鸣中瑟瑟发抖，烛苗在湿风中摇曳，熄灭，愿她走出平日寸步不离的仙阁，沿着含露碧草的清香弥漫的林径，跨入我清寂心灵的子夜。

喜结良缘的祝祷落在我的别绪之上

罗摩衍那①

未将《罗摩衍那》、《摩诃婆罗多》与其他诗歌进行比较，确定其类别时，它们名叫"历史"。近日，在外国文学宝库里，经过一番鉴定，它们被命名为"epic"。"epic"译成孟加拉语是史诗。于是我们称《罗摩衍那》、《摩诃婆罗多》为史诗。

史诗这个名字非常响亮。这个名字是它的正确定义。现在我们不认为它是译名也无妨。

承认它是译名，却不完全符合外国修辞学中"epic"这个单词的特征，冠以史诗之美名的长诗，就得为自己辩护。我认为发表一篇辩护词是多此一举。

我们准备讨论何谓史诗。但下不了决心将它与"epic"作详细的比较。如何比较呢？《失乐园》一般被认为是史诗，它是史诗的话，《罗摩衍那》、《摩诃婆罗多》就不是 epic 了。两者怎能平起平坐呢？

诗大致可分为两类。有的诗是诗人个人的作品，有的则是庞大人群的杰作。

所谓个人的作品，并不意味着别人无法读懂。难以理解的诗，只能称作疯话。实际上，诗人依凭自己的才华，施展想象力，通过抒写他们的悲欢和生活体验，反映人类永久的激情和人生真谛。除了他们，另一类诗人通过自己的作品，袒露情怀，阐述经验，展现一个国家或一个时代，从而使他的作品成为人类永恒的财富。

第二类诗人可称为大诗人。整个国家、整个民族的文艺女神可以信

---

① 本篇系泰戈尔为迪纳斯昌德拉·桑的《罗摩衍那评论》作的序。

赖他们。他们的作品不应被认为是某个人的作品。它像一棵参天大树，生于国家的大地之腹，为国家提供遮阳的绿荫。读完迦梨陀娑的《沙恭达罗》、《鸠摩罗出世》，我们领略了他的大手笔。但是，《罗摩衍那》、《摩诃婆罗多》像恒河、喜马拉雅山那样属于整个印度，广博仙人、蚁蛭仙人不过是作者群的代表。

事实上，广博仙人、蚁蛭仙人并非某人的姓名，而是为满足读者的欣赏需要而起的名字。容纳幅员辽阔的印度的这两部鸿篇巨制，其实已失落参与创作的众多诗人的名字，诗人远远地隐藏在史诗后面无人知晓的僻静处。

印度有《罗摩衍那》、《摩诃婆罗多》。古希腊、古罗马则有史诗《伊利亚特》、《伊尼德》。这两部史诗生于希腊、罗马的心莲，住在希腊、罗马的心房。诗人荷马、维吉尔把他们的华丽辞藻赠给了他们各自所在的国家和时代的喉咙。优美的诗句似清泉，汩汩流出本国幽深的心底，世代沃泽本国的土地。

《罗摩衍那》的主要人物罗摩、悉多和罗什曼那

现代诗歌中看不到史诗的宏丽。尽管米尔顿的《失乐园》语言凝重，韵律典雅，感情深沉，可它不是全体国民的珍藏，而是图书馆的

宠物。

所以，不把屈指可数的古代名著归入一类，冠以史诗之名，还能起什么更恰当的名字呢？它们和远古时代的神仙、魔鬼那样庞大，但它们的家庭已绝灭了。

古雅利安文明的一条支流流向欧洲，另一条支流流向印度。两条支流分别以两大史诗保护了各自的话语和歌曲。

作为外国人，我们绝不能断言，希腊和罗马是否在两大史诗中表露了它的完整本性。但可以肯定地说，印度在《罗摩衍那》、《摩诃婆罗多》中毫不遗漏地展示了原貌。

因此，一个个世纪荏苒逝去，但在印度，《罗摩衍那》、《摩诃婆罗多》之河，从未干涸。村村寨寨，家家户户，每天诵读史诗；从普通的杂货店到富丽堂皇的王宫，史诗受到同样的欢迎。荣誉属于两位仙人；岁月的辽阔原野上，参与创作的佚名者的心声，至今以千百种方式，往亿万男女的门口送来力量和安恬，携来一个个古老世纪的淤泥，至今时刻肥沃着印度的心田。

由此可见，光称《罗摩衍那》、《摩诃婆罗多》是史诗是不全面的，它们也是历史；当然不是记叙事件的历史，因为那样的历史依傍具体的年月。《罗摩衍那》、《摩诃婆罗多》是印度世代的历史。其他历史随岁月而变动，但这两部历史书万古不变。印度的探索、追求和信念的历史，端坐在两座宏伟诗殿里永恒的御座上。

鉴于这个原因，《罗摩衍那》、《摩诃婆罗多》的研究，不应低就其他诗评的标准。罗摩的品行高尚还是卑下，我喜欢不喜欢他的异母弟弟罗什曼那，陈述个人的看法，显然是不够的。应该怀着敬意，冷静地分析几千年印度是怎样接受史诗的。不管我这位批评家名气多大，若不低眉垂首，分析漫长岁月中流淌着的一个古国的历史，那便是狂妄，无异于耻辱。

印度在《罗摩衍那》中诉说了什么，承认哪种理想是崇高的，目前，这需要我们谦卑地加以探讨。

一般人的观念里，"epic"是英雄史诗，因为在英雄威震四方的时代和国家，"epic"必然以英雄业绩为中心题材。《罗摩衍那》也有战争描写，罗摩的神力也无与伦比，但《罗摩衍那》最鲜明的主题，不是英雄精神；字里行间不曾宣扬武力光荣，战例并非史诗的主要情节。

这部史诗没有描写大神的转世下凡。诗人蚁蛭仙人的眼里，罗摩不是神的化身，而是普通人。学者将提供这方面的佐证。在我这篇序言里，不可能展开学术讨论。我只想简单地说，史诗中诗人如果不描写人性，而描写神性，《罗摩衍那》将沦为一部平庸之作，诗句不可能广为流传。罗摩的品德之所以高尚，就在于他是人。

着手创作首篇，蚁蛭仙人设计了史诗的男主人公，他摆了男主人公的许多优点，问隐士那罗陀：

"天神可曾下凡化身为这样的男子？"

那罗陀回答说：

"神仙中我从未见过如此高贵的男子。

你听着，人间的月族人有你讲的这种品德。"

《罗摩衍那》叙述的是月族而不是神仙的故事。《罗摩衍那》中天神不曾屈尊为人，是高尚的品德使人跻身于神的行列。

树立凡人的光辉榜样，是印度诗人创作史诗的动机，从古到今，印度读者以极大的兴趣诵读有关凡人的楷模的章节。

《罗摩衍那》的主要特点，是展示放大了的家庭本质。父子、兄弟和夫妻之间的宗教关系，亲情关系，和相敬如宾的关系，表现得如此圣洁，使作品轻而易举地成为不朽史诗。夺取王位，诛戮仇敌，强大的对立双方之间你死我活的斗争等场景描写，通常可组成史诗中跌宕起伏、引人入胜的情节。但《罗摩衍那》的高雅旨意并不体现于罗摩和罗婆那之间的激烈战斗，战事不过是更加辉煌罗摩和悉多的夫妻真情的手段。《罗摩衍那》昭示的，是儿子对父亲的恭顺，为兄弟作出的自我牺牲，夫妻之间的坚贞不渝，国王对平民所负的责任，可以达到怎样的高度。像这种凡人的家庭成员之间的关系，在别国的史诗中未被当作值得描写的内容。

渡海救悉多

史诗让人看到的，不仅有诗人也有印度的本来面目。研读这部史诗，可以懂得家庭和家庭责任，对于印度有多大分量。史诗表明，在古代印度，家庭占有很重要的位置，建立家庭谋求的主要是幸福，而不是便利。家庭支撑着整个社会，培养真正的人。家庭是印度雅利安社会的基础。《罗摩衍那》是家庭的史诗。《罗摩衍那》让家庭陷入对抗，在被放逐森林的艰难中获得特殊的光荣。尽管在王妃吉迦伊和贴身宫女曼达罗的阴谋的沉重打击下，京城阿喻陀的王室破裂，但《罗摩衍那》宣告，家庭责任坚不可摧。《罗摩衍那》以辛酸的泪水为之洗礼的不是膂力，不是获胜的决心，不是治国的功业，而是充盈温馨的琼浆的家庭责任，并把它置于豪迈的英雄气概之上。

不以为然的读者兴许会说，在这种情形下，性格刻画就必然变成夸张了。哪儿是两者恰切的界线？突破想象的哪一道界线，诗歌艺术便成玄虚？这不是一句话说得清的。有一位外国诗评家抱怨说，《罗摩衍那》中人物性格刻画太简单了。我要对他说，作品的种类很多，在一种作品中显得简单，在另一种作品中则是恰到好处。印度在《罗摩衍那》中并未见到过度的浅显。

任何地方都实行一定的艺术标准，过分地超越艺术标准，就不能被人接受。我们的听觉器官听懂多强的声波，是有限度的，超过限度，跳到第七音符之上，我们的耳朵便拒绝接收。这也适合史诗中的人性刻画和情感表达。

这种观点大概是正确的。千百年来已经证实，《罗摩衍那》的任何篇章，在印度心目中都不臃肿。印度的男女老少，各界群众，不仅从中得到教诲，也汲取欢乐；不仅把它顶在头上，也藏在心里；《罗摩衍那》不仅是他们的教典，也是他们抒唱的诗歌。

我们面前，罗摩既是神又是人，《罗摩衍那》既使我们倾倒，又被我们供奉。假如这部巨著的诗美，在印度看来只是幽远的想象之国里的物件，进不了我们的家庭范围，那种情形就不会出现。

即使外国评论家采用其诗评尺度，称《罗摩衍那》是通俗读物，与他们国家的作品进行比较的过程中，印度的特点也照样显露出来。印度从《罗摩衍那》得到了想得到的东西。

我就是从这样的角度审视《罗摩衍那》和《摩诃婆罗多》的。谐和着它的"奥奴斯杜波"格律，几千年印度的心脏强劲地跳动着。

挚友迪纳斯昌德拉·桑嘱我为他的《罗摩衍那评论》作序时，我虽然身体不适，时间又紧迫，但依然从命。他以真诚的音调反复吟哦诗句，不知不觉喜获研究的成果。我认为，他那种充满祭拜热情的分析，是真正的诗评；采用这种方法，一颗心的敬意悄然渗进另一颗心中。换句话说，祭拜者的虔诚在读者心中也掀起虔诚之涛。

我们目前的文学批评，起着检查物价的作用，因为文学作品也是商品。为避免上当受骗，大家渴望得到高明的商检人员的关照。这样的商检固然有必要，但我仍要说，透辟的评论雷同于祭仪，批评家是祭司，他不过是表达了交织着他个人与大众的虔敬的惊喜。

　　虔诚的迪纳斯昌德拉站在庙宇的庭院里，取火点燃灯烛，突然交给我摇铃击磬的重任，我立即站在他身边履行责任。鼓乐声太响，会淹没他的祭仪。所以我只说一句话——读者不会把记述罗摩的漫游看成是诗人的作品，而认为是印度的《罗摩衍那》。这样，他们通过阅读《罗摩衍那》全面地认识印度，通过回顾印度的历史，正确地领会《罗摩衍那》。他们明了，印度要听的是有典型意义的完人的传记，而不是精彩的历史故事，而且至今毫无倦意地愉快地谛听着。它没有说，这样写太过分了；也没有说，这只是诗句。对它来说，罗摩、罗什曼那、悉多甚至比印度居民家中的成员更加真实。

　　完美，是印度由衷的追求。印度不冷淡完美，不相信完美脱离现实。印度承认它是生动的真实，为此感到无比欣喜。《罗摩衍那》的诗人，唤起并满足了对完美的追求，永远买下了印度敬慕的心。

　　重视绵延的真实的民族，不倦地追寻客观真理。视诗为本性之镜的人，在世界上从事各项艰巨的事业，非常值得敬佩，人类永远对他们感激不尽。另外一些人，执著地探索圆满结局中一切欠缺衍化成的完善，一切对抗中诞生的和平，欠他们的债也偿还不清。他们的生平事迹如果湮灭，他们的训诫如果被忘却，人类文明难免在尘土飞扬的工厂的人群中，在呼吸熏黑的空中，渐渐被折磨得形容枯槁，凄然死去。《罗摩衍那》的每一页记载着那些追求不朽完美的人的事迹，如果我们对《罗摩衍那》中描写的手足之情，对丈夫的忠贞，对父辈的尊重，对真理的热爱，表示淳朴的敬意，万分珍惜，大海纯净的暖风，就找得到吹进我们工厂的窗棂的路径。

1903 年

诗的精华

诗的精华是什么？这是一个长期争论不休的话题，但至今没有定论。关于这个话题，孩童时期，我在题为《歌曲和诗》的文章中，谈了我的观点。现摘录一段：

"在这儿，我想说的一句话听起来似乎非常玄奥，非常抽象，可我坚信它是极为真实的。这就是：大千世界万物之中存在着'无限'；我们感觉到它是美的，并且很爱它。我们可能只在一定程度上欣赏'无限'。所以，关于'美'，任何人不可把话说绝说尽。对任何一种花，世界上古代的诗人所作的描述中，不可能把'美'说绝说尽。他后代的诗人所作的新的描写，对朵小花来说，可能并未增加太多的东西。但相同的老题材，从古至今，人们不可能说尽它的新意！我就一朵不起眼的小花说一番话，另一个诗人比我说得更多，他如能表现天然的美，我立刻就觉得，对，对，关于这朵花，确实是可以说这么多话的！我以前不承认这一点，并未伤这朵花一根毫毛，吃亏的是我。这朵花在自身中守护着'无限'，娇艳地矗立着。谁有多少审美能力，谁就能感知多少。"

我们在这儿谈论的不是题材，而是表现手法。大诗人知道，普通诗人也知道，连不是诗人的人也知道，素馨花是美的。但谁在多大程度上精彩地描写这朵花，谁就能在多大程度上把它送到我手中。

但事情不会到此为止。因为，描写如果穷尽了，关于素馨花，读了顶级诗人的诗，就没有必要再读其他诗人的诗，再读会感到厌烦。

然而，花中有"无限"，我们在顶级诗人的诗作中感受到深邃的"无限"，在千百个优秀或平庸诗人的诗作中也感受到无边无涯的"无限"。我们看到，时代发生巨大变化，人群中有各种各样的人，但历代诗人无不喜欢这种花。因此，一个诗人之后，另一个诗人重写相同的旧题材，他的作品会让我们朝这种花的"无限"更近一步。

鲜花的外在之美，是进入鲜花的唯一途径。我们的整个人性，没有办法在鲜花中获得一席之地。因此，我们只能从鲜花获得部分快乐。有些诗人在作品中，不只从稳固的外在美的角度审视鲜花，也在想象中把我们的情思和灵魂带进花中，从而让我们顺利地获得更多愉悦。

大凡有一些想象力的人，不会呆板地审视"美"。因为，"美"不是必需品，而是一种额外之物。为此，自然而然觉得，"美"中间仿佛有一种意愿，有一种快乐，有一个灵魂。花儿的灵魂，仿佛在"美"中显现，在"美"中绽放。世界的灵魂仿佛在无际的外在之美中展现自己。内在的"无限"，在外部展示自身之地，仿佛就有"美"。那种展示越是不完整，那儿，就越是缺少"美"，粗俗、呆滞、犹豫、蛮横和大片的不和谐，便历历在目。

总之，在鲜花中，不可能有我们完整的满足。为此，有关鲜花的诗作，在文苑不能获得最高荣誉。我们在哪首诗中获得心智的成功越多，就认为它的地位越高，就越发尊重它。通常对一种事物的描写中，只有一种心绪或几种心绪得到满足。诗人若能完美地表现这种事物，为我们发现获得快乐的新方法，使我们多种心绪得到满足，那么，我们就向他致谢。鉴于这个原因，把灵魂之美融入外在景物的诗人华兹华斯，深受我们的爱戴。

写到这儿，我不由得想起一件事。有一天，在贾伊达那图书馆，一个对诗味持怀疑态度的人问我："嗯，先生，我实在弄不明白，春天或圆月之夜，有些人的心里为何产生离愁别绪。看到树木、鲜花和鸟儿等美好景物，人们心旷神怡，这一点，我是理解的。但实在找不到他们伤感的任何理由。"

我回答说："吸引我们的自然之美，对人来说只是自然的一部分。我们只看到月光，只听到鸟儿歌鸣。鲜花来到我们外在感官的门口，就被挡住了。它唤醒我们欣赏的欲望，但从不指示满足之路。那时，人心必然急切地思念亲人。因为，除了亲人，人的身心、灵魂，在别处实现不了愿望。因此，在春天和圆月之夜，竹笛吹出充满离情的曲子。"

所以，情歌世世代代具有新意。爱情把人性吸引到中心位置上。人的身心和灵魂中，充满思恋。世界上大部分诗是关于爱情的。一般来说，爱情诗更能打动人。

我的观点大体上是：诗歌从我们这儿赢得荣誉，是因为它发现新的快乐，表达旧时的快乐，而不是因为发现新的真实，或阐述旧的真实。

诗和韵律

围绕散文诗，一些持怀疑态度的读者心里发生了争执。这不足为怪。

在韵律内在活力的推动下情味浓郁的句子，很容易进入心中，摇撼心灵，这是应该承认的。

散文受它所在世界的驱策，在各个部门从事各种工作，吃苦受累，它的世界与诗歌世界不同，这已为诗的语言特点清楚地证实。弄清楚这一点之后，心灵在自己的领域做好了迎接它的准备。这让人联想到，僧人以暗红的袈裟宣示，他与俗人不同；就在那一刻，信徒的心魂上前匍匐在他的足前。若不如此，僧人做的虔诚生意就会亏损。

然而，不言而喻，有关出家修行特性的主要理论，体现于真正的修行上，而非僧袍上。懂这个道理的人的心灵，反倒更多地关注僧袍的缺少。它说："我认识真实，靠的是我的感悟力，而不是暗红的袈裟。那僧袍遮掩了许多虚假。"

韵律并不是诗的全部。诗的要义体现于情味。韵律作为助手，负责介绍情味。

它在两方面辅助。一是动用它与生俱来的震撼力。二是激活读者多年习惯了的审美传统。传统是值得探讨的话题。过去的雅语诗中，在规定部位的部分韵律，被认为只能在一行之中。那时候，我们的耳朵的审美习惯，契合那样的句式。那时，作为韵律的表记，韵脚设置是必需的。

后来，麦克尔·默屠苏登·达多在孟加拉文坛，突破传统诗体，创造了每行十四个字母的无韵诗体，诗行末端没有韵脚。所有诗行长短一致，但韵律的脚步跨越一行行诗的界线。换句话说，它的模样像诗，但举止是散文的架式。

再举一个传统并非恒定的例子。过去很长时间，有一个"贞妇"的定义，"贞妇"是深居内宅的女子。第一批无所顾忌地走出内宅的女子，冲击民众的传统习惯。民众以怀疑的目光注视他们，公开或不公开地羞辱她们，嘲笑她们是丑剧的女主角，是相当普遍的现象。在女孩子大胆地与大学的男学生一起读书的日子，懦夫们对她们的态度，是众所周知的。

孟加拉无韵诗奠基人默屠苏登·达多

渐渐地，"贞妇"的定义改变了。无所顾忌的家族女子，已冲破了内宅的封锁。

同样，如今已没有人认为，扬弃韵脚的每行十四个字母的自由诗体，是悖违诗风的了。可实际上，这种韵律突破旧程式，已走得很远了。

这种新韵律的创立是很比较容易的。因为当时学过英语的读者，早已认可弥尔顿、莎士比亚使用的韵律。

关于每行十四个字母的无韵诗体应归属哪一种类，墨守成规的文学家声称，尽管这种韵律越过了每行十四个字母的界线，但它并未违背孟加拉语"波雅尔"诗体①的音节规则。

换言之，接受音节规则，这种韵律维护了孟加拉诗的特性。关于每

---

① 孟加拉语的"波雅尔"诗体，有长短之分。短"波雅尔"诗体有14个音节，长"波雅尔"诗体有18个音节。

行十四个字母的无韵诗体，人们守护的就是这样的信念。他们想说，没有与"波雅尔"诗体的血缘关系，诗就不成其为诗了。能成为什么，不能成为什么，要看客观事实，而不取决于人们的审美习惯。每行十四个字母的无韵诗体早已证明了这一点。当前，作证的责任落到了散文诗的肩上。在散文中，开辟诗的道路，并非不可能。

骑兵的士兵是士兵，步兵的士兵也是士兵，他们最基本的共同点是什么？是打仗获胜，这是他们的共同目标。

诗的目的是征服人心——不管它在韵文中骑马，还是在散文中行军。必须以达到目的的实力来评判它。打败了就是打败了，不管它骑在马上，还是在地上行走。用格律写的作品并不是诗，这样的例证有千千万万。写的散文挂了诗的照牌仍不是诗，这样的例证也可以找到一大箩。

韵律的一大长处在于，它本身具有感染力。别的不说，这就是它的成果之一。便宜的桑德斯①中奶油的成分可以很少，可毕竟可尝到白糖嘛。

然而，总有一些固执的人不肯轻易满足，以白糖迷醉自己，他们感到羞耻。他们顽固得很，决意舍弃陶醉人心的原料，以精华取胜。他们想说，纯诗这东西不在乎有韵、无韵。它的光荣体现于它的内在功效。

散文也罢，诗作也罢，作品中往往有天然的韵律。诗中的韵律可以看到，在散文中则是隐藏的。折磨隐秘的韵律，必然伤害诗。格律诗韵律感的培养，可以在制定的规则之路上进行，但心中若不能轻易体悟散文韵律的分量，那么，即使有修辞典籍的帮助，也跨不过它的门槛。但是，许多人没有记住，正因为散文容易写，散文韵律才不容易掌握。"容易"这劳什子的诱惑，导致严重的危险，懈怠飘然而至。懈怠污辱文艺女神，文艺女神立刻以写作失败对它实施报复。有足够的理由让人担心的是，散文诗将在漫不经心的作者手中，累积一大堆受到鄙视和嘲

---

① 孟加拉地区用白糖、奶油做的一种甜食。

笑的由来。

说得简单明了一点：真正的诗，采用诗的形式是诗，采用散文的形式也是诗。

最后要说的是，当下诗已不像昔日那样，它离开凡世装饰的现实已很远了。眼下，它让一切穿过自己的情味世界——它升入天堂的时候，连身边的狗也不赶走。

散文将在协调现实世界和情味世界方面发挥作用，因为散文未被圣洁之风净化过。

1936 年

韵律琐谈

我们的身架承负肢体的重量，行走依赖于四肢的协调动作；对立的体重与活动配合默契地嬉戏，也就是跳舞。肢体的优美动作，丰富了身躯的职责，这不是出于谋生的需要，而是表现了创造的愿望，并给身躯以动态的艺术形象。我们称之为舞蹈。

形象创造的无穷的浪潮，就是宇宙。形象源于韵律，现代原子理论深刻地阐明了这一点。普通的电流释放光，散发热，从电线看不见形象。但当电子达到一定的数量和速度，叩击我们的感觉之门，我们面前形象立即闪现，有的化为黄金，有的则是铅。一定的重量和一定的速度协合为韵律；没有韵律的神力，形象无从显露。世界创造的韵律之奥秘，深藏在人的艺术创造之中。

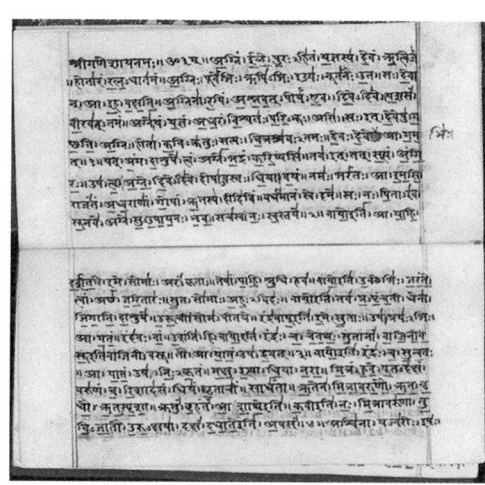

印度古代典籍《梨俱吠陀》

《梨俱吠陀》云："凡人的各种艺术，是颂扬神的艺术。凡世的各种艺术，是对神的艺术的模仿。"换句话说，人的艺术追寻宇宙艺术的奥秘。那本原的奥秘在韵律中，在光波中，在声波中，在血液中，在神经的电子波中。

人首先在自己的身体上创造韵律，因为人体适宜于韵律创造。人奋力挣脱地球的吸引，腾向空中。从人走的每一步都可以察觉到不稳的平衡，其间有颠踬，也有收获。对他来说，跌倒比疾行容易得多。山羊生下来就会行走，但婴儿要花很长时间培养富于韵律的迈步的能力。前后，左右，一步一晃悠，艰难地保持着平衡，朝前走去。这绝非易事，看着幼儿摇摇晃晃地努力掌握步履的节奏，就能深刻地理解这一点。在发现步行的节奏之前，他只会爬行，也就是说他屈服于地球引力，无舞姿可言。

四脚动物终生爬行，它的行走是向地球投降的行走。它纵身跳起，片刻之后又回到大地的怀里，耷拉着脑袋。反叛的人，使沉甸甸的躯体冲出大地的统治，他的行走使他得以正常工作，进行生活中并非都需要的游戏。他依靠韵律的帮助，战胜地球引力。

《梨俱吠陀》云："艺术是心灵的文化。"形象塑造属于文化，当然可以称为艺术。人调节灵魂，改造灵魂，也就是说给它丰富的形象，那就是艺术。不独树木、石头，人也是艺术的素材。人不断地完善自己，最后脱离了野蛮。这样的文化是他自己创造的具有韵律的艺术。古往今来，这种艺术在不同的国家表现为不同的文明，它的韵律是五彩缤纷的。

和人的灵魂一样，人类社会也需要富于韵律的文化。社会也是艺术。社会中有五花八门的观点、宗教和阶层。社会内部的创造理论如果十分活跃，它发明的韵律中，各种成分就不会有重量上的太大差别。

韵律的缺损，是许多社会成为残废的根由，韵律的罪过造成许多社会的死亡。社会中某种音调骤然变得过于强烈，昏沉的社会行路便摇摇晃晃，偏离韵律。换句话说，繁杂的观点、信仰和习俗的包袱扛在肩上，呵护韵律的社会步履维艰，被压垮恐怕难以避免。运动是世界的特性，变化则是家庭的特点，它们的坐骑是韵律。没有韵律的运动是向地狱的下坠。

人富于韵律的身体不仅促进生命运动，也促进情感变化，这在其它动物中间是看不到的。其它动物体内也有情感的语言，但不像人的神态具有灵性，所以它既没有动力也没有隐喻。

事情到此并没有结束。人是创造者，进行创造，必须把人生阅历融于世界的真实之中。人千方百计把体验过的悲欢怨恼带出幽秘深心，熔铸为形象的要素。"我爱"，这句话可以用自己的语言说出来，表明一段人生经历。然而，更应让"我爱"这句话脱离"我"，用于艺术创造，这样的艺术创造属于人类和历史。例如，沙杰汉①的悲恸创造了泰姬陵，沙杰汉的创造凭藉绝伦的韵律，超乎沙杰汉个人。

世界七大奇迹之一泰姬陵

舞蹈艺术的第一篇序言，是以肢体无意义的优美写就的，只包含韵律的欢乐。最原始的歌曲只有单调的节拍和乐音的重复；那不过是节拍的感染力的累积，给听觉以震撼。渐渐地，其间掺入了情绪的感染力。但是，当情感的渲泄忘却自身，换句话说，当倾吐感情不是目的，最高目标是形象创造时，舞蹈便可为大家欣赏。那舞蹈可能被人遗忘，但存在的日子里，舞蹈形象上必然打上永恒的印记。

我们看见白鹤翩翩起舞，它的舞蹈不是动作的同义词，也就是说，没有在技巧中终结。我们在鹤的舞姿中能窥见情感和高于情感的东西。

---

① 沙杰汉是印度莫卧儿王朝第五代皇帝，他按照其王后慕玛泰姬玛哈尔的遗愿，下令修建世界七大奇迹之一——泰姬陵。

雄鹤决心打动情侣的芳心，它的心灵会设法设计舞蹈语言和舞韵的奇特表现方式。白鹤的心灵能以翅翼创造舞蹈艺术，因为它的身躯是自由的。

狗的感情炽热，可惜身躯典押给了大地。激动不已时，尾巴有节奏地摇摆，就是它的舞蹈，身躯似烦躁不宁的囚徒。

人的自由之躯跳舞，人的自由的歌喉也跳舞，其间韵律的创造的奥秘拥有很大的地盘。蛇是无足动物，完全不同于有足的人。它委身于泥土，从不跳舞，诱它起舞的是耍蛇艺人。外部的激情使它身躯的一部分自由了片刻，摇摆颇有韵味。可它的韵律是从别人那儿获得的，不是自己情绪的韵律。韵律意味着情绪的波动。人的情感企望在繁复的艺术和韵律中赢得形象。早已泯灭了的众多文明的废墟中，被遗忘的时代的情绪的声音，仍在大量画作、陶器和塑像中回响。人的欢乐情绪是那韵律之戏中的舞王。各种语言的文学作品中，情绪随着新舞荡漾。

人的轻快步履中有隐形的舞姿，如同诗韵隐藏在散文语言中。我们说某人走路姿势优美，某人走路样子难看，差别在哪儿呢？差别在于如何解决驾驭体重的问题。人的体重太裸露，步态不优雅，说明未能妥善解决这个问题；解决得好，必定是优美的。

帆船行驶是优美的，船的重量和船的速度相得益彰，两者的和谐中诞生飘逸，具有韵律美，没有使蛮力的洋罪。水手划桨，船工撑篙，尽量以动作的协调减少劳累，姿势也很美。无始无终的流光中，茫茫宇宙承载巨大的重量，以和谐的韵律运行。这和谐确保露珠乃至太阳都以圆的韵律构成，所以，花瓣、叶片和涟漪，或艳丽，或翠绿，或清澈地漾散。

上面谈了可观的舞韵。人的无言的肢体率先表露韵律的欢悦，之后肢体的暗示从语言的暗示中透露出来。下面再谈谈语言的韵律。

动物的声音的传播范围并不太大，虽有强度，分量很轻。狗叫，狼嗥，传播时不会面临克服重量影响的问题。在某些场合，这种问题也曾显露端倪。我们无意不公正地对待毛驴。毛驴不仅驮一堆脏衣服，吃苦

帆船行驶是优美的

受累，由于自己的嗓音还背负沉重的恶名。当它拖长吭吭的叫声时，不得不一段段地分割重量。关注自己的洗衣房的生意，又说毛驴叫唤富于韵律，我们是很犹豫的。真不知如何评说它的叫声！

人应当掌握语言的长度，控制延续的语言的重量。当曲子与人的语句叠合，音乐艺术得以扩展，支撑它的是运用的各种节奏。但称节奏或格律是载体是不妥的，它不是扛麻袋的苦力。它把重量分布在各个音程，给予律动。富于形象的歌曲，能拨动我们的心弦。

我们以语言传递信息，确保文章的真实性是我们的唯一责任。但当我们展示形象，较之真实，更需要的是韵律。"从前一只老虎喉咙里卡了一根刺。"这纯粹是信息。作为一个事件或一个故事，是无需分辩的。但想把喉咙里卡了刺的老虎的尾巴投映在心幕上，语言中应加添韵律的魔力。

> 有如闪电的长尾摇摆，
>
> 霹雳击穿乌云，落下滂沱大雨，
>
> 喉咙里卡刺儿的老虎
>
> 疼痛难忍，翻滚怒吼。

　　诗歌文学不只是趣味文学，更是形象文学。一般来说，语言的文字具有意义，但在韵律中却附丽于形象。

　　以上是我对韵律的粗浅看法。给世界和人的语言以形象，是韵律的职业。在这篇文章的第二部分，我将具体分析孟加拉诗歌的韵律。

散文诗

　　最近我开始写散文诗了。期望这些作品马上就获得广大读者的欢迎，是不切实际的。不过，我不认为，此时此刻它不受到欢迎，就说明写作失败了。面对众说纷纭，诗人应当坚守自信。

　　数十年来，我潜心于诗歌创作。也许，我给了许多人快乐，可也许未能给其他的许多人任何快乐。不过，凭我多年积累的经验，我想简略地谈谈创作体会。我不奢望你们全盘接受我的看法。

　　目前诗坛上争论的是，借用散文的形式，诗能否保持自己的特质。长期以来，我们看到诗体的同时，获得审美快乐，散文诗与以前的诗体迥然不同。不光修饰上不一样，在本质上也有所变异。目前争论的焦点是，诗的特性是否依赖于韵辙的装饰。有人认为，完全依赖，可我认为，并非如此。脱去修饰的外衣，诗可以轻松地表现自己。在这方面，我想以切身体验举例阐述。你们都知道，我以查巴拉之子的诚实故事为题材写过一首诗。在《歌赞往世书》中，读到以朴素的散文语言写的这个故事，我毫不迟疑地认定它是真正的诗。诗歌评论家从外部观照，判定它仅是一个故事，不同意在诗苑给予它一席之地，理由是，它不是采用蒙达格朗塔、奥努斯杜维、特里斯杜维等梵文韵律写成的。依我说，不是其他原因，正是因为未采用韵律，它才是佳作。假如在格律的束缚下写查巴拉之子的诚实故事，它必定是浮浅的。

　　在十七世纪，不知名的几位作家，用英语翻译了希腊语和希伯来语的《圣经》。应该承认，所罗门和大卫的赞歌，是真正的诗。翻译语言的惊人魅力，无疑在它们中间彰显了诗味和诗形。这些赞歌中，散文韵律的自由步伐，假如戴上诗文传统的锁链，那就糟糕透了。

　　我们不把在《夜柔吠陀》中读到的韵律激昂的作品称为诗，而叫作经文。我们大家知道，经文的目的是通过声音把词义传送到人们的心底。经文不单有含义，而且有音响效果。我可以毫不犹豫地说，许多人在心里体悟到了散文式经文的功效，即使诵念停止，仍然余音袅袅。

　　我以前不经意间把《吉檀迦利》译成了英语散文。有一天许多著名英国文学家把我的译文当作他们文学的组成部分而欣然接受了，我觉得他们因英译本《吉檀迦利》对我所作的赞扬有点过分，不禁稍感汗颜。我是一个外国人，译文中没有韵脚或格律的任何痕迹。但是，当他们说从中品尝到了浓厚的诗味时，客观事实是不得不承认的。看来，给予我诗作以英语散文的形式，并无大碍。相反，假如译成英语诗，兴许就不受欢迎，遭到冷落。

泰戈尔获奖诗集《吉檀迦利》

记得我曾对萨登特罗纳德①说过："你是韵律之王，你试试看，以无韵之神力，使诗河冲决堤坝，向前奔流。"像萨登特罗纳德那样创造多种格律的诗人，在孟加拉寥若晨星。也许审美习惯在他的创作之路上设置了障碍，他没有接受我的建议。我在《随想集》中尝试着写了散文诗，当然没有像格律诗那样分行。《随想集》之后，很长时间没有再写散文诗。也许是没有勇气的缘故吧。

诗歌语言的分量和克制，被称为韵律。无需谨慎筛选词汇的散文，昂首前行。所以，有关国家政策等日常事务的文章，可以用通俗易懂的散文撰写。但散文的诗化，必须进行艺术加工。它行进在诗的路径上之时所显示的一些技法，不是平常写散文所采用的。散文中间，不可能有大量意蕴和大量情韵酿造的令人陶醉的艺术感染力。它刚柔相济，自然而然形成自己的稳健风格。舞女跳舞，她装饰性的舞步是教就的。而款款而行的任何倩女的步子，遵从保持身体平衡的规律。这种简单行走的美的姿势所具有的不是教就的韵律，融化在血液中，融化在肢体中。散文诗的行进也是这样的，它迈着稳健的步子，而不是无规则地胡乱奔跑。

今天阅读《穆汗默迪》杂志，看到一位作者的文章中写道，他在他的一般散文中品尝到了泰戈尔写的散文诗的诗味。作者举例说，《最后的诗篇》中基本上也有一些诗味浸润的东西。果若如此，难道走出蒙帘的马车②，诗性就丧失了吗？这儿，我要提的一个问题是，我们难道没有读过表达了散文题意的一些诗吗？比如布朗宁③的诗。又比如，我们难道没有读到具有诗人某些想象的散文吗？我不认为散文和诗的关系

---

① 萨登特罗纳德·达多（1882—1922）是泰戈尔的忘年交，孟加拉语多种格律的创造者，被誉为韵律的魔术师。

② 这儿蒙帘的马车比喻格律诗。

③ 布朗宁（1812—1889）是英国诗人。

是弟媳和大伯子的关系①。在我眼里，它们亲如兄弟姐妹。如果这样看待它们，我是不反对散文中的诗味和诗中散文的庄重这两者的自由交往的。

就不同的审美趣味进行争论，是毫无收获的。我只想说，我写的许多散文诗的内容，是不能用其他文学样式表达的。它们蕴涵着一种平淡的情思。似乎没有什么装饰，但有风姿，所以我认为它们是真正的诗的家族的一员。

可能有人还会问，散文诗究竟是什么？我的回答是：它是什么，是什么样子，我不知道，可我知道，它的诗味，不是以论据可以证明的东西。凡是给予我不可言传的意味的，以散文或韵文的形式，都来吧，称它们为诗，接受他们，我不会迟疑。

圣蒂尼克坦

1939 年 8 月 29 日

---

① 在泰戈尔所处的时代，弟媳和大伯子是不能随便说话的。

我花园里的鲜花①

我今日不把花园里的鲜花
　　扎成花束，
　　　　收起金丝、银丝，
收起五颜六色的绸带吧。
　　亲人们诧异地问：
　　　　"鲜花不加编扎，
　　　　　如何高高举起？
如何插入花瓶？"
　　我回答说：
"今日她们是获得假日的美女。
　　春日斜阳里
容她们在花丛中开怀大笑，
　　自由地追逐雀跃。
请观赏她们随意举行的游戏，
　　谛听她们纯正的歌声，
　　　　并为此感到满意。"

同仁们抱怨：

---

① 泰戈尔早先把格律比作河岸，认为河流之所以美，是由于受到河岸——格律约束的缘故。而在本篇中，他也主张写孟加拉语诗自由体诗和散文诗，把内在的节奏比喻为自由的鲜花、奔泻的瀑布。

"到尊府作客，
是为达到一醉方休的目的，
　　你却信口胡说，
今日摔破了韵律的老式玉杯，
　　你为何故意怠慢来客？"

我劝慰他们：
　　"去吧，到瀑布后面去，
观望瀑布飞泻，奔驰，
　　时而粗犷，时而纤细，
时而从崖顶落入深谷，
　　时而躲在幽深的溶洞。
　　　　巉岩陡壁在她的路上
　　　　　　野蛮地阻拦，
　　错结的树根像乞丐
　　　　伸着嶙峋的手，
想在波光粼粼的水中
　　抓住什么？"
诗歌爱好者叫嚷起来：
　　"这是您不梳发辫的艺术女神，
那位被幽禁的艺术女神在哪儿？"
　　我淡然地回答：
　　　　"如今你们认不出她啰，
她颈上绕七圈的项链消退了光泽，
　　镶着的红宝石的手镯不再叮当作响。"
他们气恼地诘问：
　　"那不成了废物？
　　　　能跟她索取什么？"

我坚定地回答：

　　　　"果实里可以获得的

　　　　　遁入了枝条，

绿叶里她的色彩随处可见，

　　空气中闻得到她的气息，

她给周遭的清风微醉的芳香。

　　她端坐在自己的座位上，

　　　不是伸手可以把握的。

她不加修饰的容貌清新无华，

　　难免暂时不被人喜爱。"

孟加拉文学的发展

　　早先加尔各答是个默默无名的荒僻村庄。后来外国商人在那儿开了商店，于是，村庄四周的绿色屏障渐渐远去，城市的狰狞面目露了出来。这座城市给予"现代"的席位，在商业和国家的道路上，从一条地平线延展到另一条地平线。

　　与此同时，现代的活跃心灵与孟加拉发生碰撞。现代的主要标志是，它不囿于狭隘的省份，不与个人的痴心妄想相伴。在所有国家所有时代，无论是科学还是文学领域，它扮演重要角色。现代文明在跨越地理界限的同时，偕同所有的人心，不断扩大精神交流。

　　一方面，在商品和疆土扩展方面，整个世界震惊于西方人及其追随者的冷酷膂力，另一方面，现代的主要载体——西方文化的广泛影响，扩散到东方、西方的各个地方。在物质方面，我们不愿看到西方的入侵，却无力将其遏止，但我们渐渐自动接受了西方文化。我们自愿接受的原因，是它无拘无束，抵达心灵世界的每个角落——它在各种渠道自由地流动。在它中间，时刻显露主动的进取精神。在世界任何地方，它没有被僵硬的旧习的罗网缠死。它宣告民族和精神自由的光荣。它努力从各种荒唐迷信的凌辱中拯救人的心灵。这样的文化在自己的科学、哲学、文学以及人类各个领域各个方面进行探索，检验、分析、阐述一切事物，进入思想深处，揭示宏大或精微的奥秘。不管需要还是不需要，它事事处处显示求知的无穷欲望。崇高的也罢，微贱的也罢，一切领域，它的作品都善于收集元素。这种多元的求索，在快速、大范围的推进过程中，使自己的语言和姿态益显精当，毫不夸张，摆脱了垃圾似的赘冗。

被这种文化的点金棒点触一下，孟加拉苏醒了。孟加拉为此感到真正的光荣。不管湿润的雨云来自尼罗河畔，还是来自东海海面，它的雨水哗哗倾落之时，肥沃的土地立刻从内心作出回应。沙漠拒绝雨水，它的傲慢造成的颗粒无收的苦况，是极其凄凉的。别人心中萌生的可以接受的一切，到了自己面前就能认知，并表示欢迎，这种宽广胸襟，应受到尊重。拒绝接受他人的心灵财富，是野蛮的表现。把这种拒绝想象为精神高尚的人，是可怜虫。

孟加拉青年学生开始接受英语教育，像借用别人的服饰，起初是忐忑不安的，但慢慢地，他们心中产生了借用外来之物的骄傲。享受英国文学财富的权利，当年相当稀罕，只有极少数人获得。狭小范围内一些学过英语的人，过分奢侈地使用新学的英语。

在交谈、写信、文学创作时，把脚伸到英语的外面，对当时的知识分子来说，是有失尊贵身份的举动。当时的梵文学者和孟加拉语学者的心目中，孟加拉语不可登大雅之堂。他们为孟加拉的贫乏而感到羞愧。他们觉得孟加拉语像又浅又窄的一条河，齐膝深的水，只能让村民每天用于做一般的家务活儿，国内外的货船无法在河上航行。

印度古代经典《梵经》

然而，必须承认，他们的骄傲情绪，来源于毫不费力地从西方获得的品尝新文学趣味的能力。这的确是怪事儿的。因为，这与他们以往的审美习惯风马牛不相及。长期以来，他们的心田缺少耕耘，长满野草，可蕴涵丰收的潜力；只要动手耕作，马上面貌一新。与先前相比，目前发生的快速变化，是巨大的。在罗摩·摩罕·罗易身上，我们看到了令人惊喜的实证。当年，他用孟加拉语成功翻译的《梵经》，让人相信，如此艰巨的任务，可以放心地交给具有昔日不为人知的无限潜能的孟加拉语。当时，如同河边刚沉淀的一层河泥，用孟加拉语写的具有文学价值的散文，刚刚问世。他用不成熟的散文，毫不犹豫地奠定了承负艰深理论研究责任的语言基础。

如同罗摩·摩罕·罗易在散文领域，默屠苏登·达多在韵文领域也显示了非同寻常的勇气。他有巡视西方的荷马、弥尔顿创作的史诗的一颗心。他陶醉于他们作品的情境，但没有满足于品味。在山洞里，只有模仿从阿沙拉月的天空中淋漓的乌黑云团迸射的霹雳的回声，可兴奋的孔雀仰望天空，以自己的鸣啼作出回应。同样，默屠苏登·达多拥抱自己的母语，抒发了创作新歌的澎湃热情。他没有鄙夷、舍弃只系一根弦的乐音微弱的乐器①，而是加添声音雄浑的多种弦丝，把它变成鲁弎罗琴。这种新式乐器，是他亲手制作的。他的勇敢探索不曾无果而终。他创作的现代诗，登上陌生的无韵诗律的粼粼车舆，首次出现在孟加拉文坛。不久，孟加拉就对它表示热烈欢迎。它与以前的文学体式完全不同。

我知道，印度至今有一些人，把过去受头韵限制、语言松散、取材于往世故事的戏曲等唱词，称为纯正的民族文学，对现代文学不屑一顾。不消说，在多数情形下，这仅是一种托辞。他们也全神贯注地享受文学趣味，只是在文章和评论中看不到他们那种表情而已。地球上造地的洪荒时期，喜马拉雅山脉形成了，至今岿然不动；这在高山是可能的。可人心并非一直纹丝不动。它受到内外和四周的影响。它丰富的体验和状态日新月异。既然它从不僵硬麻木，它的自我显现必然千变万化。冠以民族理想的美名，以久远模式的锁链禁锢自己，对它来说，绝不正常。陈旧模式和中国女子的缠脚布，如出一辙。在那种桎梏上打上民族的印记，洋洋得意，不过是自欺欺人。事实上，在文苑中，孟加拉人的心灵已摆脱狭隘的旧习的束缚，表明他们拥有非同寻常的精神力量。

随着在新时代生机勃勃的文学的触摸下，想象力在崭新的黎明苏

---

① 这儿乐器是孟加拉语的比喻。

醒，默屠苏登·达多的天才，不再觉得，让当时孟加拉语行走的道路，适合现代的车子行驶，是胡思乱想。诗人相信自己的才能，才敢于表达对孟加拉语的尊重。他大胆地把现代特性赋予孟加拉语，这与他先前的借鉴有所不同。为了让孟加拉语音具有浑厚的质地，他果断地使用从梵文宝库借来的一些词汇，这无疑是创举。他打破传统"波雅尔"诗体两行押韵的格式，让无韵诗体的洪水在上面流淌，这也是首创。他写长诗和短诗采用的技法，在孟加拉语中也是新颖的。这一切，不是在慢慢地让读者的心忍受、适应的过程中，小心翼翼地发生的。他撇开经典程式，不颂赞艺术女神，带着新诗乘坐风暴，一瞬间驾临此地——咚的一声撞断古老诗殿大门的门闩。

　　默屠苏登·达多在孟加拉文坛开创新时代不久，我出生了。小时候我看到，许多年轻人陶醉于英语文学的美感中。他们情绪激昂地一页又一页地朗诵莎士比亚、弥尔顿、拜伦等名家的诗歌。但他们视而不见孟加拉文学中新生命的作为，也不认为那是值得关注的。文苑中的清晨，仿佛有些人醒了，更多的人还在酣睡。天空的红霞尚未宣告黎明灿烂的希望。

　　此前，般吉姆·钱德拉·查特吉的笔踏上了文学的征程。于是，我们看到杜尔格桑迪妮、茉莉纳莉妮和格巴贡德拉①在内宅庭院的榕树底下的空地上徜徉。享受到他文学作品趣味的读者，虽说是一些年轻人，可他们仍不习惯在旧文风的外面行走。原因嘛，不是别的，他们没有学过英语。应当承认，般吉姆的小说吸收了现代风格的形式和特质。他的语言与以前的孟加拉俗语和雅语大相迥异。无疑，无论是思想内容、人物感情，还是表现手法，他的作品都有仿效西方模式的痕迹。当年一批通晓英语的学者，孤芳自赏，不太赏识他的作品。不过，我们看到，他的作品进入未学过英语的女青年的心，未遇到任何障碍。因此可以说，文学中出现现代风格，是不可阻挡的。得益于这种新式创作风格，当时

---

　　① 般吉姆三篇长篇小说的女主人公。

孟加拉人的心灵，跨越精神领域旧习的狭窄界限，就像过去深宅大院里不许见太阳的淑女，走出高墙环围的庭院，走进了外部世界。这种自由不利于古老传统，但有利于永恒的人性，其证据不久便随处可见了。

就在那时，月刊《孟加拉之镜》问世了。从此，孟加拉人心中的新型孟加拉文学的权力，眼看着扩展到了各地。学过英语的年长的人，也奇怪地接受了它。毋庸置疑，在新文学之风的吹拂下，年轻女读者的性格开始悄然发生变化。女青年一个个浪漫起来了，这在当时甚至成了滑稽剧作家的创作素材。的确，浪漫主义游戏，是在古典或传统风格的外面进行的。心灵在浪漫的自由领地漫步。在那儿不习惯走的路上行走，可能宣泄过多的激情。这与过去遵循刻板规则相比，是有些危险，甚至让人担心有可能成为别人的笑料。冲出笼子的想象，脚上不缠链子，弄不好会扑向不雅不美。不过，从长远的视角观察，可以看到，经验有了接受多种教育的自由，基本上可以纠正所有的偏颇和过火行为。

当然，现代孟加拉文学的演进，把孟加拉儿女带到了哪条路上，不是这次会议的议题。今天，在议程开始之前，作为开场白，我只想告诉大家，孟加拉文学突出成果的证据，已经一目了然。

孟加拉家庭在印度其他地区过了一两代，把孟加拉语忘得精光，以前不乏这样的例子。语言的纽带，是心灵和血缘的纽带。这样的纽带一旦割断，人们彼此的理解能力和性情，必将彻底改变。在人类世界，孟加拉人心灵的特点，无疑具有特殊价值。我们一旦把它丧失，对整个孟加拉民族来说，可能导致巨大损失。河边农田的泥土，不用堰堤围起来，就会一点一点塌落，丧失丰收的希望。有棵大树把根须伸展到泥土深处，抓牢土壤，就能确保农田不受河水的侵蚀。孟加拉文学就是这样的大树，它赋予孟加拉的心田以绿荫、果实、紧密的团结和持久的稳定。所以，孟加拉的心田不会稍受打击就分崩离析。印度的统治者曾经提议在孟加拉中间建造一道篱笆①，这件事如果早发生五十年，我们不

---

① 指殖民当局提出的东西孟加拉分治法案。

会受到如此强烈的震撼，不会如此焦虑。孟加拉心中复苏完整的自我意识的主要原因，也是孟加拉文学。按照草拟的国家体制，孟加拉一分为二，孟加拉语言和文学将被肢解，孟加拉人对这种危险，不能置若罔闻。孟加拉人的团结观念，通过文学，深广地渗透了孟加拉人的大脑。正是由于这个原因，孟加拉人即使远走天涯，也以孟加拉语和文学的纽带，把自己和孟加拉紧紧地维系在一起。有一段时间，某些孟加拉青年到了英国，在语言、表情、举止方面，恬不知耻地宣称自己不是孟加拉人。现在没有这种怪现象了。如今，对灿烂的孟加拉文化不表示尊敬，对孟加拉文化知之甚少，他们反而感到愧疚了。

从国家统一的角度而言，把"异域"这个词强加到孟加拉头上，必然遭到强烈反对。但除了口语，再把以事实为根据，就印度各邦之间，亲戚般的真诚情感能否起作用所进行的争论，暂时撇在一边，单从文学的角度而言，应该承认，对孟加拉人来说，其他邦就是"异域"。在这方面，我们的差异如此之多，孟加拉文化不可能和其他邦的文化协调一致。另外，文化的主要载体是语言，孟加拉与其他邦的语言，不仅有语法差别，还有表达差异。换句话说，在情感表达和真实阐述上，孟加拉语在许多天才人物的帮助下，发现的形式和能力，在其他邦的语言中是找不到的。它的走向与众不同。当然其他语言，在某些方面也可能高出孟加拉语一筹。孟加拉个别人与其他邦的人的心息息相通，并非不可能，这方面我们看到的美好例子，是已故的奥杜尔波罗萨特·桑①。他长期居住在西北边境省，作为一个人，他与当地人心心相印。但不得不承认，作为文学家和批评家，他在那儿是异域人。

所以我说，今天其他各邦的这个孟加拉文学联谊会，是孟加拉人心中团结意识的体现。就像一条河以流动之路把自己弯弯曲曲的不同朝向的两岸连成一体，现代孟加拉语言和文学，在各邦孟加拉人的心中流过，把大家的心汇聚在一条生命之河中。孟加拉人在文学中展现了自

① 奥杜尔波罗萨桑（1871—1934）系孟加拉抒情诗人。

己，自己不再瞧不见自己，因而无论到哪儿，不会忘记自己了。这种自我意识中产生的浓醇的快乐，一年年一次次在各地举行的联谊会喷涌出来。

不过对于文学创作，聚会没有实际意义。世界上许多人聚在一起可以做许多事情，可其中没有文学。文学纯粹是个体劳动。在国家、商业、社会和宗教团体的活动中需要聚集大批人。可在文苑耘耕的人，像瑜伽行者和修行者一样，是孤独的。他的创作经常和众人是对立的。默屠苏登·达多说过"我筑蜂巢"。诗人的蜂巢属于"蜜蜂"个人。默屠苏登·达多的蜂巢酿满蜂蜜的时候，孟加拉文学的花林里，有几只蜜蜂?！从那时起，有各种兴趣的个人，共同丰富了孟加拉文学。许多创造者的幽静净修林组成的文学世界中，孟加拉之心，获得了内在的欢乐之宫，联谊会是它的节日。

孟加拉文学假如是聚集的一大批人的创造，那如今它会落到怎样的困境，想一想心里不禁瑟瑟发抖。孟加拉人历来会钩心斗角，但不会筹建团体。此外，还会彼此说坏话，搞阴谋，干些有丧门风的勾当，从中品尝乐趣。这样的品尝乐趣，就是我们搭建凉棚过杜尔迦大祭节的古老习俗的缘由。结亲成婚，男女双方形成的最密切的关系，一开始就受到男方迎亲队成员的无端羞辱①，那帮人的奇思怪想，也是孟加拉的古老特色。

另外，在诗人竞争的战场上，曾经聚集一些人，专门欣赏文人彼此不堪入耳的谩骂，究其原委，倒不是因为他们特别敌视哪一方，于是风言风语，异常开心，而是他们有站在一边，吸食人身攻击的麻醉品的怪癖。当下的文苑中，时常闪现专司捣乱的孟加拉人心中炮制的污蔑和残酷折磨的伎俩。那是我们尝到的冷酷狞笑的粗俗无礼的食物。

我们看到，从孟加拉邦大大小小、有名无名、秘密公开的各种嗓音的箭鞘，"嗖嗖"射出的渴望吮血的利箭，布满天空。在这种怪异的自

①　指迎亲队成员过分的起哄取乐。

泰戈尔的长篇小说《戈拉》

轻自贱的狂热下，孟加拉人原本可能摧毁自己的文学；彼此进行尖刻的指摘，文学的焚尸场上，不久原本可能响起鬼蜮的赞歌。然而，文学不是合作贸易，不是联合股份公司，不是市政机关，它属于默默前行的个人，所以，它避开种种打击，存活了下来。它是有进取心的孟加拉人创造的东西，不是许多人合作的成果。

孟加拉人在文学创作中看到自己唯一的业绩，欣喜万分。他们通过自己的创造，进入团结的广阔领域，宣扬自己的荣耀。离散的人，今日欢聚一堂。相距遥远的人，感到彼此近在咫尺，感到紧贴着孟加拉母亲的胸脯。神圣的孟加拉文学之河的水中，融合孟加拉人心中的污垢，这是痛苦和羞耻的根源，可尽管如此，这不足以让人忧虑。因为，优秀的文学属于所有国家所有时代。凡是恒久的，经过筛选必然留存下来。凡是短命的，虽喧嚣一时，却无权建造永恒之厦。恒河的圣水上，漂浮着不少病菌，但我们看不到它的强大，它在水中被净化，杳无踪影了。波涛汹涌的大河，毕竟不是大阴沟。

我们这个时代，将把孟加拉人手中凡是优秀的、永恒的东西，凡是适合供奉在人类祭坛前的东西，当作遗产，留给未来。文学中塑造的孟加拉人的形象，将在世界舞台上留下自己的尊严。它摈弃罪恶的垃圾，在世界之神面前，作为孟加拉的贡品，将赢得自己的席位。

孟加拉人在自己的血液中感觉到了期待的美好前景，为此，年复一年，在各地以欢聚的方式，一次次发出孟加拉文艺女神的胜利欢呼。愿孟加拉人的梦想成为现实！愿文艺女神的圣地的朝觐者，一代又一代来到这里！把博大的人性的愿望，把摆脱身心内外各种束缚的神咒，带到孟加拉的心中！

1934 年

对孟加拉文学的轻视

读了一大堆英文书籍的一些人，睥睨现代孟加拉作品及其作者；他们脸上露出鄙夷的神情，在心理上得到极大的满足。看来，他们从头到脚全身长满了刺，得意洋洋地把自己与"丑陋"的平民区分开来了。他们忘了，在世界上做一个高尚的人是很难的，但自我吹嘘非常容易。

有些人排斥自己的同胞，搂抱着臆想的尊荣。但我祈求心灵的主宰让我们永远远离这种无知的丑恶表演。

泰戈尔和中青年孟加拉文学家

社会洪流漫过一个个世纪，一次次沉淀凝成的英国文学，既巍峨又艰深。近年来，孟加拉文苑里，肥沃的淤泥也开始沉积了，有的地方形成沼泽，有的地方形成沙洲。关于文苑的现状，仁者见仁，智者见智，没有人站出来对别人提出抗议。孟加拉文学没有悠久的历史，没有随时代潮流奔腾的大潮，没有一年年堆满珍宝的宝库。现在还不是把它的零星积蓄系于一种批评标准的时候。所以，哪位身强力壮的反对派口腔里吸满英国文论，不停地朝孟加拉文学喷去，它微弱的希望的火苗，必定摇曳不定，濒临熄灭。不过仍可以说，不管他喷得多么凶猛，微弱的火苗比他高贵得多。

目前孟加拉作者正忙于为孟加拉文学奠基。因此谁爬到英国的书山顶上，俯视他们，大概会觉得他们小如芝麻。他们荷锄耕耘，疲惫不堪。而坐在高高的书山上的人，悠闲地呼吸新鲜空气，山上山下，以平等的目光看待对方，眼下只是幻想。

这两种人的才华假如真有天渊之别，那另当别论。但实际上，拿不出足以说明双方水平悬殊的任何证据。那些靠收集他人的思想成果打发光阴的人，根本不懂思考问题把心得体会用文字表达出来是多么艰难！一串串至理名言，很容易像手持竹竿打落熟水果那样从他人的唇边采集，但考虑一件小事，把自己的观点用语言写出来，是要动一番脑筋的。只学习书本知识，光采集不运用知识的人，全然不知自己有多大能耐，未知的领域多么宽广。

我谈到的那些评论家，习惯于一面读孟加拉语作品，一面在脑子里进行孟—英翻译。所以他们不会尊重所评论的著作。他们不曾进入也无暇进入孟加拉语的生命殿堂。脱离了故土，所有的文学之树必然枯萎，对它射批评之矢，无异于挥刀斩腐尸。

用孟加拉语写作的人，认认真真地地锤炼着语言；他们热爱孟加拉语，这是他们义不容辞的责任。孟加拉语不是官方语言，不是换取荣誉的语言，不是挣钱的语言，它仅是我们的母语。孟加拉语属于那些心里珍爱它对它怀有坚定信心的人。有些人轻视它，疏远它，自然没有机会真正了解它，他们以译者的身份审视孟加拉语。所以，我只得伤心地宣布：他们的见解没有什么价值。

在北印度孟加拉文学会议上的讲话

　　研究人体，我们发现一些特殊的中枢，例如，生命在血液里流遍全身，它的中枢是心脏；感觉通过神经系统在周身蔓延，它的中枢是大脑。同样，在每个国家的心田流淌着的知识和情愫之泉，也有其源头。

印度古城迦尸

　　遥望西方，我们看见的巴黎是法国的中心，罗马是意大利的中心，雅典是希腊的中心。纵观印度的历史，远方喷涌的知识之泉，也总是流过崇山峻岭，在迦尸①汇合。刚才拉塔库姆德先生在他的讲话中指出，吠陀时代迦尸是研究梵学的中心，此后的佛教时代，释迦牟尼在迦尸传

---

　　①　印度古都，今贝拿勒斯。

播教义，创建佛教团体。到了中世纪，著名的诗人和学者，以及善男信女，以各种方式把他们的人生历程与迦尸紧紧联系在一起。眼下，孟加拉文学的进步，在孟加拉语中充分体现出来了，并为孟加拉带来了新生活的活力。这不是孟加拉的私物，它显示着印度历史上的巨变。如果它波及迦尸，必将有助于维护历史的持续发展。

如同婴儿在家中出生，身心一年年健壮起来，在社会中获得立足之地，各地促进社会进步的行动，不可能在当地取得圆满成功，需要其他地区的支持，才能对自己和他人证明，它们属于全印度。让孟加拉在本地区通过文学和绘画，对整个印度昭示并辉煌其本色吧！它生命的繁复，如欲依附一些组织，萌发枝叶，迦尸该是它自我扩展的中心。因为，迦尸事实上不属于某一个邦，而属于所有的邦。

孟加拉文学团体在其他地区成立的目的是什么？是把孟加拉文学的成果快捷地交到其他邦的手中。印度每个圣地的重要作用，是让各邦的朝觐者深切认识到有一个大于他所在邦的祖国。圣地是让人直接感觉到印度的最广泛的民族团结的所在。与普里等别的圣地相比，迦尸的特殊性在于，这儿不仅是一条条虔诚之河的交汇处，更是印度全部知识的集结地。孟加拉邦如果通过一个组织把最珍贵的财富送进迦尸的宝库，印度的艺术女神会欣然收下。

"孟加拉文学中只凝聚孟加拉邦的智慧。"这句话不完全正确。因为通过印度细密的血管，智慧源源不断地流入孟加拉的心脏。孟加拉的文学精品，应被视为印度的智慧的特殊形象。让到迦尸的人都想起，孟加拉推理学的教授和南印度讲解所闻经的教授，一道把知识的供品放在印度这只花篮里。

最后我想讲一桩应予高度重视的事情。我们希望在孟加拉文学中看到迁居此地的孟加拉人与当地人和睦相处的情景。孟加拉人写出这样的作品没有？至今没有。这难道不是我们思想僵滞的表现？心中强健的好奇永远是活泼的。萎靡的心灵既没有观察的愿望也没有观察的能力；受制于衰弱的同情，它漠视与它不同的一切。这漠视是愚昧无知的别名。

求知欲的欠缺和爱的力量的匮乏，历来是双胞胎。进入别人心房的人，才会尊重别人；由于灵魂孱弱，丧失尊重他人的纯洁权利的人，走到心扉外面，再没有力气迈过门槛。骄傲裸露他的精神贫乏，缺少同情反过来说明他没有纯洁的灵魂。

孟加拉人最大的缺点是自高自大，几天听不到表扬，心里就恼火；恨不得要人每日为他斟赞美之酒，哪天少饮一杯，浑身感到不舒坦。渴求恭维的傲岸，往往歪曲真理，沉浸于幻想的黑暗之中，看不见别人。这种盲目性使我们不思进取。访问日本的时候，我听说孟加拉留学生学习制作纽扣、肥皂，有的人涉足商界，但他们没有睁大眼睛考察日本的浓厚兴致。有的话，他们能学到比制作纽扣更有用的知识。他们不尊重日本，等于自轻自贱。长期或短期居住在印度西北部地区的孟加拉人不突破迷茫的黑暗的包围，他们的文学就不能从与当地人的接触中撷取有用的素材。就像走到监狱外的街巷里干活儿的囚犯，依旧是囚犯，个别孟加拉人别离家园，来到遥远的他乡，灵魂依然戴着自满自诩的脚镣。不从心里驱逐自命不凡的傲气，即便住在圣地迦尸，孟加拉文学团体也将无所作为。只要孟加拉人富于想象力的外露的灵魂与西北部印度的亲密接触，在孟加拉文学中得到充分反映，这儿成立孟加拉文学团体，就不会被认为是多此一举。从这个团体的角度出发，我们特别希望能把从当地的语言、文学和经验汲取的信息和真知灼见，转化为孟加拉文学的营养。

印度西北部极其珍贵的典籍正渐渐泯灭。我听说一位日本长老从尼泊尔雇人将三大箱大乘教佛典运到日本。我们如何指谪他这样的收藏者，朝思暮想典籍的人得到了，不爱惜的人丢失了，这是合乎逻辑的。但从现在起应提高警惕。迦尸在收藏古代典籍方面具有得天独厚的条件。我也希望孟加拉文学团体把抢救典籍当作自己的一项工作。

此外，我们应以高度负责的精神保护散落在各地的文物。我痛心地发现，不少精美的石像的碎片，成了许多地方人站在上面洗脚的台阶或码头的石级。要采取措施使它们免遭践踏。印度的大部分文物分散在西北地区。孟加拉的古代艺术大多已沉入松软的泥土下面。但这儿山区的泥土坚硬，起着保护文物的作用，因而残缺的文物处处可见。出席今天的会议，我恳请你们以极大的热情收集文物，将拟建的艺术馆当做较长时间内自己的一项工程。直到前几年，我们还不重视绘画艺术，不把它当作自己的事业，对在路边、集市上以低价出售名画熟视无睹。我记得，来自日本的一位鉴赏家冈仓曾在我们愚拙的眼睛前展示孟加拉绘画和工艺美术的真正价值。在开辟艺术教育之路方面，当时在加尔各答艺术学院任教的客籍教授赫维尔，也曾鼎力相助。但是，从我们的无知派生出来的对印度绘画艺术的冷漠，至今没有消除，所以印度的艺术瑰宝，很容易从印度漫不经心的指缝中滑落，流落异国。孟加拉文学团体把收集画作当作自己的任务，将会受到人们的赞誉。

每个国家的艺术都具有连续性。如同从发源地流来的河水被堵截，不久汪成散发臭气的一潭死水，将今时与昔时切断，寻求知识和艺术探索之河也会变得浅细，发臭，最终干涸。在印度的艺术领域，我们找到了足够的例证。阿旃达石窟的壁画之河未流过太长的岁月，就被堵入深潭，渐渐成为泥浆。目前一项紧迫的任务，是设法让它流出来。古印度那些价值连城的壁画如果全流落异域，恢复印度绘画艺术的生机恐怕是十分困难的。

我不是说要以古代绘画的旧沙漠浇铸现代绘画。但古代探索中生命的律动，能激发心中的活力。硬将现代创造的求索与古代的创造之河隔断，那样的求索将是无源之水。除了从印度的历史，我们从外国得到的主要赐予，也是求索的精神。欧洲各国所有人种的全部知识的荟萃，点燃了求索的热情。我们要记住这一点，不遗余力地发掘、保护失踪的大量艺术珍品。这样做的动机，不是今后简单地复制它们，而是在研究历史的广阔领域让我们的心永远清醒。

般吉姆·钱德拉·查特吉

年轻的天才作家般吉姆·钱德拉·查特吉像吉祥女神那样手提盛满醍醐的仙壶，出现在孟加拉面前的时候，守旧派不曾心怀敬意愉快地对他的作品表示欢迎。

孟加拉著名作家般吉姆

当年，般吉姆无奈地忍受了许多嘲笑讽刺。有一些人对他极端仇恨。另外一些心胸狭窄的作家，模仿半天也学不会他的技法，为了掩饰欠他的人情，对他进行了最多的谩骂。

近来涌现的一批新作家和新读者，未获得在心中感受般吉姆巨大影响的机会。他们出生在般吉姆开辟的文学土地上，可他们撕碎"账本"，看不到欠了他多少恩情之债。

不过，我们这些当代作家的是幸运的，我们和般吉姆初次见面的时候，文人关系方面的陈规陋习，尚未深深地扎进我们的心田。此外，我们既不熟悉也不习惯于现代新思潮。我们年龄段，如同孟加拉文苑的拂晓时分。般吉姆在文苑播撒黎明的阳光，阳光下我们的心莲首次徐徐绽放。

站在两个时代的连接部位，我们立刻感觉到，以前有什么，此后，我们得到了什么。那黑暗，那混沌，那沉睡，消失在哪儿。那胜利的春天，那喧闹，那哄骗孩子的故事，消失在哪儿——从哪儿来了如许阳光，如许希望，如许歌曲，如许富丽。月刊《孟加拉之镜》仿佛是阿沙拉月雷声隆隆下的第一场雨。情思的滂沱大雨，使孟加拉文学向东向西所有的江河，骤然间涨得满满的，怀着青春的欢乐，快速奔腾。那么多诗歌、剧本、小说，那么多散文、评论，那么多月刊，那么多报纸，以苏醒的黎明的欢歌，使孟加拉大地热闹非凡。孟加拉语一下子从童年跨进了青年。

我们在少年时代的孟加拉文学中，看到了崭新理念来临的盛大节日。我们感觉到新鲜希望的欢乐席卷孟加拉大地——正因为如此，如今常常心生失望情绪，觉得没有获得当年心中闪现的无限希望的果实。那种生命的活跃不复存在。但话说回来，绝望是没有道理的。初生的热情，不可能持续多年。把现时与对崭新希望和新鲜喜悦的回忆作比较，是不可取的。结婚的第一天，竹笛吹响的喜乐，不会永远回响。大喜的日子，只有纯净的欣喜和期望。此后，有各种责任、交融的苦乐、细小的坎坷和周而复始的离别团圆。从此，肃穆地走上各种道路，抚平各种伤痛，在人世之路上前进，不会每天敲响吉祥的钟声。不过，对那天节日的回忆，在终生艰辛的尽责之路上，播布着快乐。

般吉姆亲手缔结孟加拉语和情窦初开的个人理想的姻缘的那天，处处洋溢的喜悦之情和欢庆的节日，铭刻在我们心里。但那个日子远去了。如今各种作品、观点、品评，雨后春笋般地涌现，才思之河有时较为丰盈，有时缓缓流淌。

实际情况就是这样，出现这种情况是必然的。不过应当记住，得益于谁的功绩，才有这样的局面。我们常常自鸣得意，忘了这一点。

**般吉姆的第一部长篇小说
《拉兹默罕的妻子》**

我们遗忘前人的第一个证据，是我们不知道罗摩·摩罕·罗易是现代孟加拉的缔造者。政治、教育领域也罢，社会、语言领域也罢，在现代孟加拉，没有一样新生事物，不是他培育的。甚至目前全邦出现的研究古代典籍的热潮，罗摩·摩罕·罗易也是开创者。当新式教育助长了骄傲，可能对古籍产生厌恶情绪之时，是罗摩·摩罕·罗易从普通群众读不懂的几乎被忘却的《吠陀》、《往世书》提取精华，辉煌了古圣梵典的光荣。

现在孟加拉不愿对罗摩·摩罕·罗易表示由衷的感激。

罗摩·摩罕·罗易将孟加拉文学安置在花岗岩基石上，使它免受泯灭的厄运。接着上面流过般吉姆的天才之河，沉淀了一层层沃土。如今孟加拉语的土地，不仅适合永久居住，而且相当肥沃，长满绿色的庄稼。这片土地，成为真正的祖国大地。我们的精神果实，大都在家门口成熟了。

如果还得解释是他治愈了母语的不育症，使母语雍容华贵，为孟加拉人带来多么珍贵多么恒久的裨益，那实在是没有比这更不幸的事儿了。在他之前，没人以尊重的目光瞧一眼孟加拉语。梵文学者认为它粗俗，英文学者觉得它粗野。他们做梦也想不到使用孟加拉语可以取得骄人成就。出于怜悯，他们用民族语言为妇女、儿童编写了一些通俗读物。有意了解关于那些作品的可读性和通俗性的人，可以设法啃一啃尊敬的克利斯纳摩罕·邦达巴达亚编写的旧初级教材。

不受尊重的孟加拉，神色憔悴，郁郁寡欢地消磨日子。它中间隐藏的那么多美、那么多荣光无从突破贫乏显露出来。只要母语受到冷落，民众生活的枯燥、空虚和贫乏，就无人能够清除。

就在这时，人中翘楚般吉姆，把自己的学识、挚爱和才情当作礼品，供奉在惴惴不安的孟加拉语足前。在那段时间里，他做了件何等重要的事情，给人带来多大好处，是我们现在不能完全理解的。

当时比他智少才寡的许多人，写了几行英语，就趾高气扬，目空一切。他们自己不明白，在英语的大海里，他们不过像松鼠一样在筑沙坝而已。

般吉姆毅然摈弃在英文创作上功成名就、志得意满的前景，把全部才能用于精英们忽视的领域，难道还有比这更大的勇气吗？尽管知识渊博，却婉拒与自己同等水平的人的鼓动和名声的诱惑，把年轻生命的全部希望、才能和精力投放到在一条被轻视的、从未踏看过的、陌生的黑暗道路上，这是多么自信和勇敢的抉择！对此，作出恰如其分的评判，绝非易事。

不仅如此，他从不炫耀自己的学识，对孟加拉语表示怜悯，而是由衷地对它表示尊敬。他把一切期望、美感、情爱、对神圣事业的忠诚、爱国情怀、有教养的成熟的智慧、从教育获得的思想珍宝，悉数送到孟加拉语的手中。于是，受冷遇的孟加拉语时来运转，充满自豪，忧郁的面孔突然像吉祥女神一样容光焕发。先前不屑一顾的人，为孟加拉评语的青春美貌所吸引，纷纷来到她的跟前。于是，孟加拉文学一天比一天繁荣。

般吉姆承担的重任，是其他任何人挑不动的。首先，坚信并证明，处境艰难的孟加拉语，可以用于表达知识分子的各种情感，是一项需有特殊能力的事情。其次，在文学没有目标，读者不指望读到精品的地方，在作者敷衍塞责地写作，读者马马虎虎地阅读的地方，在只要写得稍微好一些，便听到一片喝彩声，写得不好，觉得进行抨击也是多此一举的地方，把自己内心的崇高志向，时刻摆在面前，拒斥稍稍出力就能获得廉价名气的诱惑，孜孜不倦，锐意进取，在争取完美的崎岖道路上跋涉，是非凡的伟业。

般吉姆的长篇爱情小说
《格巴尔贡德拉》

四周死气沉沉，令人窒息般的重压，最难承受。突破它无时不在的强大引力，需要付出多少不懈努力！当时那样做，比当下耍笔杆子的人估计的困难，要多得多，实在是难以想象的。四处是松懈疲沓，而松懈疲沓又不受批评的时候，只有伟人才能忠于职责，坚守志向。

般吉姆坚守心中的理想，依凭才华做成的大事，令人钦佩。在《孟加拉之镜》出版之前和之后一段时期，孟加拉文学作品的水平参差不齐。在大吉岭瞭望过康羌长戛山脉的人知道，霞光照耀的雪冠，在离四周沉默的山臣的很高地方，戴在倚天山王的头上。般吉姆之后的孟加拉文学，突然获得了雪冠那样的很高地位。细细观察，丈量一下，就容易知晓般吉姆天才的巨大力量了。

般吉姆期望别人也像他那样尊重孟加拉语。在旧习惯的驱策下，谁要是和文学玩儿戏，般吉姆就会严厉地惩治他，教他不敢再放肆胡闹。

当时的情况非常复杂。在般吉姆发动的全国文化运动的影响下，很多人心潮激荡，对自己的有限能力缺乏清醒的认识，恨不得一步就蹦上作家的席位。写作的热情高涨，但文学理想却没有确立。善于应对众多难题的般吉姆，一手搞文化建设，一手防止出现偏差；一方面点燃创作激情之火，一方面负责清除黑烟和灰烬。

由于般吉姆一个人挑起了创作和批评的重任，孟加拉文学才如此迅速地走向了成熟。

般吉姆当然也尝到了艰辛事业的苦果。记得他担任《孟加拉之镜》评论员的时候，他的仇敌为数不少。数百个庸人忌恨他，千方百计贬低他的顶级才华。

蒺藜不管多么细小，也有刺扎的本事，富于想象的作家的疼痛感更比一般人明显。般吉姆并非不在乎啮咬，可他从不为此撂挑子。他深信，捣乱干扰损害不了他的高大形象，他能从容地突破那些渺小敌人的重围。所以，他总是神态平静仰首挺胸地前进，从未减低他战车的速度。

在文苑可以看到两种苦修者，一种是冥想型的，一种是实干型的。冥想型作家在僻静处全神贯注地提炼情感，他们的作品，在俗人的眼里，是应有的或额外的收获。

般吉姆是实干型作家。他的天才不仅属于个人。文苑哪儿有缺陷，他就带着自己的能量和欢乐朝哪儿奔去。无论是诗歌、科学，还是历史、宗教理论，哪儿需要他，他立刻收拾停当，动身前往哪儿。他的目标，是为孟加拉新文学各种文体树立楷模。遇险的孟加拉语在哪儿声音凄厉地叫他，他马上以保护大神毗湿奴的面目，在哪儿现身。

然而，他不只给予鼓励，给予慰藉，弥补欠缺，他也是傲慢的制服者。有些想树立孟加拉文学权威的人，日日夜夜，试图以充满夸张的赞歌，愉悦孟加拉邦。但般吉姆的喉咙，不只唱颂歌，也是一把利剑。假如孟加拉不死气沉沉，那么，他的专著《黑天的性格》中，目前堕落的印度教社会和变态的印度教受到刺击，会感到疼痛，有所觉悟。如果没有般吉姆这样勇武的天才人物，别人就不会有勇气发表自己的观点，勇敢而明确地反对印度的陈规陋习。般吉姆对古老典籍进行历史性的批评，提取精华，摈弃糟粕，透彻分析了书中有证据或没有证据支持的各个章节，与此类似的析肌剔骨的评析，目前很难见到了。

般吉姆的长篇反帝小说《阿那陀寺院》的插图

般吉姆不得不在两种论敌之间开辟道路。他的左边有些人不承认神祇转世下凡，反对给予黑天神性。他的右边有些人认为，古圣梵典的每个字和民俗的每项传统活动都是正确的。看到他以批判的手术刀解剖典籍，按照人性的神圣理想塑造神明，他们心里很不舒服。在这种情势下，换成另一个人，肯定想把其中一种人拉入自己的阵营。但文学的伟大驭手般吉姆毫不犹豫地向两边的那些人射出利箭，继续前进。他唯一的资本，是他自己的才华。他清楚地表达他坚信的一切，不以花言巧语欺骗自己和别人。

想象和臆想有着本质的区别。真正的想象，由理性、节制和真实凝聚而成。在臆想中间，只有伪装的真实，可它借助古怪的夸张，毫无节制地膨胀。它中间的黑烟，是少许光亮的一百倍。才能寡少的人，往往在文坛借助这乌烟缭绕的臆想。它看上去庞大，实际上极轻。有一类读者，为人造的一大堆虚幻臆想的技巧所迷惑，不幸的是，在孟加拉这类读者为数不少。

在一个奇思怪想泛滥的国家，般吉姆为我们树立的榜样，极其重要。《黑天的性格》这部专著中，洋溢着激情，可任何章节中，他的想象未曾信马由缰地奔驰。从首章到末章，他一步一步情感节制地沿着规划的理性之路朝前迈进。他写的作品，处处显示出众才华。他舍弃某些题材，并不表明他缺少才情。

我们的孟加拉语，过去像只有一根弦的单弦琴，只能以单调的乐音颂扬宗教神明。般吉姆亲手系了一根根新弦，把它改装成了高级"维那琴"。以前它只能演奏地方俗乐，如今可以在世界音乐殿堂演奏艺术经典乐曲了。由他亲自以慈爱养育的形影不离的孟加拉语，此时此刻，在心里为般吉姆恸哭。他完成了苦难人生的祭祀，溘然去世，在远离哀伤的宁静乐园，获得了永久安宁的憩息。他脸上布满柔和的欣慰、毫无苦痛的恬静，仿佛死神把他带离人生的中午那烈日灼烤的尘世，送入母亲凉爽温馨的怀里。如今我们的痛哭已不能使他动容。他不会再眼里闪烁着睿智之光，慈祥而欣喜地接受我们虔敬的礼物。我们的哀恸和虔敬，只能转变为创作动力了。在我们的哀恸和虔敬中，愿般吉姆在文苑为我们树立的榜样的塑像，永远辉煌地矗立在我们的心田。如果我没有建造他雕像的财力和能力，那让我们在心里铭记他的崇高精神，把他的名字刻在孟加拉心中的纪念碑上。

英国和英国的法律不会在这儿永存。政治、宗教、社会观点，可以千百次地变化。今天所谓最重要的事件和活动，其疯癫和喧嚣中，无名无声的社会责任，被认为微不足道，可明天不会有那些事件和活动的一丝记忆的痕迹。但使我们的母语适合表达各种情感的人，为我们不幸的穷国留下了一笔永久的无价财富。他创造了实现民族持久进步的唯一基本方法，为我们挖掘了悲痛中的欣慰、衰落中的希望、疲惫中的精力和贫穷空虚中永恒之美的取之不竭的宝藏。母语，是承负、展现、弘扬我们中间不朽的和使我们不朽的伟大力量的唯一手段，是他强健了崇高了我们的母语。

对某篇文章的批评可能有错误。我们赞扬的东西，随着时间的推移，随着教育、趣味和环境的变化，可能受到后人的漠视和谴责。但般吉姆扩大了孟加拉语的表现力，使孟加拉文学更加繁荣，他像跋吉罗陀①那样，请才智的恒河降落到孟加拉文苑，圣水洗涤了委顿，使灰烬里的古老灵魂苏醒。这不是短时的观点，不是某场辩论的结果，不依赖某人的情趣，而是历史的真实。

把这句话印在记忆中，让我们向孟加拉作家们的这位导师，孟加拉读者的知心人，河流纵横、稻谷飘香的孟加拉大地母亲的天才儿子告别。他在人生的黄昏来到之前，在新的闲暇时分着手新的工作之初，收拾永不黯淡的天才之光，递到在孟加拉文学的天空略暗的星宿的手中，在世纪之末的西天的边地，过早地陨落了。

1894 年

---

① 跋吉罗陀是印度神话的仙人，他请恒河女神下凡，恒河水流到他的列祖列宗被烧成灰烬的地方，净化他们的灵魂，使之升入天堂。

希罗兹杜拉①

小学、中学里背历史书的学生都抱怨说，印度历史书中，最乏味的是有关英国殖民统治的章节。其原因之一，是这些章节缺少生动的人性描写，像一本流水账：英国总督奉命来印度任职；战争爆发；胜败终见分晓；五年过去，总督卸任回国……

当然，历史书的撰写，不是没有心肝的机器的转动。印度的千百座舞台上，明亮、漆黑的房舍里，形形色色的人玩弄的手段后面，恐怕不会没有一只只想入非非的、误导的、仇恨的、贪婪的手操纵。虑及对帝国的忠诚和出版委员会的监督，作者总是提心吊胆地在狭小的圈子里踱步。所以至少孟加拉语历史书中，有关英国殖民统治的章节，是极其单薄而枯燥的。

有必要回顾一下历史。在莫卧儿——帕坦时期，相继登位的皇帝作为极富鲜明个性的天子，不容违抗地发布政令，统治王国。他们的意愿的自由和活跃，为印度历史书的有关章节注入趣味的波澜。但在英国人侵占的印度，实行英国王室的统治，其中人性的作用退到了极次要的位置。不见人，不见国王，只有独行的政策，沿着漫长的路，建造邮局，每隔五年，政策的载体更换一次。

这项政策是一张无限扩展的蜘蛛网，它的丝多么复杂，多么细长，怎样越过直布罗陀海峡，怎样越过埃及、亚丁，抵达南亚次大陆，将印度从头到脚一层层缠住，若作详细叙述，无疑能激发我们的好奇。拉亚尔先生的大作《印度帝国》中，就有我们见所未见的简单而生动的

---

① 孟加拉邦的藩王。

184

描写。

但是，这样的描写表现人的理性，依然属于有关历史的普通器官的理论范畴，而不属于有关历史的心脏的理论，勾不起读者恒久的新奇感。"西方的机器"在东方导演木偶的表演中，蕴涵些许笑料，些许酸楚，但有大量的怪诞。心灵的碰撞中产生充满戏剧趣味的文学要素，在那样的表演中是微乎其微的。

东印度公司时期，出版了英国人称之为骑士故事的大量长篇小说。那时，视野开阔的英国人执行王国的扩张政策，他们的凶残和牟取私利的行径，震惊了历史。

奥卡耶库马尔·玛伊特里先生在其著作《希罗兹杜拉》中揭开了历史奥秘的厚幕，于是可以看见，莫卧儿帝国行将倾倒的宫门前，站着一群极为委顿的英国商人。那时，擅长搏杀的人身着色彩迥异的服装，驰骋在印度的大地上。在他们中间，英国人的服装显得最安分、朴素、贫寒。马拉提人在原野上策马狂奔，点燃毁灭之火；锡克人在印度西北部集结战无不胜的军队；莫卧儿王朝的诸侯在风云变幻的暮空，不时挥舞反叛的鲜红大旗。只有几个英国商人，头顶着贸易的麻袋，踏上王宫的石阶，十分谦恭地接受朝廷的庇护。

希罗兹杜拉

藩王的宫殿里，当希罗兹杜拉还是祖母奥莉波尔蒂怀里的婴儿时，英国王室的霸业在加尔各答英国商人的货栈里出生不久，孤零零地做着游戏。

纸迷金醉的舞台上，王朝倾覆之剧开始上演。恒河畔希腊吉尔的行宫里，回荡着歌女甜柔的歌声和舞女的足铃声。荒淫的黑手甚至伸进门窗关闭的民宅。

听，舞台后面传来骑兵部队的马蹄声和武器的碰击声。年迈的奥莉波尔蒂四处奔走，寻求援助，以遏止敌人的进攻。局势混乱之际，英国商人在卡西巴查尔修筑了城堡，在各地集结自卫的军队。

外国商人的气焰日益嚣张。他们劫掠印度和别国的商船。东印度公司的职员和他们的亲朋好友做生意造假账，千方百计偷税漏税。

就在这样的形势下，年轻的希罗兹杜拉登基了。他采取严厉的行政措施，惩处为非作歹的英国商人。

发誓重振朝廷尊严的藩王与唯利是图的外国商人之间的矛盾激化了。矛盾的一方——英国商人拿不出任何值得骄傲的东西。希罗兹杜拉虽然不是完人，但面对矛盾中涌出的卑鄙、虚伪、阴险，他的正直、坚毅、勇气和宽容，闪烁着王朝神圣的光彩。所以玛里逊这样评价他："结局悲惨的这出历史剧中，只有作为主角之一的希罗兹杜拉，没有堕入欺诈的深渊。"

矛盾的端倪，像树种初萌的两片叶子，但随着各种伎俩的渗透和各种人物的参与，长成了枝叶交叠的巨树。

如同高超的驭手，套上几匹马，娴熟地驾车奔驰，奥卡耶库马尔先生，依凭自己的才华，从首篇至末篇，从容地驾驭充满复杂矛盾和人物众多的故事情节的发展。

他这本书的语言明快、清丽，情节安排紧凑，议论切中肯綮。如果作品描写的事件涉及面广，头绪又多，却只有零散的资料可供采用，每一章都必然引起争论，这时，一个实力派作者应尽力保持故事的完整性，并迅速朝前推进。引经据典地分析，难免切割故事的内在联系。尽管有一些不可避免的障碍，作者仍把这本传记写得像小说一样生动活泼，引人入胜，并唤起读者对遭到诋毁的不幸的"历史罪人"希罗兹杜拉的同情。

作者只违背了一条历史原则。他不曾为希罗兹杜拉护短，但他稍微主动地站在希罗兹杜拉一边。他未能做到只以历史的证据来叙述一切，而略微急躁地冲动地表述了自己的观点。与顽固的陈旧观念作战，他不时被习见的盲目迷信所激怒，不由自主地流露出偏激的情绪。这有损于真实的平静氛围，对他失之偏颇的猜测，也给读者心中带来一丝忧虑。

诗剧《自然的报复》

在卡洛亚尔休假期间，我着手创作诗剧《自然的报复》。这部诗剧的主角修道士，力图割断丝丝缕缕的情缘，摆脱尘世的羁绊，战胜本性，洁净地颖悟永恒。永恒仿佛在万物之外。最后，是一个小姑娘以真情之绳将他束缚，牵着他从对永恒的冥想返回尘世。

修道士回归人世后发现，崇高寓于低微，无限寓于有限，解脱寓于爱情。在爱的阳光照耀下，睁开眼睛，我们看见，在界限之中我们却不受到限制。

扮演贾亚辛格的泰戈尔

自然的旖旎，不单是我们心田的海市蜃楼，其间也流溢"无限"的欢乐，所以面对自然美景，我们忘怀自己。卡洛亚尔的海滩，无疑是让人深刻认识这个真谛的理想所在。外面的自然界中，"无限"依仗法则的魔力崭露之处，我们看不见法则束缚的"无限"。但是，由于美和情义的维系，心儿立即在微小中触摸到广大，关于这种直接的感受，还会发生争论吗？循着这条心路，自然把修道士送到了端坐在"有限"的御座上的国王——"无限"的宫殿里。

《自然的报复》中，写了路上来去匆匆的行人和乡村的男男女女，他们在自己制造的渺小中浑浑噩噩地过日子，此外，也写了修道士在自己制造的"无限"之中，千方百计试图消灭自己和身外的一切。在爱的桥梁上，当消除了双方的差别，修道士与家庭主妇重逢时，有限与无限汇合，"有限"的虚假的微小和"无限"的虚假的空茫，均消失殆尽。

童年时代，某一天我进入内心世界没有标记的黑洞里，失去了外界的纯真权力，但后来，从外界射进内心世界的一束醉人的阳光，又把我完全融进自然。这一段历史，也曲折地反映在诗剧《自然的报复》之中。这部诗剧，可谓我全部诗歌的总序。我认为，这是我诗创作的唯一的思路，它的名字可以叫作"在有限中与无限相会"。这种感悟表现在《祭品集》的一首诗中：

> 远离红尘的解脱，我不追求，
> 重重的束缚中，我亦能够
> 品尝解脱的甘美滋味。

前面谈到，出版的《研讨集》收入我写的一些短小散文。开初写那些散文，我试图在理论上解释《自然的报复》的旨趣。我阐述的观点是："有限"不是局限，它在微粒中可以昭示蜷缩的无底的深邃。我不知道，作为理论，那种解释有无价值，作为诗，《自然的报复》处于怎样的地位。但是今天，显而易见的是，这唯一的观念身穿各种服装，占有了我所有的作品。

从卡洛亚尔返回加尔各答的船上，我写了《自然的报复》中的几首歌。我心情极为愉快地坐在甲板上，轻轻哼唱着写了下面的歌词：

> 哦，南达腊妮——
> 放开我们的黑天——

我们是走向牧场的放牛娃，

请放开我们的黑天！

太阳从地平线上升起，繁花争艳斗奇，放牛娃走向牧场。那冉冉升起的红日，那盛开的鲜花，那牧场上的逡巡，令人心旷神怡。他们不允许出现空清的场面，他们要会见黑天，他们要看乔装打扮的"无限"。他们走出家门，是要在旷野，在丛林，在山冈，参与"无限"做的游戏。他们不在远处，不在豪富之中，他们的道具很少，进行化妆，有一件黄袍和野花花环就足够了。因为前往豪华的地方，寻找世界欢乐的播布者①，为他兴师动众，铺张浪费，就会失落真正的目标。

---

① 指创造大神梵天。

音乐剧《蚁蛭的天才》

我家里有一本诗人托马斯·摩尔①创作的可配曲演唱的爱尔兰插图诗选。我多次听过奥卡亚先生动情地朗诵其中的诗作。那些配画诗，在我的心田构作了古朴的爱尔兰的幻境。当时，我无缘聆听为这些诗作所配的乐曲，我只能在想象中欣赏。插图上画的一把琴，仿佛在我的心中弹奏。听歌唱家演唱为诗谱写的爱尔兰歌曲，学会这些歌曲，回国唱给奥卡亚先生听，是我的远大抱负。不幸的是，一生中的某些愿望，实现不久便自戕了。到了英国，我只听了几首，学了几首，学会所有的歌曲，实在是心有余而力不足。不少歌曲优美、凄婉、质朴，但没有爱尔兰古代诗会的缄默了的弦琴伴奏。

回到印度，我把学会的爱尔兰歌曲和其他英国歌曲，唱给我的亲人听。他们不无遗憾地说，罗毗②的嗓音怎么变了呢？好像成了外国人的声音啦！他们甚至说，我说话也有点洋腔洋调了。

我学会的印度和英国歌曲，成了《蚁蛭的天才》的摇篮。《蚁蛭的天才》的乐曲大部分是印度的。但在这部音乐剧里，采用的印度乐曲，已从宫廷歌曲尊贵的席位上走了下来。从事飞翔这一行当的，被招来在地上奔跑了。我衷心希望，凡是看过这部音乐剧的观众，都会承认，演唱戏剧的对白，不是别出心裁的胡闹，不是失败的尝试。在我看来，这恰恰是音乐剧《蚁蛭的天才》的一大特点。

让音乐摆脱束缚，大胆地把它运用于其他艺术门类的快乐，占有了

---

① 托马斯·摩尔（1779－1852）系英国诗人。

② 泰戈尔的昵称。

我的心。《蚁蛭的天才》中的多首歌，突破了宫廷体歌曲的樊篱，采用了五哥乔迪① 写的曲子，三首歌选用了英国曲调。印度宫廷体歌曲中"ta"、"na"、"re"等叹词的拖腔，根据剧情需要，是可以伸手撷取的，事实上，《蚁蛭的天才》中多处是借用了的。剧中疯狂的强盗唱的两首歌，采用了英国曲调，森林女神的哀歌，是用爱尔兰曲调写的。

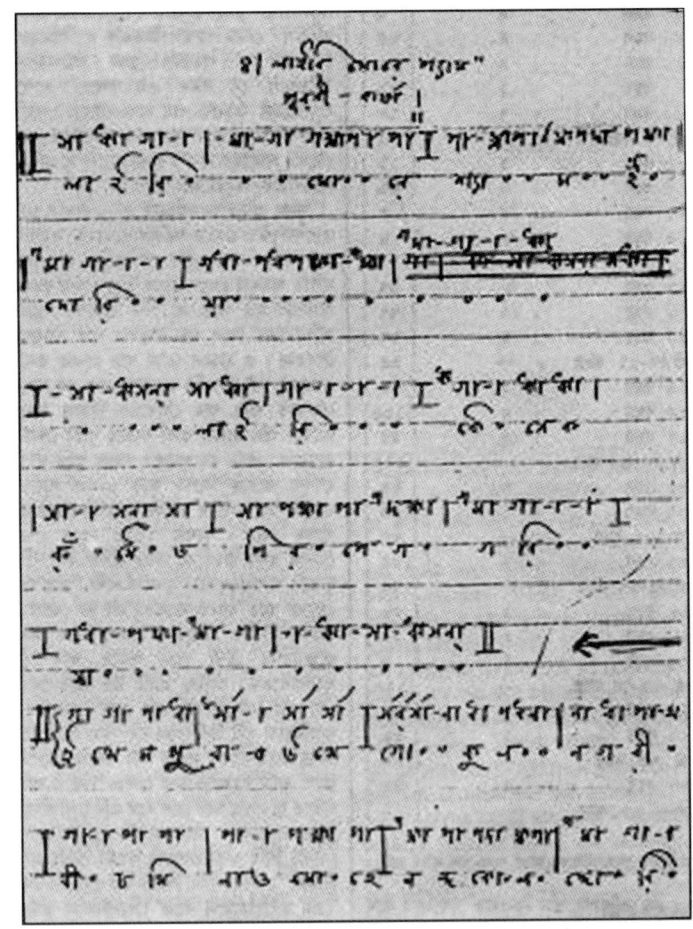

泰戈尔孟加拉歌曲乐谱

---

① 乔迪宾德拉纳特的简称。

不言而喻，《蚁蛭的天才》不是供阅读的诗集，它是歌曲创作的新尝试。不看表演，不听歌曲，就无从领略其艺术趣味。《蚁蛭的天才》不是欧洲人所说的歌剧，它是用乐曲表演的戏剧。换句话说，歌在其中并未占据优势，它仅仅是以乐曲表演了剧本的内容，在很少几个地方看得到单独的歌的特质。

在我去英国之前，我家常常举行名为"精英荟萃"的文学家联谊活动。每次聚会，弹琴唱歌，咏诗作赋，设宴款待嘉宾。从英国回来之后，我第一次也是最后一次参加了这样的活动。就在那次活动期间，写完的《蚁蛭的天才》上演了，我扮演蚁蛭，我的侄女波萝蒂娃①扮演文艺女神萨罗莎蒂，侄女的名字与剧名不谋而合。

我在赫尔伯特·斯本萨尔的一本书中读到，通常人说话时，情绪稍稍激动，自然而然便带有某种程度的乐调。其实，我们不仅以话语，而且以一种腔调，表示愤怒、悲伤、欢乐或惊讶。作曲家提炼与话语关联的乐音，将之升华为歌曲。赫尔伯特·斯本萨尔这番话给我留下很深的印象。我暗自琢磨，按照他这种观点，为什么不可以自始至终一面表演一面吟唱，以乐曲抒发丰富多彩的情感呢？印度的说书与此相似，话语常常借助于乐曲，可它又不是节拍固定的歌曲。就像诗的韵律中有自由体韵，这也算歌的一种特殊种类吧。它不受节拍的严格限制，只有一种乐调，它的唯一目的，是把话语中的激情抒发出来，而不是精准地突出一种曲调或节奏。《蚁蛭的天才》中，并未完全突破歌的界限，不过为了倾诉情感，不得不削弱节奏的作用。由于主要是表演，节奏的变异，并未让观众听了不舒服。

用新的方法谱写《蚁蛭的天才》的歌曲的成功，使我深受鼓舞，不久又写了相似的一个音乐剧，剧名是《捕猎死亡》，讲的是十车王杀死瞎眼隐士的儿子的故事。这个音乐剧是在三楼顶上搭的舞台上演出的，悲伤的剧情深深打动了观众。后来，《捕猎死亡》的大部分内容，

---

① 波萝蒂娃在孟加拉语中意谓天才。

揉入《蚁蛭的天才》，没有单独编入文集。

多年以后，我又写了一个名为《虚幻的游戏》的音乐剧，它的性质有了很大的变化。这个剧本的重点放在歌曲上，而不是放在演戏上。如果说，《蚁蛭的天才》和《捕猎死亡》是以歌之丝缕编织戏之花环的话，那么，《虚幻的游戏》则是以戏之丝缕编织歌之花环。

创作《蚁蛭的天才》和《捕猎死亡》的兴致，未能促使我写更多的音乐剧。这两个剧本中，表露了当时创作歌曲的激情。五哥乔迪几乎每天把老师以前教的歌曲扔进他的钢琴这部搅拌机里，使出全力搅拌，不时搅出曲调的崭新形象和意蕴。在曲式的范围内，以徐缓的速度所作的曲子，硬逼它们违背传统技法，跌跌撞撞地奔跑，在这场音乐革命中，它们的本性中涌现了不可思议的新的力量，令我们心里兴奋不已。我们似乎清楚地听见所有的新曲子在唧唧喳喳地说话。我和奥卡亚先生，一面听五哥乔迪弹琴，一面争分夺秒地作词。歌词算不上是优美诗句，它们起了乐曲的载体的作用。

泰戈尔扮演蚁蛭

在这场打破传统的音乐革命的狂欢中，《蚁蛭的天才》和《捕猎死亡》问世了。它们中间既有清晰的节奏也有紊乱的节奏的舞蹈，不管曲调是英国的还是孟加拉的，只要合适就用。我的许多观点和写作手法，一次次惹恼孟加拉读者，可令人惊诧的是，没有人对在这两部音乐剧中革新音乐的冒险精神表示丝毫的气愤，观众听了都愉快地回家了。《蚁蛭的天才》用了奥卡亚先生的几支曲子，其中两支曲子借用了比哈里拉勒·吉柯洛波尔迪写的《艺术女神颂歌》的一些音乐语言。

《蚁蛭的天才》和《捕猎死亡》的主角是我扮演的。我从小就有演戏的爱好。我坚信，我有演戏的天赋。我的自信并非没有道理，它得到事实的支持。在舞台上面对观众亮相之前，我在五哥乔迪写的滑稽戏《再不做这种事》中扮演过奥里格，那是我第一次演戏。那时候我很小，唱歌神情自然，嗓子不知道什么叫累。家里每天每个时辰汩汩流淌着歌曲之泉，它的水汽在我们的心空播散乐曲之虹的色彩。我鲜活的青春豪情，在新辟的兴趣之路上飞奔。当时，我什么东西都想试一试，不觉得有什么事办不成。我写作，唱歌，演戏，把我的大量精力投入文艺的各个领域，我在文艺女神的搀扶下跨过了二十岁的门槛。

我的全部精力之车，在他五哥乔迪的驾驭下，迅猛地朝前奔驰。他从不担心我会出事。他把幼小的我抱上马背，让我跟着他飞奔，从不担忧我这个没有经验的骑手从马上摔下来。小时候，从希拉伊达哈传来消息，一座村庄里发现了老虎的踪迹，他立刻带着我去猎虎。我手中没有武器，有的话，比起老虎，我也更让人揪心。在树林外面，脱了鞋，我爬到一个竹架上，勉强坐在五哥的身后。那粗野的动物的爪子触到我的身体，我用鞋子揍它几下，羞辱它一番——这种可能性几乎是零。

从身心内外，从各方面，五哥就是这样把我从各种可能的困境中解救了出来。他不理会陈规陋习，鼓励我的每个心愿冲出迟疑。

现代剧刍议①

我写了个剧本，先简单介绍一下内容：雷神因陀罗的贵宾阿周那步入天堂乐园。歌舞伎优哩婆湿上前敬献花环。阿周那手足无措地说："女神，你是天国的名伎，享有完美的荣誉。你的风姿无可疵议，容我向你施礼。你芳香的花环应当献给神仙。"

"天国没有匮乏，"优哩婆湿感慨万端地说，"神仙无欲，素不索求，我枉有闭月羞花之色。唉，既然不存在邪恶，该为谁追求真美！在神仙的颈项上，我鲜艳的花环分文不值。我向往凡世，恰如凡世盼望我。所以我来到你面前，倾吐对你的爱慕。与我缔结金玉之缘吧！凡夫俗子流下琼浆般的泪水，这在天国是一种渺茫的希望！"

我以为我写了个很好的剧本。

怎么，要我从信里删除"很好"两个字？为什么？这是自夸？不！这是从我的笔端流出的真实。

你惊异于我的不谦逊，问道："你敢肯定很好吗？"

"我并非绝对肯定。"我说，"一个时代的佳作，在另一个时代也许

歌舞伎优哩婆湿

① 本篇是泰戈尔写给诗友的一封信。

算不上是佳作。我只是不假思索地称它是这个时代的好作品。我若犹豫，保持沉默，沉默难道是隽永的真实?"

几十年来我创作了数量可观的作品，窃以为是上乘之作。假如我成了我的死对头，抨击它们，我可就"兴高采烈"啦。

这个剧本某一天将落到被冷落的境地——

所以我恳求你，允许我今天坦直地说，这是个好剧本。

这可能引起一些误解，情况有如大雨骤降，四处淌着一股股浊水。

然而，我的笔仍将在纸上蹒跚地前行，像喝了过量的酒，醉醺醺地狂舞。

我将写完这封信，此时的状态，如同航船驶入浓雾，机器仍不停止运转。

以上谈的是剧本内容，接下来谈谈剧本的语言。

文友们竭力主张，剧本的对白应该是韵文。而我写的是散文。

诗是大海，是文学太初时期的首创。其特点表现在格律的跌宕的波浪。

散文姗姗来迟。

它的盛宴在刻板的格律之外。它的厅堂里，美丑、是非互相拥挤;破烂的披毡和绫罗绸缎缠裹在一起;乐音、杂音相混。

散文的号令朝天空升腾，驾着歌声，驾着咆哮，驾着轻柔的旋律，驾着惊天动地的风暴。

散文时而喷射火焰，时而倾泻瀑布。散文世界里有辽阔的平原，也有巍峨的山岭;有幽深的森林，也有荒凉的沙漠。

谁欲驾驭散文，谁必须学会多种技法，具有高屋建瓴的气概，避免笔势的凝碍。

散文没有外表的汹涌澎湃，它以轻重有致的手法激发内在的旋律。

我用这样的散文写的剧本里，既有亘古的沉静，也有今时的喧腾。

戏剧舞台

婆罗多的著作《舞论》① 有戏剧舞台的详细描述。但此书中我未看到有关布景的描写。为此，我并不感到有什么缺憾。

在文艺是霸主的地方，它拥有完满的荣耀。取了小妾，它的身价大跌，尤其是小妾特别强悍的话。如果拖腔带调地读《罗摩衍那》，从开篇到末篇，同样的声调必然是单调乏味的，这可怜的家伙也算是一种曲调的话，它一辈子不会有长进。名诗佳作按照自身规律，提供一种乐调，它高傲地漠视外来音乐的帮助。古典音乐依凭自身法则，说想说的话，它说话无需看迦梨陀娑和弥尔顿的脸色。序曲中敲击出极为寻常的节拍，接着演奏优美的曲子。把画、歌和词掺杂在一起，做成艺术的大拼盘，某种程度上是一种游戏；它是市场上的商品，宫廷庆典上是绝对不让它身踞尊贵席位的。

比起可听的诗，可看的诗受到更多的制约。它以特殊方式创制出

印度古代文艺著作《舞论》

---

① 《舞论》又名《剧论》，系印度古代最早的文艺理论著作，一般认为成书的时间是公元前后。

来，是为了在外界的帮助下使自己活得有意义。它不得不承认，它盼望表演的良机。

我们不能苟同的是，优秀诗作只期待感情丰富的人，不期待别人，就像贞妇除了丈夫不爱别的男人一样。我们每个人在读文学作品的时候，都在心里进行表演。表演中不能展现美的诗，不能使诗人声名远扬。

甚至你不妨说，表演艺术有极大的依赖性。它像个孤儿，静坐着眺望大路，等待剧本。它依凭剧本的光荣，显示自己的光荣。

如同凡事看老婆脸色行事的男人，受到别人的讪笑，剧本如果只期待表演，从各个方面削弱自己，也会成为嘲笑的对象。剧本应不亢不卑地说："想演我就演吧，不演我，倒霉的是表演艺术，那样伤不着我一根毫毛。"

总之，表演必须承认它是诗的部属。但是，岂能说，它从此不得不成为所有艺术的奴仆！它想维护自己的荣誉，可以接受为现身所不可缺少的那份依赖性；而如果接受额外的依赖性，对它来说，那就是屈辱。

不言而喻，道白对演员来说是不可缺少的。诗人①为他提供发笑的词句，他一边念白一边就得大笑。诗人给他哭泣的机缘，他就得放声大哭，引得观众陪他落泪。可这当儿，一幅幅画来凑什么热闹？它们挂在演员身后，不是演员的作品，是别人画的。依我看，它们是演员无能和怯懦的写照。演员采用这种方法，在观众心中制造错觉，大大减轻表演的压力。这些画是他跟画家乞来的。

另外，来看你表演的观众，难道就没有艺术细胞？他们是稚童？难道不该信任他们，对他们的审美能力有所期待？他们要是确实幼稚无知，即使出双倍的钱，戏票也不应卖给他们。

当然，这不是在法院里作证，不需要起誓说讲的每句话是真话。对你充满信任的观众来看戏，是为了获得艺术愉悦，为什么大张旗鼓地哄

———

① 这儿诗人指剧作家，当时剧本的语言是韵文。

骗他们呢？他们没有把想象力锁在家里。你解释几分，他们就能明白几分。你和他们之间有着互动的关系。

国王豆扇陀站大树后面，偷听沙恭达罗和女友谈话。这是动人的场景。演员你只管声情并茂地念白，那棵大树虽说不长在我面前，可我能看到，这样的创造力，我还是有的。直接窥见符合豆扇陀、沙恭达罗及其女友波丽扬帕德、阿诺苏娅性格的每个动作、表情、说话的腔调，是不可能的，但当我看到他们动作、表情、说话的腔调的艺术再现时，心里便充满审美乐趣。而这时想象两棵树、一间茅舍和一条河，丝毫也不困难。这样的权利也不给我们，而是挂几幅画加以表现，这说明对我们太不信任了。

"贾德拉"的表演

相比之下，我更喜欢孟加拉民间剧团"贾德拉"的表演。"贾德拉"的表演中，观众和演员之间没有太大的距离。双方互相信任，互相补充，使呈现真情的演出圆满成功。作为精髓的诗味，通过表演，像喷泉一样喷射出来，溅落到观众亢奋的心灵上。女园丁在鲜花稀少的花园里找花消磨时光，为了证明这一点，难道非得把完整的一棵树搬到演出场地上不可？在女园丁的表现中，一座花园就能呈现出来。如果做不到这一点，扮演女园丁的演员还有什么艺术功力可言？而观众一个个会像泥塑木雕似的坐着观看？

假如《沙恭达罗》的作者必须考虑舞台布景，构思剧本结构时，他就得舍弃国王驱车追赶麋鹿的一幕。当然，迦梨陀娑是大诗人，舍弃那一幕，他也不会辍笔不写。但我要说，重要的章节，为什么要为不足挂齿的劳什子而瘦身呢？在感情丰富的人心里，有一座舞台，而且面积不小，在那儿，靠魔力自行配置了布景。那舞台，那布景，就是剧作家的心仪之地。任何人为的舞台、人为的布景，都不是诗人的想象之物。

所以，当豆扇陀和车夫站在一个地方，以对白和表演谈论车子行进之时，观众很容易明白这区区小事：舞台很小，可诗境不小。于是，为照顾诗的面子，他们心情愉快地原谅舞台这不可避免的缺陷，并让自己的心田从小舞台中间向四周扩展，使舞台得以气势恢弘。可倒过来为照顾舞台的面子，贬低诗作，那谁能宽恕当作布景用的倒霉的几根木头呢？

剧本《沙恭达罗》不指望外在的布景，它自己创制自己的布景。它没有请任何帮手，凭自己的本事设置干婆的修道院、天国路上的云彩、马里吉的静修林的布景。无论是人物塑造，还是性格描写，它依靠的全是自己诗的资本。

我以前在另一篇文章中说过，欧洲人需要的真实，非完全真的不可。想象不光愉悦他们的心，也把想象者变成百分之百的实物，像哄小孩一样哄他们。在他们看来，光采到提炼诗味的仙草还不够，必须把长仙草的真的药山也搬来。现在是迦里①时代，搬运药山，需要现代机械，费用当然不少。英国光为装点戏剧舞台花费的惊人资金，足以淹没印度"饥饿"的摩天山峰。

东方的社会活动、游戏、娱乐大都是简朴的。我们印度人可以把香蕉叶当盘子用，吃一顿饭，品尝吃饭最质朴的快乐，换句话说，通过这

---

① 印度神话中世界的四个时代的最后一个时代。

种方法，我们可以把大千世界请到自己的家里。排场过于复杂，过于奢侈，只会扼杀所做的事情的要义。

我们模仿英国搞的戏剧，是臃肿的庞然大物，根本无法把它挪动，难以把它送到千家万户的门口。结果，原本蹲在粮仓上的白猫头鹰①，几乎遮掩了艺术女神的莲花。它伸手向富翁要的金钱，大大多于文人墨客的才华。观众如果不受英国的幼稚行径的影响，演员如果坚定地相信自己和孟加拉剧本，就可以从表演四周扫除昂贵、无用的垃圾，赋予表演以自由和光荣，这是忠实的印度儿女应做一件事。"表现花园，就得搬来一座原封不动的花园，剧中的女角色，非得让女人演②。"向英国这种极端蛮横的行为说再见的时候已经来到了。

总而言之，人为的复杂化是无能的标志。刻板的写实，一旦像金龟子一样钻进艺术，就会像蟑螂一样吃光里面的精华。在缺少意味的衰败之地，昂贵的表面的华丽必然渐渐可怕地蔓延——末了，严密地覆盖精神食粮，下面累积起山一样的糟粕。

1902 年

---

① 暗喻铺张浪费。

② 在泰戈尔时代女角色常由男人扮演。

诗和歌

不消说，我们读一首诗，不光看聚合的词汇。分析字句的同时，也品味诗中的情感。情感是重点。诗句是情感的载体。我们也这样看待歌曲。歌不是声音的曲调，歌是情感的曲调。在我们看来，就像诗是情感的语言，歌也是情感的语言。那么，诗和歌的区别在哪儿呢？下面就来探讨一番。

我们通常说话所操的语言，是逻辑语言。围绕"是"或"不"，启动它的营生。"今天我来这儿"，"昨天去了那儿"，"今天他来了"，"昨天他没有来"，"这是银子"，"那是金子"，等等，等等。说这些要借助逻辑。"今天我去了某个地方"，我可以用各种证据来证明我说的是真话。一样东西是银子还是金子，我也能以各种证据使别人相信。所以，我们通常交谈的内容，多多少少有赖于证据。日常交谈，我们使用的语言，是散文。

然而，让别人相信，和让别人感悟，是两码事。相信的根长在头脑里，而感悟的根长在心里。让别人相信和和让别人感悟的语言，是不一样的。逻辑语言，即散文，使我们相信某事某人。诗的语言，刺激我们的悟性。用逻辑语言作解释，是非常容易的。但用不上逻辑，或不属于逻辑范围之内的事儿，进行解释就不容易了。名为"为什么"的这个无作非为的太上皇，事事为自己狡辩，从不拿出可信的数据。"真实"之王，不是"为什么"这个太上皇的臣民，它的寝宫在诗作里。我们心中所有的"真实"，从来不屑理睬"为什么"。

逻辑有语法，也有字典，但我们情趣和美感的语法，至今没有编写。主要原因，是它闲适地住在我们的心殿里。"为什么"的法院里的传票，送不到那里。假如能逼它直挺挺地站在逻辑的面前，它的语法或许就可问世了。逻辑因不能解释所有的真实而灰心丧气。于是诗挑起解释所有真实的重担。结果，逻辑语言和诗的语言，大相径庭。经常出现的一种情况是：摆出成百上千条证据，我们相信的一个真实，在心里却依然不能感悟到。常常发生的另一种情况是：感悟到的一个真实，成百上千条证据也不能把它打破。一位雄辩家办不成的事儿，一位口齿伶俐的人却能办成。两者的区别在于，雄辩家手握逻辑的大刀，口齿伶俐的人手里拿着一把诗的钥匙，雄辩家挥刀乱砍，但劈不开心扉，口齿伶俐的人用钥匙轻轻一转，心扉就敞开了。两者使用的武器不同。

我相信的也让别人相信，和我感受的也让别人感受，是完全不同的两回事儿。我相信一朵玫瑰花是圆形的，我可以量出它的周长，让你也相信玫瑰花是圆形的。可我不能让你感受到玫瑰花是美的。这时就需要诗的帮助。我得想方设法表述我欣赏到的玫瑰花的美，让你心里产生美感。这样的表述，就叫做诗。男女四目相对的缘由，披露两人的爱恋。过分殷勤照顾的缘由，则是真爱欠缺的标志。默默无语的缘由中，"无限"在喃喃低语。诗阐述的就是那些缘由。

通常进行交谈的缘由，在哲学、科学中达到极致。因此，哲学、科学的散文，和交谈的散文差别甚大。用交谈的散文写哲学、科学的文章，逻辑之墙就会松塌。为了维护纯正的逻辑秩序，就得创造一种厘毫不差、明晰、锐利的语言。那当然是散文语言！逻辑语言是不加修饰、明明白白、质朴的语言。

我们在交谈过程中表露的神情，一旦达到极致，描述它，就需要与交谈的语言有所不同的语言。那就是诗的语言，即韵文。神情的语言，是装饰、喻示的韵文。它迂曲地显示自身。它没有逻辑，没有争执，什么也没有。它没有显示自己的直路，必须开辟适合自己的新路。为了弥补逻辑的缺失，它投靠美。它打扮得花枝招展，没有逻辑颁发的许可证，大家也相信它。它的面孔俏丽，没有人问它"你是谁？""你的身世如何？""你为什么这样？"等问题。没有人怀疑它，大家的心扉对它敞开着，它是美的，因而顺利地走到我们的心中。但不加修饰的逻辑的真实，每走一步，都得出示证明，介绍自己，争取立足之地。心扉外的"卫兵"用狐疑的目光打量它一番，才让它走进去。

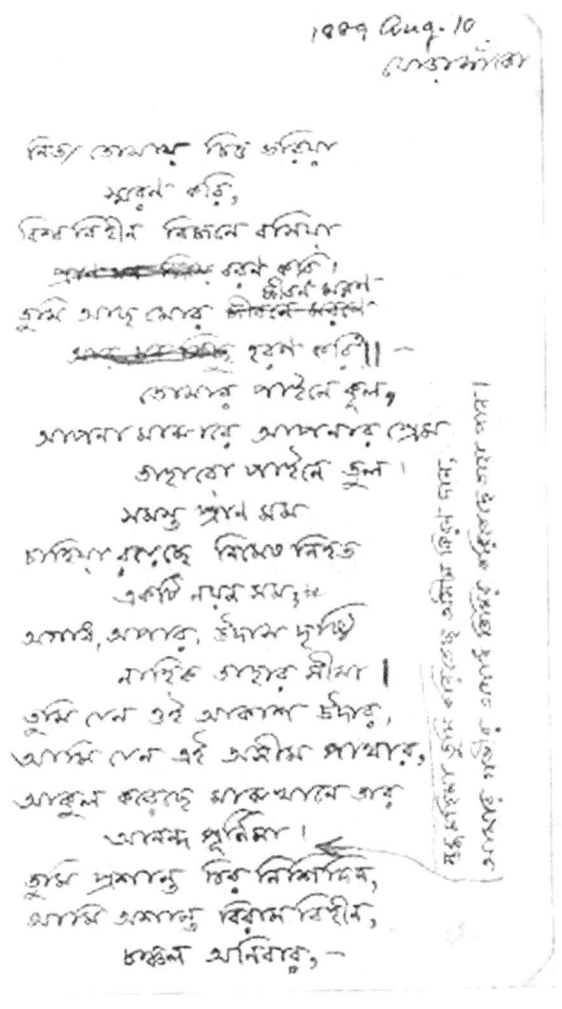

泰戈尔诗手迹

神情的语言是有韵的。像圆月之夜的大海，它的心有节奏地跳动着。它急促的呼吸也节奏分明。在呼吸的韵律和心跳的韵律中，它的节奏，是有规则的。说着说着话，它哽咽了，泪水滴进言语，呼吸加快，面露羞色，似乎有些害怕，便住口了。质朴的逻辑没有这样的节奏，激情的长叹不会一步步阻拦它。它没有恐惧，没有羞赧，什么也没有。因此，逻辑最终的语言是散文，神情最终的语言是韵文。

我们表达感情靠两大要物——话语和声音。声音表达的感情，与话语表达的感情，分量相当。话语表达感情有时还沾声音的光。同样一句话，不同的声音可以表达出它不同的含义。所以，在表现情感的王国，可以发现话语和声音手拉着手，肩并着肩。说话的语言和声音的语言相融合，构成我们情感的语言。写诗，我们重用讲话的语言，创作歌曲，则重用声音的语言。写诗，我们不像交谈那样有秩序地使用语言，我们选择词汇，诗行排列得很美观。同样，在歌曲中，我们不像交谈那样按照一定的规则使用声音。我们选择声音，把声音排列得很好听。如同在诗中我们用选择的美丽辞藻表达情感，在歌中也用选择的优美声音表达情感。逻辑语言中，除了常用的交谈的声音，不需要更多的声音。可脱离逻辑的激情的语言中，需要歌的乐音。在这方面，歌很像诗。歌中也有韵律。它声音的游戏，按照规则有节奏地进行。交谈的语言中没有有秩的韵律，可诗中有，同样，交谈的声音没有有秩的节奏，可歌中有。歌和诗分占情感表达的两个王国。不过，歌不像诗获得了表达情感的那么多成就。主要原因是，空话没有意味，不悦耳，就没有吸引力。但没有内容的声音，却具有吸引力，听起来是甜美的。即使缺少内容，从中也可以获得感官愉悦。所以，在歌中不用特别关注内容。一再受到宠爱的乐音，揭竿而起，在内容上面扩展它的霸权。一度是奴隶的它，后来成了主子。常言道：苦乐轮回。但轮子何时再转回来？就像印度土地肥沃，招来的许多灾难，歌的土地肥沃，歌才有这样的苦况。一听甜美的曲子，人人喜爱，所以歌就不必劳动，在内容之地上耕耘了。由于言语不够甜美，诗为了活命，不得不锤炼内容。结果，诗的成就显著，而歌却落后了。

由此可见，诗和歌并无特大的差别，不过是前者采用情感表达一种手段，后者采用另一种手段而已。只是因为处境不同，诗升到了高年级，歌降到了低年级。在诗中，像空气一样精细和像石头一样粗糙的所有内容，都可以表达，但在歌中不能这样。马修·阿诺德①在为莱辛②的《论画和诗的界限》写的跋中阐述了绘画、歌曲和诗的区别。他说："在绘画中只能表现人性的一瞬间的外貌。在一张美丽的面孔露出笑容的那一刻，可以在画中表现，下一个时刻，在画中就没有了。对他的艺术来说最圣洁的那一刻，毫不迟疑地记录下来，是真正的画家的工作。"同样，选择心中转瞬即逝的情感，在情感之链某一部分上确定立足点，是歌的工作。你想一想，我说"唉"，话一出口就完了，话中没有表达更多的东西。我心中某种状态，在这个小小的叹词中表现出来就了结了。但歌可以扩展这个"唉"，揭露这个"唉"的心境。歌能够把"唉"心中的哀痛、未实现的愿望、隐秘的放弃的希望，一一拽出来；能够讲述"唉"所有的心语。诗的功能更大。它和画家一样，能够描述瞬间的外表美。也和歌手一样，能够唱出片刻的激情。另外，生活的洪流，也是它表现的题材。它不停地从一种感情跃到另一种感情。它从情感的恒河的源头，一直走到入海口。它不啻勾勒恒定的姿态，描写片刻存在的情感时，活动的身体、流变的情愫、变异的状态，也是它钟爱的题材。

按照马修·阿诺德的观点，变动的情感的光影，不可能在歌中得到表现。歌只能诠释一种稳定的情感。但我们要说，对歌来说，变化的情感不是不可能追寻的。只是歌还没有到达那样的年龄。歌和诗，我们看不到别的差别，差别仅在于两者的成就大小不一。它们是双胞胎，一个母亲的孩子，兄弟俩的区别，仅体现于接受的教育或多或少。

看来，歌和诗同根同宗。可仔细观察一下就明白，我们对两者的态度不一样。此时此刻，歌和诗假如一模一样，结果会怎么样呢？想一下

---

① 马修·阿诺德（1822—1888）系英国维多利亚时代的诗人和评论家。

② 莱辛（1729—1781）系德国文艺理论家、剧作家。

哆来咪曲谱网

小 黄 鸟

〔印〕泰　戈　尔诗
〔俄〕伊波利托夫—伊万诺夫曲
张　　宁译配

1=♭E 2/4

接近小快板的中速

（3 - | 5 - | 3 - | 5 -）‖ 3 3 6 6 | 5 2 | 3 3 6 6 |

在我们的　花园　飞来一只
村里有条　小巷，就在小路

5 5 0 | 6 6 i i | 7 5 0 | 2 2 6 6 | 5 5 0 | 2 2 6 6 |

小鸟，　快乐随着　来到，　我的心在　欢跳。我和小鸟
近旁，　每当春天　时光，　鲜花阵阵　飘香。茅屋顶上

5. 2 | 2 2 4 4 | 3 3 0 | 3 3 6 6 | ♯5 3 0 | 3 3 ♯4 6 | 7 3 0 |

一起　住在一个　村里，从此这个　村庄　叫我满心　欢喜。
夜空，明亮星星　高照，不停眨着　眼睛，对着我们　微笑。

7 - | 7 - | i 3 5 i 7 3 | 6 3 6 | 7 3 5 7 6 i |

哎！　　我们村庄　名叫　赫扎　纳，有条小河　名叫

4 6 2 | 6 2 4 6 ♯5 3 5 7 | i 3 6 i 2 4 ♭6 i | 3 i 5 3 6 6 |

安扎　纳，我的名字　人人知道，人　人都知　道，　人人都知道，

（♭6 4 i 6 6 6）| 2 2 2 2 ♭6 6 | i i i 0 ‖ i i i 0 ‖

人人知道我叫　拉扎　纳！　拉扎　纳！

根据诗作《同一座村庄》改编的歌曲乐谱《小黄鸟》

想吧，假如制定一条规则，一首诗第十四行中的春天、南风，杜鹃、月亮、夜来香、达迦尔花、顽皮这几个词，按照一定的顺序置放五次。题目叫《诗是春天》。假如一个诗歌迷吩咐诗人："喂，昌迪达斯①，这首诗的名字叫春天，是特里波迪②诗律，您朗诵吧！"现代的昌迪达斯假

————————

① 昌德达斯系中世纪毗湿奴教派诗人。

② 特里波迪是传统孟加拉诗体，每节二、四行押韵，一、三行押行中韵。

如这样朗诵：

> 南风，春天，夜来香，杜鹃，
>
> 如狂似疯，月亮，达迦尔花香，
>
> 春天，南风，夜来香，如狂似疯，
>
> 达迦尔花香，杜鹃，月亮。

四周顿时响起一片喝彩声。因为单词完全按照规则排列，这首诗多少像一首现代歌曲了。除了上述词汇，十四世纪著名孟加拉诗人毗达波迪假如再添加一个单词，就会招来诗歌迷们"呸呸呸"的一片骂声。诗的名字就会成为《诗是荒野的春天》。于是，我们的诗就会突飞猛进！就能造出诗的六种、三十六种曲调。憎恨外国充满民族狂热的雅利安人的子孙们就会骄傲地说："啊，我们的诗有那么多曲调。不文明的野蛮人的诗一支曲调也没有哇。"

就像我们当下没有把目光投向符合修辞学的华丽诗名，没有在新酿的情味中混战，导致诗创作中止，我们也不应局囿于歌曲的名字和规则之中。诗有自由，让歌也有同样的自由吧！因为，歌是诗的兄弟。就像诗人写黄昏题材的诗，必然想象黄昏的情感，他的每一行诗中闪现黄昏的形象，但愿作曲家写黄昏题材的曲子，不要闭着眼睛再哼传统的普尔比暮曲，也想象黄昏的情感，这样的话，就像白日渐渐消逝，他的曲子也会飘然而至，之后合上眼皮，慢慢隐逝。在每个抒情诗人的作品中，就将发现歌的新王国，写歌的蚁蛭和迦梨陀娑就会降生人间。

创作歌曲

　　我应贝提恩①文艺协会的邀请，在医学院大厅里宣读一篇文章。这是我首次参加学术会议。会议主席是德高望重的教士格里斯纳·旁达帕达亚。我这篇文章谈的是音乐，但未涉及器乐。关于声乐，我试图说明，乐曲渲染歌词，是声乐的主要目的。这篇文章很短，我以多种曲调唱了内容不同的好几首歌，以此支持我的论点。

　　主席先生对我赞不绝口，说我有一副蚁蛭那样甜润的嗓子。不过我觉得他赞美我的主要原因，是我年纪小，听着我这位少年唱的各种曲调的歌，他的心像是陶醉了。可我今天承认，我当时狂妄地阐述的观点是不正确的。

　　音乐艺术有特殊的性质和功能。为词谱了曲，词就无需超越歌了，词只是歌的载体。拥有自身财富的歌，是高贵的，它岂能再去奴役词句呢！词句的终点，是歌的起点。在不可言传之处，由歌施加影响。词句说不出的话，由歌来说。因此，歌词中，词的捣乱越少越好。

　　印度斯坦歌曲的词一般较少，任乐曲跨越，悠然地扩散自己的感染力。音乐的特长，在于曲调仅仅以音籁的形式，奇妙地唤醒我们的心。可在孟加拉地区，长期以来，歌词拥有过量的霸权，致使纯正的音乐得不到自由的权力。因此，它只得住在它的胞姐——诗歌艺术的庇护所里。从毗湿奴颂神歌曲，到罗摩尼迪·古卜笃的歌，无不寄人篱下，在那儿尽力表现自己的魅力。但如同孟加拉地区的妻子对丈夫表示了忠

———————————

　　① 贝堤恩（1801—1862）是英印教育委员会主席，曾在加尔各答创办男子中学。

贞，又可以对丈夫发号施令一样，孟加拉歌履行了对词亦步亦趋的责任之后，又可超越词句。

泰戈尔作词的歌曲《光明》

创作歌曲的时候，我对此有所领悟。哼着曲子，我写了一句词：女友，不要把秘密藏在心里。我发觉，曲子携词飞抵之处，词迈腿是走不到那儿的。我认识到，我期冀谛听的秘密的话，隐匿在树木的苍翠之中，沉浸在圆月之夜幽寂、皎洁的月辉之中，掩面躲在地平线后面淡蓝的悠远之中，它仿佛是陆地、海洋、天空珍藏的秘密。

很久以前，我听人唱这样一句歌词：谁装扮你啊，外乡女！这首歌唯一的这句词，在我心田勾画了神奇的图景，仿佛至今在我的心田萦回。沉迷于这首歌的幻境中，我也写了一首歌，我哼唱着写的第一句词是：我认识你啊，外乡女！如果没有乐曲，我说不准这首歌还有什么样的韵味。但借助曲子的魔力，外乡女娟美的容貌，历历在目。我的心儿说：在我们这个世界上，步履轻盈地行走着一个外乡女，她的闺阁在奥秘之海彼岸的港湾，夏夜，秋晨，我不时与她邂逅，心中也常常感受到她的芳踪，有时侧耳听见她在天穹喃喃低语，乐音把我送到这迷醉了大千世界的外乡女的门前，我脱口说道：

"天涯海角走遍，

行至你的故园，

我这位客人站在你的门口，

哦，外乡女！"

几年后，在波勒普尔听到一个人一面走一面唱：

"笼子里那只陌生的鸟儿如何进出？

捉住它以心灵之绳结牢它的双足！"

我发觉，行脚僧唱的这首歌倾诉着类似的情怀，陌生的鸟儿时常飞进笼子，在里面倾吐无羁的陌生的情感。心儿老想逮住它，留下它，但总是枉费心机。除了乐曲，谁能传播这陌生的鸟儿的往返的消息！

鉴于此，是否出版歌曲选，我一直踌躇不决。因为在歌本中，失落了歌曲的真谛。摈弃歌曲，只安置歌曲的载体，那会是怎样的情景？那无异于撇开迦奈斯①，只保留他的坐骑——老鼠。

———————————

① 迦奈斯是湿婆和雪山神女的儿子。

我迷上了线条①

最近我迷上了线条。

辞藻是豪门女子，私囊丰殷，尖嘴利舌，安抚她颇费神思。

线条出身贫贱，性情温顺，我与她交往分文不花。

以笔指挥树枝开花、结果，是快活地履行责任；率领树底下的光影起舞，是饶有趣味的职业。那儿，枯叶飘落，纷纷扬扬，彩蝶舒翼飞舞，入夜，流萤点点，忽明忽灭。

泰戈尔画《鹰隼》

———————————

① 本篇系泰戈尔写给苏汀特罗纳德·达塔的信。

丛林的宴会厅里，他们是风流倜傥的有形的贵宾，不受任何人的质询。

辞藻管教严厉，对我毫不客气。线条从不责备我纵声大笑。

许多事情我撂下不管，信件丢失也不追问。一有空就走进培植形象的内宅。我挥毫作画，不考虑凡世的是非，不理睬人们的褒贬。

我心情舒畅。我的画笔没有套上"名望"的笼嘴。名气不来制约我的意志。一开始就未允许它原有的交椅搁在画作的胸脯上；它没有规劝我维护荣誉。那名气拖着臃肿的身体，已经无所作为了。为了保护大部分成果，它派看守站在门口；在正经事情的面前，筑了个祭坛，上面一层层置放千百个主人①提出的要求。

受冷遇的名气没有露面。和时令之王的彩笔一样，我的画笔是自由的。

_____

① 指关注泰戈尔文学作品的出版商、批评家和读者。

伯明翰泰戈尔画展前言

　　我应为我闯入绘画世界而致歉，我要对那些知情或不知情的人说，不应当鲁莽地进入易于受惊的、谨慎从事的天使们的乐园，在这方面，我是一个很好的例子。作为一个艺术家，我不能宣称我有勇气，成绩斐然。因为，这种不自觉的天真的勇气，像一个走在梦境中危险的路上的人，也像一个冒险的获救的瞎子。

　　年轻的时候，我获得的唯一的训练，是韵律的训练，思维的训练，声音的训练。我从中体会到，是韵律把真情实感赋予杂乱无章的东西和其本身没有意义的东西。所以，当我草稿中的"涂抹"像一个罪人大呼救命，并以不和谐的丑陋刺激我眼睛的时候，我常常花许多时间，营救它们，最终把它们带入韵律的慈怀，而不是让它们继续履行我无人不晓的责任①。在营救的过程中，我发现一个客观事实：在万物的形态中，存在线条的自由选择

泰戈尔画《母子》

---

　　①　指写诗。

的永久活动，只有最合适的，能存留下来，其本身具有醇正韵味；我感到，解决流浪的"杂乱"无所事事的问题，把它们纳入相互关联的均衡之中，就是创造。

我的画作，是用线条画出来的韵律。如果它们偶尔有资格要求得到赏识，它首先必定是因为形态中有些许韵意，这是根本原因，而并非它是观念的诠释和某个事实的再现。

1930 年 5 月 24 日

在伦敦就绘画所作的演讲

　　五岁那年，有一天学习、背诵完了教科书上的课文，我脑子里产生了一个想法：印刷的书页上，文学作品具有神奇的表现力，它代表纯洁的完美拥有的超常专制权。我偶然发现，韵文创作权并非只在未经训练的心灵和手写的歪歪扭扭的句子的领地之外，于是，我心中畏惧而沮丧的心情，便立即消失了。从此，文字成为我情感表达的唯一手段，十六岁上，新增的音乐手段，对我来说同样是个奇迹。

　　与此同时，我侄子阿巴宁德拉纳特①在东方传统的道路上，开展了现代艺术运动。我怀着自卑而羡慕的心情，关注着他的创作活动。我完全确信，我的命运禁止我跨越文字的严格界限。

　　然而，韵律原则，是所有艺术的共同之物，它把僵硬的物质转化为生动的创造。我对事物的直接感受和运用格律的训练，让我明了，艺术中的线条和色彩，不是信息的载体；它们在画中寻觅富于韵味的展现。它们的最终目的，不是图解

泰戈尔画《男女》

---

　　① 阿巴宁德拉纳德·泰戈尔（1871—1951）系孟加拉现代绘画派的奠基人和领军人物。

或复制一些外在事实和内心映象，而是营构一个和谐的整体，去寻找通过我们的视觉进入想象的途径。它既不向我们的心灵询问含义，也不以无意义的东西加重心灵的负担，因为它是超乎所有词义的。杂乱的线条，以其不谐和的呆木阻碍我们自由的审视。它们不与万物壮观的流变一起运动。它们没有生存的正当理由，于是冒出来与周围的事物对抗；它们不住地破坏安宁。由于这个原因，我初稿上东一块西一块的涂改，使我心生烦恼。它们体现令人懊丧的败笔，像一群目瞪口呆的蠢人，误入迷津，尚未决定如何离开，到哪儿去。但"这群人"心中的舞蹈精灵如果获得灵感，许多不相关的东西，就可能发现绝妙的完整性，摆脱成形或不成形的犹豫。我设法让我的"修改"跳起舞来，形成富于韵味的关联，把堆积转化为装饰。

泰戈尔画《鸟》

　　这就是我不自觉的素描训练。我体味到了这项开拓性工作中的前所未有的愉快。为此我花了更多的时间，给予它的关照，多于唯一可要求我给予重视的手头的文学创作任务，时常渴望世界永久的认可。当它们联结起来，衍生种种气韵，以各种姿态开口说话时，我便饶有兴致地密切注视线条是怎样发现它们的生命和特性的。我能想象万象变为线条的万象，在变动和融合过程中，循着无穷的瞬息之链，越过它们的个体存在。石头和云彩，树木，瀑布，火红的天体的狂舞，无尽的生命之旅，越过沉默的永恒和无限的空间，送来形态的交响曲，与之相联的无声哭泣的线条，犹如守寡的吉卜赛人，四处漫游，寻觅再次完婚的机会。

　　在我写作的草稿上，出现错误的线条和勾画，出现孤零零的不协调，矗立着对抗美和均衡的世界原则，承负着絮絮叨叨的怪怨。它们提出难题，接着为维萨卡尔玛（艺术之神）——伟大的艺术家，提供材料，因为它们是"罪人"，它们无秩的本位主义，必须调整，变为通常的新的和谐。

　　这就是我有关我草稿受"重创"的体验，那些被清除的错误的奇思怪想，转变为合韵的内在关系，把新生给予独一无二的形式和特性。有些，呈现为过度夸张的似曾相识的动物，已莫明其妙地失去了存在的机会，有些，呈现为一只鸟，只能在我们的梦中飞翔，有些，在好客的线条中发现自己的巢，我们或许可把它献给画布。有些线条显示愤怒，有些则显示恬静的仁慈，在一些线条中回响的意味深长的笑声，拒绝申请一张嘴的形状的证书，

泰戈尔画《黑线和白线》

它的出现纯属偶然。这些线条时常显示抽象的情感，演绎依赖于微弱暗示的特征。尽管我不知道这些不可分类、未曾探寻其源头的意象，能否要求在高雅艺术中获得一席之地，但确实给了我极大满足，使我常常放松我的重要工作。与此相类似的情形——音乐的自由表述，也在我脑海浮现。毫无疑问，起初配词的乐曲，诠释文字蕴涵的情感。但音乐随后摆脱辅助功能的束缚，表现文字中抽象的情绪和模糊的特性。事实上，获得解脱的音乐并不承认，可以表达的歌词中的情感，对其主旨是必不可缺少的，尽管它们可以在音乐结构中获得第二个席位。这种自由的权力，使音乐臻于尊贵。我猜想，绘画艺术和雕塑艺术着力突破客观事实和事件形成的固定格局，是在线条上面阔步前进的。

然而，用不着我来阐述艺术理论。我满足于说这样一句话：就我而言，我的画作的源头，不在训练有素中，不在传统中，也不在费力的审慎的图解中，而在我对韵律的天生感悟中，我的愉悦来自线条和色彩的和谐交错。

1930 年 6 月 2 日

波士顿泰戈尔画展前言

　　声音的世界，是无限空间的沉默中的小水泡。宇宙本身只有形姿的语言，它用画和舞的嗓音说话。世上的万物，以线条和色彩的无声信号播布着真实：不是纯粹的抽象逻辑，也不是单独使用的物件，而是它的独特性，赍负着它的生存奇迹。

　　我们认知无数事物，但不理会它们真相的尊严，也不去确定独立的真实是有害的还是有益的。一朵花作为一朵花存在着，这就够了。当我的香烟对我的吸烟习惯起辅助作用时，它不对我提出认可的任何要求。

　　但有些东西，以其特性或韵律的质地和潜能，让我们坚信，它们确确实实存在着。在创造之书中，它们是用彩笔在字下划了线的句子，我们不能视而不见。它们仿佛对我们喊道："请看，我们在这儿！"我们的心灵从不低头问："你们为什么在这儿？"

　　艺术家创造的不容置疑的活生生的绘画语言，我们看了非常满意。上面描绘的或许不是美女，而是一头平常的驴，或别的什么

印度邮票上的泰戈尔画作《女人》

东西，实际上没有外在的真实的证书，而只有内在的艺术寓意。

　　人们常常问我，我的画是什么意思。我和我的画一样，保持沉默。它们要做的事是展现，而不是解释。在它们的外表后面，没有隐秘的东

西，需要动脑筋去探究，或用文字描述。如果那些外表承负着基本价值，就能存留下来，否则，就会被人拒绝，被人遗忘，哪怕它们有些许科学真实或正当的道德理由。

这让人联想到名剧《沙恭达罗》。在一个繁忙的早晨，一位陌生的英俊青年谦恭地站在净修林里一个倩女面前。他没有说自己的名字。她的心灵没有提任何问题就立刻认出了他。她不知道他是谁，但一见到他，对她来说，他就是艺术家天帝的杰作，应对他献出爱情的全部价值。

时光流逝。另一个客人来到她的门口。这位仙人令人尊敬，也令人心生畏惧。他应受到款待，任何要求应得到满足。他骄傲地大声说："我在这儿。"这句话并非只承载本义，可她没有听懂弦外之音。所谓家庭乐善好施，本应解释清楚。之后客人所作的诅咒，源于他神圣的价值观。这种价值，不是不用负责的艺术的价值，而是道德责任的价值。

爱情和艺术同宗同族。爱情是言说不清的。责任可以用利益的度数计算，效益可以用利润来衡量，随之而来的可能是权利。但艺术除了本身，没有别的。其他生命的元素，是来来往往的过客。艺术这位客人，来了就留下了。其他的东西或许是重要的，但必不可少的是艺术。

1930 年

鲜　花①

丽人，枝头上的花儿
一直躲在绿荫里等你。
　是你呼吸的声音
　把花苞里的她唤醒，
在你脸上她看到了什么东西？

泰戈尔画《鲜花》

---

① 本篇系诗人为自己的画配写的诗。

她在说："我与你一道
苏醒在远古的哪个拂晓？
　沐浴于第一抹阳光，
　你与我在手腕上
系了音律的圣线一条。

迎着熹微的晨光，
你我并肩驾生命之风飞翔，
　某一天受魔力驱策，
　在歧路上拱手作别，
各自奔向我们大地的殿堂。

一次次，我身着新装，
投身于崭新国度的林莽，
　一代代我变换风姿，
　创造的深奥的目的，
驱使我为找什么四处流浪。

不知过了多少世多少年，
今日又看见了你那张脸。
　我明白我的姿容
　与元初的大致相同，
梵音只在你的身上显现。

你与我的相同之处是
保持着远古纯净的韵律。
　元初的同一种乐音
　萦绕在你我的心中，

它的音流至今是内向的。

我找不到恰当的语言，
说清哪个方向有它的企盼。
　　女友，今日我恍然省悟，
　　美在我身上停止了脚步；
而在你身上变成了甜蜜的爱恋。"

1932 年

孤　女①

仔细梳妆完毕，孤女默坐，
　　首饰、衣着
　　昂贵了青春的价值。
　　　这仿佛是
　　　　从远处与
　　　以身相许的
　　陌生的白马王子的交谈。

泰戈尔画作《孤女》

---

①　本篇系泰戈尔为自己的画《孤女》配写的诗。

化装的艺术体现于眼上的乌烟，

　　褶痕清晰、

色彩春天般鲜亮的纱丽

　　将芳躯装饰成

一篇读不完的情人的赞颂。

　　南风过处，

弄影的希里斯花丛传出

　　含糊的回音。

　　　　交融

　　春天温馨的日子，

就这样悄悄流逝。

　　暮空的分发线①下，

失踪的绮丽的晚霞

　　勾起烦闷的心中长长的叹息——

不可思议的聚首的殷红的暗示。

1932 年

---

① 指地平线。

黑衣姑娘

我望着你沉思，
你和我热爱的土地形影不离。
在辽阔的心空
浩荡的风中，
你的心深沉、温柔，
啊，黑衣姑娘，你遇事沉着，
你的侍奉质朴、完美，
以家务为中心，你消度空闲的时日。

泰戈尔画作《黑衣姑娘》

不知你与雨季下了第一场雨
　　湿风中飘浮的泥土气息、
　　　帕德拉月涨满的河水、
玛克月①芒果枝头浓郁的芳菲、
　　稻浪滚滚的年轻的土地、
　　菩提树颤抖的示意、
　　阿斯温月②希乌里花树
凉阴的祭典的香气有何相同之处。

　　当我走到你身边
我赢得生命博大的完满——
　　　我看见你
　　四周围绕的是
　　　肃穆的宁静
　　和你温柔、落寞的心情。
你眼含心灵之神慷慨的供物——
　　恬静的祝福。

---

① 印历 10 月，公历 1 月至 2 月。
② 印历 6 月，公历 9 月至 10 月。

世界文学

从某个地方、某段时间或某个人的角度管窥文学，不是正确的观察方法。只要我们明白，人类在文学中展示自己，我们就能在文学中看到值得欣赏的东西。作者在文学作品中不成为岁月的画师，他的作品就没有价值。作者只有在自己的思考中感受到整个人类的情感，在自己的作品中表现整个人类的苦厄，他的作品才能在文苑占有一席之地。因此，应该这样看待文学：人类是泥瓦匠，在建造文学殿堂。来自各地各个时期的作者们，当他的小工，每天干活儿。我们每个人面前，没有整座建筑的蓝图，稍有纰漏，文学殿堂就会一次次倒塌。每个小工尽心尽力，把自己的作品置于整座建筑的恰当位置，融于看不见的蓝图，就能展示自己的才华，别人就不会把他当作一般小工，只给很少工钱，而会像尊敬师傅一样尊敬他。

这次让我阐述的命题，在英语中你们称之为 Comparative Literature（比较文学），在孟加拉语中我称之为世界文学。

想要知道人们在社会活动中说什么话，他们的目标是什么，他们进行了怎样的拼搏，就必须

泰戈尔和外国友人

在全部历史中探寻人们的理想。仅仅了解阿克巴大帝的统治、古吉拉特邦的变迁、伊丽莎白女王的品德，只能获到一些史实，满足一下好奇心。一个人如果认识到阿克巴大帝、伊丽莎白女王不过是历史上的过客，认识到人类穿越漫长的历史隧道，经过各种探索，犯过并纠正各种错误，不懈地实现自己心中深藏的愿望，认识到人们从各个方面，竭力把自己与万物广泛地联结起来，从而获得解脱，认识到"自由"为在君主制和从君主制中产生的民主制中获得自己的胜利而殊死搏斗，认识到个人为在人类中显示自己，为在个体和群体中认知自己，进行着把自己摆进去了的创造和破坏——他才能全力以赴从人类历史探知永恒之人时刻想要实现的愿望。他不会看一眼圣地的朝觐者就转身返回，而是瞻仰了所有的朝觐者从各地来观瞻的唯一的大神，才踏上归途。

同样，人在文学中怎样表达快乐，在营造的多姿多彩的形象中，人的灵魂展现了自己哪种永恒本质，这也是在世界文学中值得一看的东西。想要知道人愿意以病夫、享受者还是行脚僧的身份介绍自己而感到快乐，人世间人的亲谊能达到何种真实的程度，换句话说，属于人自己的真实能达到怎样的高度，就必须进入文学世界。把它视为海市蜃楼是不可取的。它是一个世界，它的理论不是我们哪个人能够掌握的；如同物质世界，它的创造一刻不停地进行着，而在那未完成的创造的核心部位，有一个岿然不动的极终理想。

太阳内部凝聚的物质，以各种方式呈现的固体或液体状态，我们是看不见的。但它四周的层层光环，对全世界展示着太阳。它就这样奉献自己，把自己与万物联系在一起。如果我们也能使整个人清晰可见，那么就能像看太阳一样看见他，看见他体内凝聚的物质缓慢地有层次地排列着。围绕他的闪现的光环，时刻将他向四周扩展，并得到快乐。在人的四周，将文学看作由语言构作的闪现的光环吧！在这儿，刮起光的风暴，欢度着光的节日，翻腾着光的波澜！

走在城镇的路上，你看到人们没有片刻空闲——杂货店老板在售货，铁匠在锤打烧红的铁块，工人在搬运货物，财主在算账——这时，你看不到别的东西。可你在心里想一想，在道路两旁的家家户户，商店市场，街道胡同里，情味之河，通过网状的支流，在多少条路上，在多少污垢多少狭隘多少贫困上面流淌。《罗摩衍那》、《摩诃婆罗多》、故事传说、颂诗赞歌，日日夜夜把人类心中的琼浆分给每一个人。罗摩和罗什曼那走来，站在微贱的人的琐事后面。修道院里生长着菩提树、木苹果树、阿姆拉吉树、无忧树和榕树，从那儿吹来的交融着仁爱的清风，吹进世人的漆黑房间里。人心的创造，人心的展现，用戴着美和善的金镯的两只手，搂抱着人类工作领域的艰难和困苦。你应当这样看待所有人四周的所有的文学。应当看到，人依凭情感的本真，向四周远远地扩展了自己的本体。在人的泪雨四周，有多少歌曲之雨、多少诗歌之雨，有多少《云使》，有多少诗人毗达波迪！毗达波迪在以月族、太阳族国王们的苦乐为题材的故事中，无限扩大了他小家的苦乐！以他小家的姑娘为中心，雪山神女时刻倾洒着慈爱。盖拉莎山清贫的大神①的荣耀中，他扩展了他贫穷的哀怨！就这样，人通过在自己四周开辟的传播渠道，扩大自己，延长自己。囿于狭小住地的人，通过自己酿造的人物的情感，得以使自己无限延展。在他个体世界的四周创造的第二个世界，就是文学。

你们千万不要以为，在世界文学领域，我是你们的向导。我们每个人，都应奋力开辟自己的道路。我只想说，这地球不是我的你的他的领地，认为地球是个人领地的看法，是极为粗俗的看法。同样，文学不是我的你的他的创作。不幸的是，我们往往这样粗俗地看待文学。我们应该摆脱粗鄙的狭隘，确定在世界文学中观察人类的目标，在每个作家的作品中，接受一个小的整体，在一个个小的整体中，看到所有的人力图表现自身的内在关联。

现在是我们下决心的时候了。

---

① 指大神湿婆。

日本的俳句

日本人节制地抒发情感，在诗中也得到佐证。三行一首的俳句，世界上独一无二。有三行诗，诗人和读者均心满意足。怪不得街上听不到歌声。他们的心不像岩泉发出叮咚的响声，而像镜湖一样幽静。我听他们朗诵的诗，全是有画的诗，而不是吟哦的诗。胸中的怒火和愤慨，损耗人的精力，这方面他们的支出极少。他们情绪的表露富于美感。美感，不介入荣利。我们不必为繁花、飞鸟、明月洒泪，我们与它们只有享受纯美的关系——它们从不伤害我们，从不巧取豪夺，从不腐蚀我们的生活。因此，给三行，它们就满意了；想象中的宁谧完好无损。

阅读两首脍炙人口的日本古诗，就能明白我的看法：

古老的池塘，
　　青蛙跃入，
　　　水声袅袅。

太高明了！日本读者的眼里充满灵性。一个被遗弃的古老的池塘，昏暗，静穆。一只青蛙跃入，扑通一声。听见水声，说明池塘非常安静。如何在心版上画古老的池塘，诗人作了暗示，再写是画蛇添足。再看另一首诗：

暮秋时节，
　　枯枝上歇着
　　　一只乌鸦。

三行足矣！深秋树木落尽叶子，一两根枝丫枯朽了，上面歇着一只乌鸦。寒带地区，秋天是树叶萧萧飘落，花儿凋零，浓雾黯淡了天空的

季节。秋天给人死气沉沉的感觉。枯枝上歇着一只黑乌鸦，这就足以让读者在心镜里窥见秋天的贫苦和阴暗。诗人刚落笔就退却了，因为读者具有丰富的形象思维能力。

下面援引的诗，具有超越视觉的深邃的意蕴：

> 天堂凡世两朵花，
>
> 神祇佛陀亦为花，
>
> 人心实乃花之魂。

我个人认为，这首诗反映印度和日本共同的宇宙观。日本把天堂、凡世喻为两朵美丽的鲜花；印度的笔下，一个花托上的两朵鲜花是天国和人间，神仙和佛陀——假如人没有心灵，这鲜花就只是外在物——美景在人的心里才能诱发美感。

显然，这三首诗遣字用字抒写情感是节俭的，不会惹恼心头的冲动。我认为，这是日本深沉的写照。总之，可称之为心绪的节省。

诗人叶芝①

　　诗人叶芝在人群中非常显眼，一眼就看出他是个出类拔萃的人物。他高大的身材几乎超过周围所有的人，给人以才华横溢的印象。造物主的创造力仿佛陡然增加，像喷泉似的，将他从平地高高地托起。他的形体和灵魂，均让人感到极其充实。

　　读了英国一些当代诗人的作品，我觉得他们是文苑的诗人，而不是世界诗人。英国诗歌创作历史悠久，积累了丰富的诗歌词汇和隐喻等修饰手法。最后形成的局面是，诗人似乎不深入诗的基本源泉，照样有诗的灵感，技法可臻于圆熟；换言之，他们不再感到要从心里抒唱，诗歌可以再生诗歌。情感中生发不出诗行，单从诗集采撷诗句，技巧难免走复杂和雕琢。激情不作为心灵直接而凝重的元素，便不再是纯

诗人叶芝

―――――――――

　　① 威廉·勃特勒·叶芝（1865—1936）系爱尔兰著名诗人，1923 年获诺贝尔文学奖。

净的了；它自己不相信自己，强迫自己投奔繁复；对它来说，新鲜的东西别扭得很，为了独树一帜，只得依靠云诡波谲。

将华兹华斯①和斯文本恩② 的作品作一番比较，就很容易理解我的看法了。在那些不属于世界只属于文苑的诗人中间，斯文本恩的诗才首屈一指。在辞藻的舞厅里，他不凡的技巧带来的欢乐，令他如痴似醉。他用音韵的彩丝织成奇特绚丽的画面。这是难得的成就，但不是传遍世界的业绩。

华兹华斯诗歌的情韵中有心灵与自然的直接碰撞，因而极为朴实，当然朴实不等于平浅。有些读者并不欣赏它。其实，抒发真情实感的诗作，像花儿、果实一样圆满，不必多加阐释。换句话说，不必矫揉造作地美化自己，羼入软弱的感染力。它客观地表露，读者可以根据各自的审美趣味，鉴赏，咀嚼。

有些作者生来不容感知和被感知的事物之间存在隔离带，怀着毫不动摇的信念，以心灵的语言表现世界和人类生活的情趣，从而勇敢地跨越同代诗歌文学的一切虚伪。

彭斯③ 出生于英国诗风绮丽委靡的时代。但他以整个心灵去感受去吟唱，奋力突破刻板章法的羁绊，在胸怀宽广的苏格兰诗坛上从容地登上自己的座位。

英国当代诗苑里，叶芝受到特别的赞赏，根由也在于此。他的诗歌没有落入回声般的俗套，而是真心的袒露。所谓"真心"，需要解释一下。金刚石通过反射天空的阳光表现自己，可是人心不能在躯壳里显示自己，躯壳里黑暗的。它只有通过反映比自己更加高尚的东西，在高尚之物的光华中显露自己，同时也折射那种光华。诗人叶芝的诗篇中，展现的是爱尔兰广博的心。

---

① 华兹华斯（1770—1850）系英国诗人。

② 斯文本恩（1837—1909）系英国诗人及批评家。

③ 彭斯（1759—1796）系苏格兰诗人。

或许需要说得再清楚一些。太阳平等地照耀一朵朵云彩，由于云的位置和形状不同，反射的光泽也不一样。可是迥异的光泽不是排他的，它们可以带着奇丽浑然交融。然而，染色的棉花，纵然使出全力，也不能像云彩那样互相融合。

同样，不管是爱尔兰、苏格兰，还是别的国度，民众的心里射入世界的光华，反射出来的是迥异的光泽；人类的心天因而色彩斑斓，绚丽多姿。

诗人并非单单折射情愫之光，他采集他所在国度的心的色泽，以特殊方式把情愫之光美化后再加以折射。我不是说人人胜任这项工作，可胜任的是幸运儿。印度毗湿努教派的孟加拉诗集，堪称世界名著。它将世界的瑰宝回赠世界，其间它掺入的特殊情味，斟满意象之杯。

人世的战场上以搏杀为业的人，臂膀上系着符箓，身披甲胄，举着盾牌。若不如此，步步将遭受到致命的打击。但以祖露内心世界为业的人，甲胄的匮乏是他合适的装束。与诗人叶芝交谈，我不由产生这样的想法。他以无垠心空的爱抚覆盖人世，他对人世的观察，和一般人立足于各种教育、习惯、模仿所进行的观察截然不同。

诗人叶芝让他的诗歌之河在爱尔兰古朴的阡陌上潺湲流动；对他来说这很自然，使他赢得了无与伦比的荣誉。他不是用眼睛用知识，而是用灵魂接触自然。自然在他眼里不独是物质的，他在山川感知的鲜活境界，只有想象才能抵达。若用现代文学惯常的技法加以表现，其情味和活力顿时丧失殆尽。因为所谓现代手法，本质上不是新的，而是衰颓的；滥用使之生了硬茧，反应迟钝。两者有些像灰烬和灰烬下的煴火。火比灰年长，却年轻活跃，灰烬是现代的，却是老朽。纵观历史，诗歌摈弃历代的现代语言，朝前迈进。

在爱尔兰，着意显示其独特心灵，运用自己的语言、故事、传说的过程中，一个个天才脱颖而出，占据了适当的领域。叶芝是他们中间的一个，他使爱尔兰的心声在世界文坛上胜利地回荡。

叶芝把爱尔兰胜利的旗子插上世界文坛之前，爱尔兰文苑一片萧瑟。政治对抗已告结束，接踵而来的是政治扭曲了的岁月。险恶的用心排斥情感的力量，仍占上风。

一位批评家这样评论叶芝：在那种恶劣的境况下，出现了先锋战士叶芝。他汹涌的激情的电光闪烁的时候，听不见社会毁灭的轰响。战无不胜的人的灵魂认识了自己，用无形手指扪触人世惊天动地的兴衰的奥秘；它为平静遍布广浩的天宇而快慰。诗人叶芝在自己中间表现人心冲破羁绊，以深沉细致的力量唤醒叛逆的心志。他倾吐心灵的话语，是爱尔兰的，也是人类的。他广收博采昔日诗人写作技巧的精华，最终形成自己的风格。他关注自然细微的美质，掌握了语言蕴涵的音乐美。他获得成功依凭的是：优美细腻的歌韵，与自然密不可分的联系，新奇的表现手法，和充满自信的自由想象。

想象这个字是切合诗人叶芝的创作实践的。想象在他不是游戏的材料，他在生活中接受了借想象之光观照的真实。也就是说，想象不单是他诗歌事业的一种工具，也是他生活的要素。他借此从人世汲取精神营养。这是我与他多次交谈后的看法。我尚未得到通读他的诗集认识他是诗人的充分机会，但与他在一起，我深切地感到，他以想象之光照亮的心，热情地拥抱着他的环境。

巴厘舞蹈

巴厘岛是个小岛，妆饰得极为妩媚。树木、山峦、清溪、寺庙、神像、农舍、稻田、集市，组成一个完美的整体，令人赏心悦目。巴厘人织的布色彩鲜艳，工艺精巧。他们从不随随便便在腰间围一块脏布，作践自己的肢体。所以逢年过节，或举行什么纪念活动，人群汇集之地，五彩缤纷，呈现动人的情景。

当地男女的体形优美，容貌端庄。我还没有见到体态臃肿或骨瘦如柴的人。结实、健康、神情欢悦的人，以及皮毛褐黄、膘肥体壮的黄牛，与丰盈、翠绿的自然环境，相得益彰。这种风景如画的绿岛，世界上大概是绝无仅有的。

巴厘岛上，过节的主要内容是跳舞。如同一排排椰子树在海风中晃动，巴厘岛的男男女女在舞蹈之风中摇晃。每个民族均有表达其感情的特殊途径，以前孟加拉的心灵异常激动的时候，在颂神歌中轻易找到的抒发激

舞姿优美的巴厘舞

239

情的途径，至今不曾消逝。巴厘人的心想说话，便不由自主地翩翩起舞。女人跳舞，男人也跳舞。我已看过巴厘岛的戏曲表演。从拉开帷幕到剧终，上场，下场，串场，表现交战和谈情说爱，甚至小丑的逗乐，全是舞蹈动作。深谙舞蹈语言的观众，才能弄清故事情节的发展。那天我们在巴厘王宫里观看古典舞，东道主告诉我们，古典舞的名字是《萨勒维与莎达帕第的故事》。

由此可见，巴厘人通过舞蹈形象，不仅传递感情，而且表述故事。人的舞动表现故事内容。要使一个极平常的故事具有视觉效果，必须随着音乐的节奏，做出具有造型性的人体动作。

巴厘舞减少动作的直白，或者舍弃直白，只把韵律的流畅赋予变幻的舞姿。巴厘的舞蹈艺术家，把只能听的往世故事诗，变成可看的叙事舞蹈。语句是诗的载体，语句的部分韵律体现于音乐的普遍规律；但它的含义是人为的，不过是社会中彼此协调的象征罢了。两者的结合便是诗。只有富于想象力的人，听见"树"这个词，才能见到树。同样，巴厘舞单凭节奏，还不足以叙事，它还需要暗喻和比拟。这两者的结合，便形成巴厘舞。跳舞的时候，艺术家闭上嘴，用暗示和舞姿之曲说话。巴厘舞中我们看到的战争，在战场上是不可能发生的。假如天国实行一条法规：双方用韵律交战，一方的节奏出现差错等于失败，这样的战斗，似乎就是巴厘舞中的战斗。谁对舞蹈与现实的一致感到惊讶，继而产生厌恶，那他读了莎士比亚的剧本，也会嘲笑的——因为战争在韵律中进行，死亡也在韵律中出现。电影中有画面的移动，它既然可以成为名副其实的艺术，舞蹈中也就可以放映故事。不言而喻，我们也说帕依舞①一类的玩意儿是舞蹈，但那种舞蹈的目的，绝对不属于巴厘舞。我在日本的京都观看的历史剧有道白。但演员的动作和身姿与舞蹈如出一辙，富于强烈的感染力。毫无疑问，戏剧中我们使用押韵的唱词，而表情和动作如与平常生活一样，那是极不协调的。从名称就可以知道，

————————

① 北印度职业艺人跳的一种舞蹈。

我国的戏剧表演，主要是舞蹈。西方称看戏的人叫听众。但在印度，称戏剧为可看的诗。换言之，附丽于诗的表演，为眼睛提供看得见的艺术趣味。

以上谈的是舞蹈表演。巴厘岛也有纯舞蹈，前天晚上，我们在吉亚纳亚的皇宫已经欣赏过了。打扮得十分漂亮的两个小女孩，头戴冠冕，上面的簪花一动就摇颤。随着"佳美兰①"乐器的演奏，她俩翩然起舞。演奏的乐曲与印度的乐曲完全不同。印度的乐器"贾尔达朗迦"弹的曲子，我听起来就像乐曲的儿童游戏。但它们似乎在巴厘人娴熟地用多种乐器演奏的深沉而悠扬的乐曲中也能听到。巴厘的曲调与印度的曲调也不一样。相同之处是都有击鼓声和敲钹声。大大小小的铃铛声，是巴厘乐曲的核心部分。它不是印度戏院里最近流行的伴奏，也不是欧洲的钢琴协奏曲。铃声似的主要音调传进耳中；可它又与其他各种乐器弹奏的乐音艺术地编织起来。从总体上说，它与印度乐曲相差甚远，但听了心旷神怡。欧洲人也会喜欢巴厘音乐的。

两位女孩踏着"佳美兰"器乐的节奏，活泼地跳舞，舞姿十分优美，身体各部分富有韵律美的舞动，是那样轻柔，那样生动，那样流畅，那样雅致。欣赏其他舞蹈，我们常常看见舞女拼命扭动身躯。而这两位小女孩的身体仿佛是两股喷涌的舞泉。据说十二岁之后，就不让这些女孩跳舞了，因为十二岁之后她们的身体不再那么柔软，那么伸展自如了。晚上，我们在皇宫观看戴面具的戏剧表演。我们曾从日本带回一些面具，制作面具是一门特殊艺术，需要深厚的艺术修养。我们每人的脸既有个性又有共性。依照面部轮廓和表情，我们的脸形可分成若干类型。制作面具的艺人把那若干类型的特征画在面具上。同一类的表情特征，收纳于同一类面具的神情之中。演员戴着面具上台。我们看到的不仅是某一个人，也是某一类人的表情。一般来说，演员要按照神情做动作。由于面具的神情是不变的，所以演员要做出与神情相应的动作。基

---

①　巴厘岛特有的乐器，由铜片、竹片制成。

本唱词是固定的，唱腔的声调应能诠释唱词，不能有丝毫出入。我们观赏的就是这种别具一格的表演。

我们听到的演唱，怪声怪调，听着不悦耳，就不能称为歌曲。我的住处紧靠村庄，可我们从未听见哪个人或一群人唱歌。而我们孟加拉的村庄升起了月亮而没有歌声，是不可思议的。这儿，上弦月挂在椰子树梢上的暮空，却没有人唱歌。

这几天我老在想，巴厘人不欢快地亮开嗓门唱歌，可能是缺少演唱的歌曲。他们叮叮当当敲击乐器。敲出来的其实是节奏，而不是乐曲。他们用各种乐器击出富有节奏的音响。有些乐器像锣和鼓，击出少量乐音，大部分则是声音。用金属制成的乐器，可击出音符，但击不出舒缓的音调，也没有必要击出。因为音调属于歌的范畴。切割的曲子，只有节奏的音响。事实上，巴厘人唱歌不用嗓子，而用肢体。他们变化的舞姿，就是乐曲的变调；它与有大量跳跃动作的英国舞蹈不同。也可以说，巴厘人的舞蹈，不像雨季的倾盆大雨，而像水浪轻漾的清溪。节奏显示的连贯性，维系隔断的时间，而歌显示的连贯性，确保趣味的完整。因此，依我看，他们的乐曲是节奏，而他们的舞蹈则是歌。印度和欧洲有歌吟表演，巴厘岛则有舞蹈表演。

现代诗歌

有人请我写一篇关于英国现代诗人的文章。

这不是件容易的事儿。因为，对照历书，谁能精确地确定"现代"的界线呢？所谓"现代"，其实质往往比具体时间更重要。

一条河朝前流着流着，突然拐了个弯。文学像一条河，也不是一直朝前流的。它拐弯时，那个拐点就叫作"现代"。孟加拉语中它叫作"adunik"。所谓"现代"，它不是由时间，而是由审美趋向所决定的。

儿时我接触的英国诗，当年被称作现代诗。那时诗歌创作走向的转变，是从诗人罗伯特·彭斯开始的。在这个潮流中，同时出现了一批大诗人，比如，威廉·华兹华斯、泰勒·柯勒律治①、雪莱②和约翰·济慈等③。

英国诗人雪莱

---

① 泰勒·柯勒律治（1772—1834）在英国文学史上被誉为"湖畔三诗人"之一。

② 雪莱（1792—1822）系英国诗坛巨星。

③ 约翰济·慈（1795—1821）系英国著名浪漫主义诗人之一。

社会中流行的民众的行为方式，称作风尚。在有些国家，这样的风尚，完全压制了个人兴致的特性和多样性。那儿的人成为玩偶，人们的言谈举止，千篇一律。社会中的人，钟爱习惯了的沿袭的风尚。文学在不同的时间，也被风尚所掌控。作品之额上，点上纯正风尚的吉祥痣，被称为"雅文"。诗人彭斯之后，新时代莅临英国诗苑，诗人的新审美取向打破了旧习之栅。以前，"莲花盛开的池塘"①，只能透过眼睛上蒙着的官办"雅文"工厂里制造的龟壳的一条细缝，影影绰绰地看到。当文坛的一个勇敢者解开龟壳，抛开陈词滥调，睁大眼睛，看见那个池塘之后，他拎着龟壳奋力开辟一条新路，于是，各种审美目光和丰富的想象，使那个"池塘"变得多姿多彩。可是雅士的品评却对它大加呵斥——呸！

我们开始读英国诗歌时，承认那种打破旧文风、具有个性的作品是文学作品。在《爱丁堡评论》上响起的呵斥声，渐渐平息了。总之，我们所处的时期，具有"现代"的划时代意义。

那时，个人感情的奔放，是现代诗歌的标志。华兹华斯以自己的方式，表现对自然界欢乐本体的感知。雪莱的柏拉图激情，是对国家和宗教的各种桎梏的反叛。济慈的诗作，体现他对诗体美的思考和创新。在那个时代，从外形到内质，诗河拐了个大弯。

诗心中的深挚感悟，采用语言的优美形式，力图确定自己的永恒地位。爱情装扮自己。它借助美，在外部证明它的内在欢乐。在已逝了的时代，人们抓住时机，以各种方法，装饰与自己关联的世界。外在的装饰，是他们内心情感的表露。凡是有情爱的地方，都不允许懒怠。在那个时代，人们怀着情趣高雅的喜悦之情，生产丰富多彩的日用品。人心中的动力，为他的手指带来创造的技巧。在各地的一个个村庄，器皿、家庭装饰、形体化装，借用外部世界的物质，以色彩和形态的魅力，紧扣人心。人们举办各种活动，使人生旅程富于意趣。新的歌曲不断涌

---

① 似指诗苑。

现，选用木材、金属、泥土、岩石、丝绸、皮毛、棉花，创造了许多新颖的艺术品。那个时代，丈夫介绍自己的妻子，仿佛是介绍一件艺术珍品。对男人营造伉俪世界的创造来说，银行里的存款不是最重要的东西，最需要的是美学。编织花环，马马虎虎是不允许的。姑娘们擅长在绸衣服下摆上绣花。学校的主要课程，是教学生熟练地跳舞。与此同时，演奏弦琴、笛子，演唱歌曲。在那样的氛围中，人与人的关系，具有亲情之美。

参与希腊民族解放运动时的拜伦

　　年幼时我所了解的英国诗人，透过自己的内心观察外界，世界是属于他们个人的。他们的想象、观点、志趣，不仅把世界变成了人性的和精神的，也变成诗人心灵的。华兹华斯的世界，是华兹华斯特有的，雪莱的世界，是雪莱的特有的，拜伦①的世界，是拜伦特有的。作品的魔力，也使他们的世界成为读者的。在诗人特有的世界中，给我们欢乐的东西，在某些家庭富于情趣的款待中也可以体味到。花朵以自己特有的颜色和香气，向蜜蜂发出邀请。那请柬是惑魂的。诗人的邀请中也有那样的诱惑力。在人与外界的个人联系最为重要的年代，人们珍藏私人请柬；人们仿佛在服装、礼仪等方面，进行着辉煌自己身份的竞赛。

　　引人注目的是，在十九世纪初叶，在英国诗坛，此前注重风尚的诗风，转向了自我表现。这就是那个时期的"现代性"。

　　但时下中维多利亚②时代的"衰老"采取行动，为"现代"下了定义，让它躺在隔壁房间的安乐椅上。如今，短衣裙、短头发，是耀眼的现代标志。它并非不曾时不时地往脸上抹脂粉，嘴唇上抹口红，不过，它那样做实在是太露骨，太轻狂，太不知羞耻了。它想说，不需要魅力这劳什子了。造物主的创造中，处处有魅力。正是丰富的魅力，通过种种形态，奏响各种乐音。然而，科学分析它的身世，说它压根儿没有魅力，只有碳原子、氮原子，只有生理学、心理学。我们是老派诗人，我们认为那些东西是次要的，最重要的是幻想。所以我们和造物主比赛，着力于在旋律、语言、形态中扩展想象，酿造感染力，这是必须承认的事实。暗示、隐喻中有各种捉迷藏的游戏；羞赧之纱与真实并不相悖，我们不能舍弃真实的饰物。在透过泪眼蒙胧折射的彩光中，我们看到朝霞和暮色的容貌，和新媳妇一样娇媚。现代暴政，在大庭广众之中，撕

---

① 拜伦（1788—1824）系最富于时代性的英国浪漫主义诗人。

② 似指从 1876 年至 1901 年英国向外扩张，建立庞大殖民地的时代。

剥世界的"黑公主①"的衣裳，我们不习惯看这种场面。平常的习惯受到折磨，让人感到多么窘迫啊。这样的窘况中难道不含有真实？抛弃创作中用于表现而非用于掩盖的艺术之纱，美不就丧失殆尽吗？

然而，"现代"之心中，也充满急迫感，总觉得到时间不够。谋生成为人生的重中之重。上了锁的一堆机器中间，人们手脚不停地工作，匆匆忙忙地娱乐。曾经稳稳当当地坐着、营造心目中的世界的人，眼下委身于工厂，计算实际需求，按照政府的规定，把劳作的模式树立起来。宴席已散，剩下些残羹剩饭，这顿饭对不对口味，顾不上再想了。因为，心思全放在和拥挤的人群一起，拖拽生计的巨大神车的绳索上。取代歌声的是他的喊声："推呀，拉呀，嗨唷!"他的大部分时间，不是在情谊的世界中，是而在人群的世界中度过的。他的心态和辨士一样。在蜂拥的人群中，他连在赤裸裸的丑陋旁边急忙离去的愿望都没有了。

在此情况下，诗歌沿着哪条路朝哪个目标前进呢？如今再不能按照自己的心愿喜欢、选择、安排一切了。科学不作选择，凡是存在的，一概接受，不以个人兴趣的价值对它们进行评判，不按照个人情感炽烈程度将它们排列。科学之心的快乐来自好奇，而不是来自紧密的亲情关系。"我有什么愿望"，这对它来说，无关紧要。把我这个人撇在一边，一样东西自个儿是否好端端地待着，这才是它要考察的。但把我抛开，驰骋想象就是一句空话了。

所以，在科学时代，诗学贸易中减少的大部分费用，是削减的化妆品的支出。在韵律和语言方面，谨慎选择的传统做法，已是穷途末路了。可反传统并不容易，于是，为了消除已往时代的"毒瘾"，束腰揎袖，否定过去，被推崇为新时尚。因为担心受习惯的牵引，推敲的理念又越过高墙，潜入书斋，竟在墙头上极粗野极难看地插了玻璃片。有一

---

① 典出史诗《摩诃婆罗多》，般度五兄弟掷骰子，输掉妻子黑公主，难降企图当众扯光她的衣服羞辱她。

位诗人写道："我是最洪亮的笑声。"接着又说："我笑得声音最高，我比太阳宏大，我比栎树高大，我比青蛙高大，我比阿波罗神高大。""比青蛙和阿波罗神高大"，这就是插在墙头上的碎玻璃片。要是这位诗人怕别人说他故意用甜美的字眼组织排比句，不说"青蛙"，而说"大海"，当今时代又会反对说：那照样是诗意表述。可能是吧，不过，更为标新立异的诗意表述，是描写那只青蛙。换句话说，那不是自然而然从笔端流出来的，而是撞了别人一脚踩出来的。这就当下的时尚。

但是，认定青蛙这动物不宜进入文雅的诗中的日子，已一去不复返了。在"真实"的寓所里，青蛙比阿波罗大而不是小。我无意贬低青蛙。在合适的地方，可以把诗人的情人的笑声和青蛙呱呱的笑声，放在一句诗中，诗人的情人也不会反对。但在严格讲究平等的科学理论中，那笑声是太阳的，是栎树的，是阿波罗神的，而不会是青蛙的①。硬把青蛙搜来，纯粹是为了破坏感染力。

揭开了艺术魅力之纱，就得看看里面究竟是些什么东西。在十九世纪，凡是被想象的颜色染过的，如今都退色了。光靠优美的隐喻，不解饿了，需要食物。再说"闻到味道，就解了一半饿"，多半会被认为是极度夸张。一位现代女诗人以极为坦直的语言，描写已往时代的美女，现把她的诗译成孟加拉语。译文中若加添诗味，就不是原作了，其实费劲加了恐怕也不会成功——

> 你是美女，旧时的美女，
> 仿佛是用过去的乐器
> 弹奏的一首陈旧的进行曲。
> 你也像旧时代的客厅里
> 阳光照射的装绸缎的家具。
> 你眼里，年寿耗尽的片刻之间

---

① 似指太阳、栎树和阿波罗的笑是无声的，青蛙的笑是有声的，放在一起是不平等的。

凋落的玫瑰花瓣正在腐烂。

你生命的气味若有似无，荡散开去，

好像盖在陶罐里的洗头粉，有些刺鼻。

我喜欢你轻柔的话音——

望着你混杂的色彩，我心潮激荡。

我的勇气像铸币厂新铸的硬币，

我把它扔在你的脚边。

从尘土里捡起它吧，

看见它的闪光，也许你觉得很有意思。

这块现代硬币面值很低，不过挺有劲儿，这一点非常清楚，一扔过去，响起时尚的"咚"的一声。过去的诗歌情韵具有感染力，可这首诗只有粗狂，没有一点儿朦胧。

现在的诗歌内容，不想以诗美迷醉人心。那么，它靠什么力量站住呢？它的力量，就是自己打造的个我，英语中称之为个性。它大声呼喊："请看着我！"那位女诗人名叫艾米·洛威尔①。她在另一首诗中描写卖红拖鞋的一家商店。一天黄昏，店外寒风呼啸，雪花飞舞。店内擦净的玻璃后面挂着一排红拖鞋——

它们像血的钟乳石，

以滴落的色彩淹没行人的眼睛，

把玻璃上反射的血红的光

压进出租汽车和电车，

把它们的红酒和鲑鱼

吐进雨雪的牙缝，

把他们又小又圆的光斑投到伞顶上。

一排闪光的白店面

① 艾米·洛威尔（1874—1925）系美国意象派诗人。

被砍伤了，流着血，

红拖鞋在流血。

这可以称作一首无人参与的诗。其实，不存在怜惜这些拖鞋的任何理由。顾客和店主都不会为它们费心思。但确有人站着看了，整幅画面中一个个体显现了，于是，它不足挂齿的卑微不复存在了。探究含义的人问道："这是什么意思，先生？拖鞋值得这样大写特写吗？它的颜色红就红呗。"回答是："你睁大眼睛看！""看了有什么好处？"——没有听到回话。

诗人艾兹拉·庞德

艾兹拉·庞德①写一首关于美学的诗。内容大致是这样的：一个姑娘在街上行走。身穿补丁衣服的一个小男孩的爱美之心苏醒了，忍不住说了句："瞧，她多漂亮！"这件事发生三年之后，两人又见面了。那年捕到了大量沙丁鱼。他的哥哥、叔叔把鱼装在大木箱里，准备送到波

---

① 艾兹拉·庞德（1885—1972）系美国诗人、评论家。

雷斯吉亚的市场出售。小男孩蹦蹦跳跳,翻弄沙丁鱼。大人呵斥说:"老老实实地坐着!"于是,他手摸着码放整齐的沙丁鱼,快活地说了同一句话:"瞧,它多漂亮!"诗人说:"听他这么说,我有点害羞了。"

你看美丽的姑娘也罢,看沙丁鱼也罢,用同样的语言说"啊,多漂亮!"用不着犹豫嘛。这样的观看,不是人的观看——是词义的观看。这类诗行中,连拖鞋店也赶不走了。

在十九世纪的诗作中,有世人本体,而二十世纪的诗作中则有物品本体。于是,开始注重的是诗中之物的本真,而不是诗的修饰。原因是,修饰表现的是人的兴趣,而纯而又纯的真实的力量,是为展现物品本身。

这样的"现代"在文学中出现之前,诗创作依靠的是画面。为了否认绘画艺术是美学的组成部分,"现代"它开始进行各种捣乱活动。它竟宣称,艺术实践活动不是为感动人心,而是为战胜人心;它的表征不是美,而是厘毫不差的准确。它不接受容貌中的魅力,而接受个性。换言之,它接受整体的自我宣扬。关于自身,它不再介绍自己的容貌,只想斩钉截铁地说:"我是一目了然的。"而它让人看清,不是通过表情,不是通过对其本性的临摹,而是通过创造真实本体。这样的本体,不契合本性和行为规范,不是情感可以表达的,而是硬造出来的东西。也就是说,一样东西已经形成了,你就得承认它。就像我们承认孔雀,也得承认兀鹰,不能否认猪,也不能否认麋鹿。

人世间,有人美,有人不美,有人能干,有人不能干。但在创作领域,不能以任何借口拒斥任何人。在文学和绘画艺术领域也是如此。任何形象的塑造一旦开展,就不再回答质疑。如果难以开展,如果没有生存力,只有情思的艳丽,那就应该放弃。

如今贴上"现代"标签的文学,鄙视谨慎维护旧文苑家族声誉、

诗人艾略特

保持自己种姓的行为；它不作任何筛选。艾略特①的诗这是这类作品，而布里吉斯②的诗则大不相同。

艾略特这样写道：

> 通往这家那家的路上弥漫着熟肉的气味，
>
> 这气味浓郁了冬日的暮色。
>
> 现在是六点——
>
> 烟雾缭绕的日子，燃烧的灯光，到了尽头。
>
> 湿风从荒地
>
> 把沾灰的枯叶和破报纸刮到脚边。
>
> 一阵阵雨拍击着破窗棂和烟囱，
>
> 路边站着一匹拉出租车的马，
>
> 它身上冒着热气，
>
> 它用铁蹄踢着泥土。

---

① 艾略特（1888—1965）系英国诗人，1948 年因《四个四重奏》获得诺贝尔文学奖。

② 布里吉斯（1844—1930）系英国诗人，1913 年被封为桂冠诗人。

接下来是弥散着酸臭的啤酒气味、土路泥泞的早晨的描写。早晨出现一位女子：

> 在床上你掀掉毛毯，
>
> 仰卧着等待，
>
> 有时发困，看见夜里显现的
>
> 千百种梦幻的画面，
>
> 正是这些画面造成了你的性格。

接着是那个男人的消息：

> 他的灵魂在城市建筑后面
>
> 渐暗的天空被拉紧，
>
> 在四点五点六点钟，
>
> 又被杂乱的脚踩踏；
>
> 短而粗的手指往烟斗里装烟丝，
>
> 阅读晚报，眼睛判定
>
> 铁一般的事实，
>
> 幽暗的街道的良心
>
> 急于承接这个世界。

在这烟雾缭绕、道路泥泞、各种臭味弥散、到处是垃圾的极为衰微的黄昏和清晨之间，诗人心幕上浮现起反差明显的画面：

> 我被那些在意象四周萦绕
>
> 不肯离去的幻想所推动；
>
> 有一些无限优雅而
>
> 无限痛楚的物件的概念。

在这儿没有了阿波罗神和青蛙的和睦相处。井底之蛙呱呱的叫声折磨着阿波罗神的微笑。显然，诗人并未像科学家一样无动于衷。他对衰颓世界的厌恶，在对衰颓世界的描写中流露了出来，所以在诗的结尾处写得非常冷峻：

> 你用手摸一下脸，笑笑吧。
>
> 你看，世界仿佛在旋转，
>
> 老妇人在荒地上拾牛粪。

　　诗行中可以清楚地看到诗人对这个拾牛粪的衰迈世界的冷漠表情。但与过去诗歌的差别在于，诗人无意让自己陶醉在以五彩梦想臆造的世界之中。诗人让诗作踩着泥泞往前走，对洗干净的衣服毫不爱惜。这倒不是因为同情泥泞，而是因为眼睛看到这个泥泞世界，必须体察、必须承认泥泞。如果哪儿显现阿波罗神的笑容，当然是件好事。如果不显现，也没有必要鄙夷蹦跳的青蛙的怪笑。它毕竟也是一个玩意儿。可以和世界一起瞅它几眼，它也许有几句话要说哩。青蛙不配坐在装饰典雅的语言的客厅里，但大部分世界在那客厅外面嘛。

　　人在早晨醒来。苏醒后首先感知自我，思绪重又亢奋起来。这种情状叫作浪漫。乍醒的意识到外面检测自己。心灵在世界创造和自己的作品中，给自己的想法和愿望以形态。心中想要的东西，以各种想象在外面塑造。之后，阳光渐渐强烈，体验也渐渐冷峻，在人世的动荡中，许多想象之网破碎。这时，在洁净的阳光中，在祖露的天空下，更清楚地认知了现实。不同的诗人以不同的方式对待这认知的现实。有人以不信任的目光和叛逆的心态度看待它；有人不尊重它，毫不迟疑地以粗暴无耻的手段对待它。之后，在炽热的阳光下，它更充分显露的容貌，有人在心里竟觉得那是深邃的奥秘；他们不认为，没有所谓玄奥的东西；也不认为，凡是一目了然的，其间一切已显露无遗。

　　上次的欧洲战争①中，人们的体验是如此苦涩，如此冷酷，竟使多个时代流传的许多礼仪和文明，在严重危机中刹那间烟消云散了。人们长期坚信的、让人无忧无虑生活的社会稳定，片刻之间分崩离析了。人

---

　　① 指第一次世界大战。

们目睹昔日守护的高雅风尚和和仁义道德的废墟，就把认知的一切文明行为视为软弱表现和自欺欺人的虚伪手段，在对它的鄙视中，仿佛感到一种刺激的快乐，并把嘲讽世界当作坚守真实。

然而，如果存在所谓"现代"的理论，如果把这样的理论称为无人的理论，那么就应该说，对世界这种粗野的不信任和邪恶的目光，也是突然发生的变革中产生的个人心理变态。这也是一种幻觉，其间没有平静无欲的心中坦然接受现实的沉着。许多人认为，这样的极端，这样摩拳擦掌动手剿灭传统，就是"现代"行为。我未敢苟同。虽然流行性感冒千百年来袭击人类，我也从不说，感冒是人体的现代本性。它是表面现象。在感冒的后面，有着原生的人体本性。

谁要是问我，什么是纯正的现代性？那我的回答是，不以个人的喜好，而以不偏不倚的态度观察世界，就是现代性。这样的观察是明亮的，纯洁的；这种摆脱幻觉的观察中，有纯真的欢乐。现代科学平心静气地分析真实，现代诗歌平心静气地整体地观察世界，这就是永恒的现代特征。

不过，这样称之为现代性其实是多此一举。这种情绪平静的质朴目光，不属于某一个时代。谁的目光掠过袒露的世界，谁就拥有现代特性。从中国诗人李白写诗算起，一千多年过去了。但可称他为现代诗人。他有一双刚

中国唐代大诗人李白

刚观察过世界的眼睛。他以平易的语言写了四行诗：

问余何意栖碧山，笑而不答心自闲。

255

桃花流水窅然去，别有天地非人间。①

他笔下的另一幅画面：

渌水净素月，月明白鹭飞。
郎听采菱女，一道夜歌归。②

另外一首是这样的：

懒摇白羽扇，裸体青林中。
脱巾挂石壁，露顶洒松风。③

下面这首诗抒写少妇的心声：

妾发初复额，折花门前剧。
郎骑竹马来，绕床弄青梅。
同居长干里，两小无嫌猜。
十四为君妇，羞颜未尝开。
低头向暗壁，千唤不一回。
十五始展眉，愿同尘与灰。
常存抱柱信，岂上望夫台？
十六君远行，瞿塘滟滪堆。
五月不可触，猿声天上哀。
门前迟行迹，一一生绿苔。
苔深不能扫，落叶秋风早。
八月蝴蝶黄，双飞西园草。
感此伤妾心，坐愁红颜老。
早晚下三巴，预将书报家。

---

① 李白诗《山中问答》。
② 李白诗《秋浦歌》之十三。
③ 李白诗《夏日山中》

相迎不道远，直至长风沙。①

这首诗中没有一丝伤感的情调。另外，我们也看不到讥讽和不信任的睥睨。题材非常普通，但不缺少情味。假如略微扭曲风格，大加嗤嘲，就是一首"现代诗"了。原因是，常人乐意接受的东西，"现代派们"在诗中对其不屑一顾。"现代诗人"很可能在这首诗的末节这样写道："夫君抹着眼泪，频频回首，越走越远。妻子动手炸干虾米。"为谁呢？回答又得写一两行，加添一串省略号。昔日的读者大概会问："为什么这样？"今时的诗人回答："通常就是这样的。""可以写点别的什么嘛。""可以是可以，不过就太文质彬彬了。没有一点难闻的气味，就难以清除雅致，成不了现代诗。"昔日的文苑有绮丽诗风，今时文苑也有绮丽诗风，旧时的绮丽诗风与情趣称兄道弟，今时的绮丽诗风则与臭肉情投意合。

英国诗人的现代特性，在中国诗的旁边是站不住脚的。它太脏了。他们的心灵用胳膊肘撞读者。他们审视和展示的世界，充满颓垣断壁、堆积的垃圾和飞扬的灰尘。他们的心灵是不健康的，不舒坦的，不安定的。在这种状态下，他们不能干干净净地脱离物质的世界。他们看见破损的塑像的木块和稻草，狰狞地狂笑，说："真正的东西终于露面了。"他们称使劲儿捅那些破砖烂瓦、木块稻草，说尖刻的话，是坚定地承认货真价实的真实。

此时此刻，不禁想起艾略特的一首诗。内容是这样的：一个老太太去世了，她是出生于名门大户的贵妇人。按照惯例，家中墙上璀璨夺目的装饰品全取了下来。抬尸体的几个人来了，按照习俗帮着办丧事。这时管家坐在餐厅里的餐桌旁，怀里搂着这家的二小姐。

毋庸置疑，这样的事儿是正常的，可信的。但有"旧习性"的人脑子里不免产生一个问题：这样做难道够了吗？写这首诗是出于哪种需要？我们为何非读它不可呢？

_____

① 李白诗《长干行》

我们在诗人的作品中如果获得姑娘甜美笑容的信息，就会说，这种信息是值得传递的。但之后如果在他的描述中看到，口腔医生来了，用器械检查后发现，姑娘的牙齿蛀蚀了，那就会说，这肯定是条信息，不过不是那种值得把大家叫来向大家通报的信息。如果看到谁兴致勃勃地宣传这种事儿，我们就会怀疑，他的脑子也蛀坏了。谁要是说过去的诗人写诗筛选题材，现代派诗人写诗不筛选题材，这种看法，我不同意，他们也筛选。选择鲜艳的花朵是选择，选择虫蛀了的枯萎的花朵也是选择。差别在于，他们总是担心，有人会挖苦他们说，他们也有选择的嗜好。据说崇拜湿婆的行脚僧专拣脏东西吃，专挑脏东西用，又怕让人抓到证据，表面上也喜爱好东西。结果，他们对不好的东西的癖好，越来越根深蒂固。他们的怪癖假如在诗坛也盛行起来，生来钟爱纯洁物品的人，难道还有栖身之地？有些树木的花叶生虫子，但许多树木不生虫子。难道非得把对第一种情况的重视称作追求真实，并大肆宣扬吗？

有一位诗人写了一个显赫人物：

理查德·克迪进城的时候，

我们这些行人注视着他。

他从头到脚全身充满优雅风度，

他身材颀长，像一个王子。

他的举止朴实，衣着朴素——

但当他说"早晨好"的时候，

我们心里热乎乎的。

一路走来，他神采飞扬。

他是有万贯家产的富翁。

他乐善好施，对人彬彬有礼。

他把看到的一切全牢记心里。

啊，我们假如是他那样的人！

我们每天劳动，累死累活，

盼望着什么时候天亮，

每顿饭吃不到一块肉，

咒骂粗硬的面包——

就在春天一个宁静的夜晚，

理查德·克迪回到家里，

朝自己的脑袋开了一枪。

这首诗里没有现代诗人的嘲讽、鄙视和狞笑，而略有悲凉的情绪。但有一条规则贯穿其间，那就是现代规则。它的意思是：凡是健康的，凡是美的，可以目睹的，其间也有顽疾。看上去极富有的一个人，躲在面纱后面饿肚子哩。过去主张出家的人，也说过类似的话。他们提醒活着的人，早晚有一天，人直挺挺地躺在竹床上前往焚尸场。欧洲的牧师一本正经地说："虫子在泥土下面啃啮腐烂的尸体。"道德经典中，可以看到有的篇章提醒我们认识到，我们觉得很美的人体，不过是骨头、肉、液体和血的肮脏的混合物，从而彻底打破我们的懵懂。对出家修行来说，这是最好的宣传手段，可以一次次促使人对这种可直观的真实产生不尊重。但诗人不是僧人的徒弟，他站在情爱的一边。然而，这个"现代"难道已经如此腐朽，焚尸场的风竟吹到了诗人身上，于是他竟信口开河地说，我们认为是神圣的，已经让虫蛀空了，我们认为是美的而倍加爱护的，其间有不可接触的污秽？

心灵已衰老的人身上，已没有纯真的原生力量。他的心灵是不圣洁的，不健康的，试图以极端手段打碎自己的麻木，以发酵腐烂的东西似的变态刺激自己；摈弃了羞耻和仇恨，他额上的皱纹里才能溅出笑的浪花。

中维多利亚时代尊重现实，尽力感知值得它尊重的现实。而"现代"污辱现实，把荡涤一切光荣当作它的奋斗目标。

如果把对世界的过度尊重，说成是伤感主义，那也可以把同样的名字送给对世界的拳打脚踢。不管是什么原因，心灵出了毛病，目光就不纯洁了。所以，如果讽刺中维多利亚时代，说它是过度文明的朝拜者，那么就可以用相反的形容词来讽刺爱德华时代①。这样的事情是不正常的，因而也是不会持久的。科学也罢，艺术也罢，平静的心是最好的载体。欧洲在科学中获得的东西，在文学中还没有获得。

1932 年

---

① 似指爱德华七世（1841—1910）时期。

诗赠梅兰芳

认不出你，亲爱的，

　　你用陌生的语言蒙着面孔，

远远地望去，好似

　　一座云遮雾绕的秀峰。

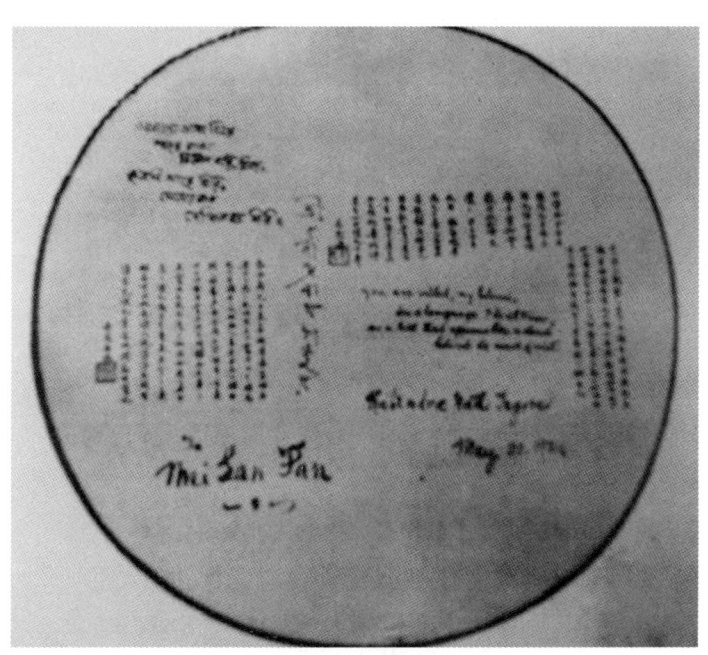

泰戈尔的赠诗

1924 年，泰戈尔访问北京时，我国著名京剧艺术家梅兰芳在开明戏院为他专场演出《洛神》。演出结束，他亲自到后台热情祝贺演出成功，并对布景提出了改进意见。他说"色彩宜用红、绿、黄、黑、紫等重色，应创造出人间不经见的奇峰、怪石、瑶草、琪花，并勾勒金银线框来烘托神话气氛"，梅兰芳根据诗人的意见，请人重新设计《洛神》的布景，使之与剧情更为协调。次日在为诗人举行的送别宴会上，梅兰芳请泰戈尔题诗。诗人欣然命笔，在梅兰芳的一柄纨扇上写这首小诗。这首诗表明泰戈尔观看京剧，朦朦胧胧地获得了美的享受，也道出了由于语言的障碍，难以完全理解人物复杂的内心世界，难以充分领略京剧艺术真谛的一丝遗憾。

英国音乐

　　我迁居波雷伊顿之后，有一天到当地的音乐厅聆听一位著名女歌唱家的演唱。她的名字已经忘了，好像叫妮尔桑①或阿尔芭妮②。在听她演唱之前，我不知道人的嗓音有如此惊人的感染力。

　　在印度，即使一些赫赫有名的歌手，也掩饰不住演唱的做作，他们驾驭不了低音和高音，稀里糊涂地蒙混过去，从不感到羞耻。他们之所以能这样，原因是印度听众中间有欣赏能力的人，依凭自己的理解力，在心田塑造了音乐形象，便心满意足了；他们不注意音色极佳的歌手演唱优美歌曲时的神态。尽管有嘈杂声和演唱的微小缺点，音乐的真谛似乎也已裸露无遗。这犹如湿婆神外表的贫穷中，暴露了他的富有。

　　但在欧洲，绝对没有这种情况。演唱会的安排无懈可击，稍有纰漏，组织者就感到无脸见人了。印度艺人坐在舞台上半个小时，不停地拧弦琴的耳朵，像使用榔头那样"嘭嘭"敲击手鼓，心情坦然。可在欧洲，所有的乐器全藏在舞台后面，舞台上的表演相当完美。因而那儿不允许歌手的唱腔有一点毛病。

　　在我国，歌手侧重于练习唱歌，我们所有的难点因歌而生；而在欧洲，侧重于练嗓子，他们的嗓音里，跨越了难以逾越的障碍。印度真正的听众，听了歌就满意了，可欧洲的听众不单单听歌。

　　那天我在波雷伊顿发现，那位歌唱家的演唱是神奇的，不可思议的。我仿佛觉得，马戏团的骏马在她的嗓音里嘶鸣，气管里乐音顺畅地

---

　　① 　克里斯蒂娜·妮尔桑（1843—1922）系瑞典歌唱家。

　　② 　黛梅·阿尔芭妮（1852—1930）系加拿大歌唱家。

舒展着。可不管心中感到多么惊奇，她唱的歌我并不喜欢。尤其是唱着唱着就模仿鸟啼，我觉得非常可笑。总而言之，那样唱超越了人的声带的本能。

后来听了男歌手的演唱，我感到很悦耳，尤其是男高音，丝毫不像迷路的风暴的无形的哀泣，听得出是从男性有血有肉的声带里流泻出来的。

经常听歌、学歌，我渐渐体味到了欧洲歌曲的妙趣。但我至今觉得，欧洲歌曲和印度歌曲属于不同的类型，它们跨过一扇门，却进不了同一座心宫。欧洲歌曲与现实生活奇妙地联结起来，于是我们看到，谱写欧洲乐曲，可以联系各种事件和叙事。印度的乐曲如果也这样谱写，那一定是怪诞的，其间无趣味可言。

印度歌曲好像越过了每日生活的栅栏，其间弥漫着忧伤和离情，歌手演唱仿佛旨在展示宇宙本性和人心最深邃的和不可言喻的一个奥秘；那个奥秘之国极其幽深，极其宁静，那儿建造了享受者的乐园和虔诚者的净修林，但那儿没有繁忙的俗人的娱乐设施。

说我已经步入欧洲音乐的艺术殿堂的深处，是不合适的。但我在外面获得的一切足以说明，欧洲音乐从一个角度深深地吸引住了我。我认为，那些歌曲是浪漫主义的。所谓的浪漫主义，究竟指什么，分析很难。不过大致可以说，浪漫主义趋于繁丽，趋于丰富多彩，趋于生活之海的翻涌的波涛，趋于矛盾着的光影在不停的运动之上的投射，趋于无尽的扩展，趋于昊天不瞬的蔚蓝，趋于遥远的地平线上"无限"的无声暗示。这样说也许仍然不很清楚，可我在品味欧洲歌曲的趣味之时，我在心里一次次地说，这就是浪漫主义。它以音符诠释并表现了人类生活的繁复。印度歌曲并非未作这方面的努力，但很不够，未取得明显成效。印度歌曲把语言赋予繁星闪烁的夜晚和黎明时分初露的霞光；印度歌曲表现雨季人世间弥漫的离愁别恨和新春时节林野里扩散着的疯癫和忘记了言词的陶醉。

欧洲音乐和印度音乐

暮夏时节，我们一行人抵达英国时，这儿的音乐节即将结束，不再举办艺术大师的演唱会和演奏会。夏天，鸟儿飞越海洋，来到这儿的树林里，结束了聚会，又飞走了。当地人的大型文艺活动，也不是每个季节都举行的。一年的某一时段，世界各地的众多艺术大师才云集此地，膜拜音乐女神。

印度一度也举办类似的音乐活动。每逢祭祀神明的节日，来自各地的艺人，聚集在富豪的宅院。他们举办的音乐会，对普通民众敞开大门。那时，财富女神和艺术女神携手欢聚。音乐的春风，在祖国的心田吹拂。全国各地，乡绅大户给国家的艺术、文学和音乐以安身之所，倍加爱护。今日的欧洲民众取代了昔日富裕的家族。在欧洲各地，眼下都在做印度老百姓过去做过的事情。这儿的民众请来艺人，听他们演唱歌曲。他们慷慨解囊，帮助衣食无着的诗人摆脱贫困。画家作画，获得"财富女神"的赏赐。

然而目前在印度，富人的财富不再履行责任。依凭那些财富，哈米勒顿、哈尔曼和马金兹—巴隆公司的利润节节攀升。而印度群众既没有财力，也没有艺术情趣。财富女神离弃了艺术女神，连迦纳斯①家中也没有艺术女神的立足之地了。

这次来到伦敦我很幸运，几个星期之后，在水晶殿的音乐厅里举办

---

① 迦纳斯是湿婆和雪山神女的儿子。他象头、象鼻、人身，有4只手。他的坐骑是一只老鼠。他被认为是知识和成功的赐予者。

了韩德尔①音乐节。著名的作曲家韩德尔是德国人，但一生大部分时间是在英国度过的。他曾为《圣经》一些章节谱曲，在英国享有盛誉。音乐节期间，许多人演奏、演唱了他的歌曲。据说共有四千名乐师和歌手联袂演出，音乐节获得圆满成功。

著名的作曲家韩德尔

我有幸欣赏了一场演出。巨大的音乐厅的廊台上坐着一排排歌手和乐师。场面恢宏，不用望远镜，根本看不清演员的脸，望去仿佛是人的云团。男女歌手分坐在高音、中音、低音区，身着同样款式同样颜色的服装，好像在阔大的背景上，谁绣的一行行图案。

四千人的歌声和乐器声响起来了。其间的一种乐音也没有迷路。四

---

① 韩德尔（1685—1759）是英籍德国作曲家，一生创作歌剧、清唱剧70余部。

千种乐音之河，跳着舞蜂捅而来，彼此不撞碰。它们不是一样的音调，而是繁多音调的大聚会。将众多的乐音融入神奇的统一之中所显示出的非凡指挥能力，让我感受到了，不禁大为惊奇。这么大的演出阵容，演员精神高度集中，里里外外，没有一丝懈怠，没有一丝滞涩。从布景到顺畅的演唱，每个环节卓有成效的驾驭，使各个部分浑然一体。

我不时翻开节目单，对照歌词和乐曲。可我不能说，我找到了两者吻合之处。组织这么大的一项活动，无疑像机器制造的一样东西。外在的场面恢宏，多姿多彩，无懈可击。可情味被遮盖了。我觉得，音乐的演绎，像组成阵容庞大的军队整步行进，雄壮有力，但没有游玩的喜悦之情。

然而，若说欧洲歌曲统统是这样的东西，那不符合事实。换言之，"欧洲音乐以结构的精致为主，情味不是最主要的"，这种话是不可置信的。因为，可以清楚地看到，沉浸于音乐的琼浆之河，整个欧洲如醉似狂。这让我联想到，看见蜜蜂迷恋鲜花，就可以明白，花朵里有蜜，可那蜜我可能看不见。

确实，印度音乐和欧洲音乐有一点上存在根本区别。Harmony，即和声，是欧洲音乐的主体。而曲调是印度音乐的主要支柱。欧洲关注丰富多彩，而我们关注单一。我们在世界音乐中看到，繁多的乐调在万千支流中奔流，每种乐调都不是别的乐调的回声，每种乐调都有自己的特点。可所有的乐调又汇集一起，响彻天空。和声以乐曲展示世界的繁富形象的恢宏舞蹈。但其间肯定有一首"一体"之调的歌。踏着这首歌的节拍，舞蹈得以表现得淋漓酣畅。印度音乐力图抓住那首歌。那首歌深沉、幽秘。只有在冥想中能相遇的"一体"，默默地布满天际。与永远演进的丰繁步调一致的前行，是欧洲人的性格。而侧耳静听、心仪那永远沉默的"一体"，保持心境平静，是我们印度人的特性。

我们在印度音乐中难道没有感受自己的特性吗？在欧洲音乐中，我们看到，它的节奏关联着人生之涛，它与人的欢笑、悲泣有着直接联系。印度音乐不是从人的生活游戏中涌现的，而是来自外部。欧洲音乐

267

中，人采用各种手法，以家庭之光、节日之光，点燃五颜六色的灯烛。印度音乐中，有从地平线射来的月光。所以我们一再感受到，印度音乐超越我们的苦乐。印度人的新婚之夜，吹奏萨哈那调乐曲。但吹奏萨哈那调乐曲中，哪里有欢悦的波涛？乐曲中没有丝毫青春的激情。它是那么凝重，停顿之间充溢爱怜。印度的现代婚礼上，吹奏唢呐的同时，留声机播放英国乐曲，已成为显贵人物骄奢习性的一部分。两种音乐的差异十分明显。英国乐器的奏乐，为人们的狂欢推波助澜，震撼大地。奏乐的热烈，与人潮涌动，欢声笑语，浓艳盛装，张灯结彩，相得益彰。但印度人隆重婚礼的四周是宁静的黑夜，那儿静穆的繁星的宫殿里，世代绵绵不绝的节日闪烁着恬静的光芒，萨哈那调乐曲携带那儿的福音，进入婚礼现场。印度音乐缓缓开启人们的娱乐之宫的大门，呼唤"无限"进入人群。印度音乐是"单一"之歌，是"一体"之歌，但它不是角落里的"一体"，而是遍布世界的"一体"。

和声过于强烈，必然淹没一个演员唱的歌曲。歌曲想单独现身之地，就不让和声靠近。双方分开几天是件好事。为了让每一方臻于圆熟，应该给每一方独处一段时间的机会。当然，我不是说它们永远不成婚是最佳选择。只要青春尚未成熟，让新郎、新娘单独住在家里为好，可成熟之后仍不让他们结合，他们的生活就不完整了。毫无疑问，歌曲与和声结合的日子已经来到了，婚事已开始操办了。

印度村庄里每星期有一天集市，每年有一次庙会。乡下人交换商品，满足各自的需求。人类历史上一个个时代也有这样的集市，各地的人提着装满自己商品的篮子走来，和别人交换商品。这一天，人们省悟，单靠自己生产的商品，是不能消除匮乏的；个人富庶的唯一成就，体现于赢得了获得他人器物的权利。在欧洲历史上，这样的时代称为文艺复兴时代。当今世界上，复兴的偌大集市，是前所未有的。出现这种状况的主要原因，是当今世界的道路四通八达，今非昔比。

几天前，一位学者对我说，在欧洲，印度的复兴时代即将来临。印度历史宝库里珍藏的财富，突然映入了欧洲的眼帘。欧洲感悟到，它需要这样的财富。印度的绘画和建筑艺术，过去一直受到轻慢。如今，欧洲已看到它的荣光。

近来，欧洲也非常关注印度音乐。我在国内时看到，欧洲听众聚精会神地聆听印度艺人用苏尔巴哈尔琴弹奏的帕格斯里调乐曲。有一次我看见一位英国听众坐在大厅里听两个孟加拉青年唱《娑摩吠陀》歌曲。两位歌手用伊蒙、克朗、维伊罗皮等曲调演唱，声称这是《娑摩吠陀》歌曲。我对他说，把它当作《娑摩吠陀》歌曲接受，是不恰当的。我发现，提醒他纯属多此一举。因为，他比我懂得还多。他请我念一段《吠陀》经文。我对《吠陀》略知一二，当即背了一段。他马上说，这是诵念《夜柔吠

《娑摩吠陀》

陀》的腔调。事实上，我确是背的《夜柔吠陀》。交谈中得知，他从《吠陀》歌曲到古典音乐的曲调、旋律，进行了详细考察、研究。他不是容易被蒙骗的。他正在写一本有关印度音乐的专著。

穆德梅加尔蒂夫人的文章，经常发表在《现代周刊》上。她从小具有非凡的音乐天赋。她从九岁开始在登台演奏小提琴，给大批听众带来不小的惊喜。不幸的是，手指的神经痛中断了她的演奏生涯。她来到印度，有一段时间专门研究南印度音乐。她也正着手撰写专著。

有一天，我收到古玛尔沙米博士的请柬。他请我去听罗德娜·黛维的演唱。我不知道罗德娜·黛维是何人，心想大概是一位印度女士吧。到古玛尔沙米博士家一看，原来她是英国姑娘，博士家的家庭主妇。

罗德娜·黛维坐在地板上，怀里抱着东布拉琴，边弹边唱。我大为惊讶。这可不是"乱弹琴"哪。按照程式，弹了序曲，她再唱迦那拉、马尔库斯、贝哈格调的歌曲。她的手指弹出清晰的节奏，唱得有板有眼，声情并茂。她未用英国扫帚扫掉我们歌曲的四分之三的印度特色。她与我们个别歌手的区别在于，她的嗓音没有遇到任何阻碍。她的身姿或声音没有出现费劲的迹象。歌曲形象毫无倦意，完好无损。

像罗德娜·黛维这样一批外国人，潜心研究印度音乐，不只是为满足好奇心，他们在研究中看到了奇妙的艺术美。他们饶有兴致地从印度歌曲汲取趣味，甚至尽力把它融入自己的音乐。他们的人数很少，但就像在一个角落里点着的火，靠自己的热能必将蔓延开来。

我在这儿会见了伦敦音乐研究院院长亚克特罗达尔。他对印度音乐有所了解。他一再表达对印度音乐的兴趣，希望我谈谈在伦敦开展研究印度音乐的办法。他认为，印度富有的藩王赞助印度著名的歌唱家和演奏家来英国传授技艺，他们必定受益匪浅。

其实受益最大的是我们印度人。因为我们早已丧失对音乐艺术的尊重。音乐与我们生活的联系已经淡化。大河里的潮水退去时，淤泥裸露出来。同样，印度的音乐之河中潮水远远地退去了，我们如今陷入河床的烂泥中，获得沐浴相反的效果。听到印度许多人家里留声机播放的歌曲和印度人在剧院里学唱的歌曲，我们恍然省悟，丑陋不仅在我们心灵的贫乏中显现，还被我们当作身体的服饰。是的，谁也不能从凡世放逐廉价的玩物。每个社会中，总有一批人的财力离不开它们。但全国到处是这样的人，文艺女神就会变成廉价的玩偶。那时我们的探索就会软弱无力，跌跌撞撞，无望获得期盼的成果。眼看着，全国长满留声机和音乐的野草，本应茁壮成长的金色作物，渐渐枯死。

有一天，古玛尔沙米博士对我说："也许有一天，你们不得不前往欧洲研究印度音乐。"其实，我们已伸出手，想从欧洲手中接受印度的许多东西。把印度音乐送到海外，之后把它接回来时，也许会更加珍惜它。我们长期蜗居家中，不清楚每件物品的市价。我们没有本事检测自己的东西，确认哪儿有我们的光荣。

在旺盛生活力的基础上，人的奋斗以各种形式出现的地方，人的全部财富，用于人生市场，利润不断增加，不把自己的商品送到那儿，不参与当前的贸易活动，我们就无法看清自己，我们的智力就会白白浪费。"与欧洲的接触过程中，我们会妄自菲薄"，这种危言耸听的话，我们听得多了。可这话是不对的，与之相反的话才是对的。在强大活力的第一次冲击下，我们一时晕头转向，但最后我们能使自己的灵性更加清醒。朝气蓬勃的欧洲文学，唤醒了我们的文学创作欲望。这样的欲望愈是强烈，我们就愈能摆脱模仿，在崛起的道路上阔步向前。最近印度的艺术复苏，得益于欧洲的活力的冲击。

我相信，印度音乐也需要与外界接触，应把它从古老法规的铁箱里取出来，在国际市场上摔打。深谙欧洲音乐，我们才能学会更加切实更加广泛地利用印度音乐。遗憾的是，音乐不是我们文化人的必修课。在我们名为"学院"的制造文书的工厂里，音乐艺术没有立锥之地。令人奇怪的是，我们打着民族化的旗号建立的学校里，也没有艺术的席位。我们背笔记，拿学位，完全丧失了对"人的社会生活中艺术极其重要"的认知。因此，音乐至今囿于未受过教育的人中间，在他们面前，世界尚未崭露；他们像无能的女人，把所有的财物变成首饰，整天带着，但不会使用。别人暗示他们如何使用，他们竟惊慌失措，暗想，这是损毁他们全部财物的刁钻手段。

总之，我们不能有效地利用自己的财富时，能够利用的人，就会把它用于他的贸易，送往为世界所用的道路。我们无奈地等待这一天，之后，骄傲地认为，我们拥有的一切，是世界上别人没有的，可骄傲的本钱也得给别人一部分。

和罗曼·罗兰①谈音乐

泰戈尔：我感觉到了你们欧洲音乐蕴涵的强大力量。我喜欢贝多芬②的作品，也喜欢巴赫③的作品。我必须承认，充分理解和全面品评欧洲音乐特点，需要很长时间。年轻的时候，我听过钢琴演奏的欧洲乐曲，我发觉大部分乐曲是动人的。但我不能全身心地进入它的精神核心。欧洲各国的音乐各具特色吗？比如，意大利音乐别具一格吗？德国音乐不同于音乐的一般风格吗？

罗曼·罗兰：确实大不相同。大量欧洲现代歌曲源自意大利，但在发展过程中已完全变样了。南欧歌曲富于较多的美感。但你到北欧就能发觉，那儿的歌曲变得越来越复杂了。在十六世纪意大利古典音乐中，你能发现优美的谱线和装饰音，音乐美是显而易见的。北欧歌曲富于激情。在现代作曲家中，普契尼④手里有许多音乐礼物，但缺少趣味。我认为，现代意大利歌曲华而不实。在古代的意大利，作曲家和诗人都不懈地追求纯真。

泰戈尔：我想问您一个问题。艺术的宗旨，不是把表现方式赋予激情，而是利用激情创造有意义的形式。文学不是任何激情的直接抒发。激情只是提供了可能把它带进艺术创造的时机。一只希腊壶历来不是某种重要激情的象征，但它把形式给了艺术家心中真切的冲动。在欧洲音

---

① 罗曼·罗兰（1866—1944）系法国作家，1915 年诺贝尔文学奖得主。

② 贝多芬（1770—1827）系德国著名作曲家。

③ 巴赫（1685—1750）系德国作曲家

④ 普契尼（1858—1924）系意大利歌剧作曲家。

乐中，我发现，有时竭力把表现方式给予特殊的激情。有这个必要吗？音乐不该把激情仅当作素材和它自身的终了吗？

罗曼·罗兰：一个杰出的音乐家必须时刻把激情当作材料，在其外面，创造美的形式。但在欧洲，音乐家有了如此多的好题材，以至于有一种过分强调激情表露的倾向。一位杰出的音乐家应有平和的心态，否则就会毁了他的作品。

泰戈尔：以歌剧《茶花女》为例，它不是太直露了吗？不是试图以过分具体的细节描写每个事件吗？

罗曼·罗兰：是的，这是我们音乐的缺点。尤其是从十九世纪初叶开始，贝多芬的浪漫主义作品创作之后，特别是瓦格纳①之后。

泰戈尔和罗曼·罗兰

泰戈尔：在印度，我们走到了另一个极端。歌手常常获得太多的音乐自由。绘画和文学有固定的外在形式。在音乐领域，人的声音要求诠释。甚至在器乐方面，你也有灵活自如的一只手。因此，歌手应是纯真的艺术家，而不光是艺人。印度作曲家更多地依赖手指弹奏，来完成作

---

① 瓦格纳（1813—1833）系德国作曲家。

曲。但令人遗憾的是，歌手常以多变的演唱抢作曲家的风头。

罗曼·罗兰：在韩德尔时期，欧洲也有同样的情况。在意大利古典音乐中，音乐意蕴由歌唱演员诠释，作曲家总是留下许多不明确的成分。在意大利流行喜剧中，作曲家谱写的曲子，大致上是个轮廓。演员即兴演唱，加以补充，使之丰满，常常好像是作曲家的助手。每一次的歌词和曲子都不一样。一些好的成分当然就流失了。

泰戈尔：这是音乐的特性，相当一部分会流失的。大部分有赖于演员。它通过充满活力的途径进行传播。

罗曼·罗兰：在那段岁月里，歌唱演员是"可怕的暴君"，尤其是在欧洲南部。在北欧，我们有极为严格的规范。北欧的传统是尽可能地明确职守。

泰戈尔：是的，那也是必要的。你们的现代音乐中规中矩，和声确保曲子的纯真，摆脱羼杂和虚假，就像一个国家的货币，由造币厂确保市场上用的全是真币一样。

罗曼·罗兰：但您认为只有音乐才能用这个办法保持其化石般的纯真吗？使活的音乐一成不变，是不可能的。

泰戈尔：您知道，我不光是诗人，对音乐也很感兴趣，经常填词作曲。我感到大惑不解的是，各国的音乐形式，为何有如此巨大的差别。比起其他艺术门类，音乐流传得更广，因为它的传播手段可以复制，得以从一个国家扩展到另一个国家。

罗曼·罗兰：每个国家的音乐都经历几个阶段。某个时期被人察觉到的差别，可能产生于某个时期的特殊性。音乐有童年期、成长期和衰落期。第一首激情洋溢的歌曲找到的表现形式，开初大都是不理想的，此后，有一个激情和形式磨合的时期，渐渐形成固定模式，最后走向衰微。如果生命延续，又会有新的潮涨潮落，新的循环重又开始。

泰戈尔：所有艺术门类的情况大致相似。在文学中，我们也发现，每每有新的冲动在创造自身的形式。一度新鲜的形式，经过一段时间，变得衰老了，陈旧了，用了很长一段时间之后，就不实用了。

罗曼·罗兰：是的，生命也是如此。从一种形式到另一种形式，流变是永恒的。

泰戈尔：确实如此。才华横溢的人创造新的形式。没有艺术礼品赠送的人为艺术戴着生锈的枷锁，之后打碎桎梏的日子又来临了。

罗曼·罗兰：在欧洲，我们似乎已经到了"穷途末路"。我们感到我们仿佛被关在笼子里。

泰戈尔：是的，也许你们的聪慧已经到头了，富于人性的生机勃勃的一切，正走向衰亡。

罗曼·罗兰：我们整个生活蜕变为庞大机器的趋向已经出现。

泰戈尔：你们欧洲古老而美丽的脸上，浮现了这样的征兆。这次访问所到之处目睹的种种假象，千篇一律，毫无美感。我访问的意大利城市，表面上变得现代化了。但佛罗伦萨是美丽的。那儿的人们所保持的心灵的超脱，强烈地吸引住了我的目光。没有这样的超脱，艺术生命难以生存。

罗曼·罗兰：他们依然保持着生活的朴素。最近，佛罗伦萨人举行了缅怀祖先的活动。这大概是佛罗伦萨成为伟大艺术中心的缘故吧。

泰戈尔：我十七岁留学英国，在伦敦第一次听到欧洲歌曲。歌手米尔逊演唱自然歌曲，模仿鸟叫，名气很大。我听了觉得实在太荒唐了。音乐应该汲取鸟儿歌唱的欢乐，赋予鸟鸣的喜悦以人类的表现形式，而不应该是鸟啼的临摹。比如印度的雨霖之歌，并不刻意模仿雨点的声音，而是重燃雨节的欢乐，传达与雨季息息相关的情感。但我不明白春天之歌为什么没有这样的深度。

罗曼·罗兰：你们什么时候欢度春天的节日？

泰戈尔：在孟加拉地区，一般是从二月底到三月初。春天的南风徐徐吹拂时，白天天气暖和，晚上凉爽，舒适。这也是农民开始在地里干活儿的季节。莫非是人的浮想联翩把美全给了雨曲？抑或雨曲本身蕴涵许多美呢？我们在雨季习惯于经常聆听表现下雨的歌曲，很可能是那些曲调把雨季的欢乐注入了我们的心灵。春天和夏天的歌曲也同样耐人寻

275

味，可缘何未能激起我们想象呢？

罗曼·罗兰：也许那些曲调迥然不同吧。

泰戈尔：在诗作中，每个单词具有文学想象的微妙氛围。外国人是永远难以理解它们的特殊价值的。它们听起来很美，可即使懂了字面上的意思，也不能领悟，无从展开想象。以叶芝的两行英语诗为例：

> 在荒凉的仙境，神奇的窗户
> 在危机四伏的大海的泡沫上敞开着。

如果我把这两行诗译成孟加拉语，无法明白它是什么意思。对孟加拉读者来说，这两行诗毫无意义。"在荒凉的仙境，神奇的窗户在危机四伏的大海的泡沫上敞开着"，这样的诗句不能诱发我们读者生动的联想。不过，某个机缘和数个音节借助增多的遐想，获得价值，是可能的。我们有些乐句也能获得新的价值，就像文学作品中长久使用的词汇那样。

罗曼·罗兰：这类意象常在欧洲音乐中出现。比如，巴赫的作品。有人在认真研究他精致的乐句。他的音乐美归功于他运用从十七、十八世纪的音乐借来的某些音乐形式。依凭天赋，他的借鉴是极为有效的。在田园歌曲中，甚至当下的流行歌曲中，一些乐章仍在使用。如果这些特殊的乐章，用于非田园音乐，也会创造出田园生活的氛围。大概你们雨曲的想象也是用同样的方法促发的。你们主要的乐器是什么？

泰戈尔：是"维那"琴，可以弹出纯正的音符。它不像小提琴那样灵便，但以特有的技法保存了我们曲调的本真。（他仍在思考文学的启示，思绪又回到了叶芝的话题上）虽然叶芝的诗很难译成孟加拉文，但我能体味到他的诗美。开初无从展开适当的联想，可在略微熟悉了诗作产生的环境的一些情况和诗人的想法，我们也可以顺利地欣赏它们。尽管在形式上确有个人和地理上的特殊性，但诗中也有一些普遍性。它期待着更多的教育和对它不断增长的熟知，有了这些条件，诗是可以被每个人欣赏的。同样，让欧洲人感到悦耳的，其中肯定有共性的东西。

印度音乐对接受了必要训练的外国人也是有吸引力的。

罗曼·罗兰：是的，尤其是在离开表面的或时髦的那部分东西之后。某一时期审美趣味不断变化，某些特殊性，只属于那时事物的表面现象。

泰戈尔：在绘画艺术或造型艺术中，素材用同样的手法所表现的东西，为大多数人所熟悉，很容易被每个人领会。但乐句不为人熟悉，所以，当我们营造一个音乐结构时，对外国人来说，整个东西仿佛是古怪的。这就是为什么较之其他艺术门类，一个外国人更难理解别国音乐的缘故。诗、绘画或音乐，所有艺术的起点是呼吸，即人体天生的韵律，它到处都一样，所以具有普遍性。我相信，音乐家肯定常常受到血液循环或呼吸的韵律的拍击。饶有兴趣的研究，应该是不同国家的四种乐音的比较。随着音乐的不断发展，事情越来越复杂了，最基本的共性，不可能条理分明地描述了。

1926 年 6 月 24 日

图书在版编目（CIP）数据

泰戈尔笔下的文学／（印）泰戈尔著；

白开元译. —北京：中央编译出版社，2016.2

ISBN 978 - 7 - 5117 - 2876 - 0

Ⅰ.①泰…　Ⅱ.①泰…　②白…　Ⅲ.①世界文学 -
文学评论 - 文集　Ⅳ.①I106 - 53

中国版本图书馆 CIP 数据核字（2015）第 286415 号

泰戈尔笔下的文学

出 版 人：刘明清

出版统筹：董　巍

责任编辑：邓　彤

责任印制：尹　珺

出版发行：中央编译出版社

地　　址：北京西城区车公庄大街乙 5 号鸿儒大厦 B 座（100044）

电　　话：（010）52612345（总编室）　　（010）52612352（编辑室）
　　　　　（010）52612316（发行部）　　（010）52612317（网络销售）
　　　　　（010）52612346（馆配部）　　（010）55626985（读者服务部）

传　　真：（010）66515838

经　　销：全国新华书店

印　　刷：北京金瀑印刷有限责任公司

开　　本：787 毫米 ×1092 毫米　1/16

字　　数：252 千字

印　　张：18.25

版　　次：2016 年 2 月第 1 版第 1 次印刷

定　　价：46.00 元

网　　址：www.cctphome.com　　邮　　箱：cctp@ cctphome.com

新浪微博：@ 中央编译出版社　　微　　信：中央编译出版社（ID：cctphome）

淘宝店铺：中央编译出版社直销店（http://shop108367160.taobao.com）　（010）52612349

本社常年法律顾问：北京嘉润律师事务所律师　李敬伟　问小牛

凡有印装质量问题，本社负责调换。电话：（010）55626985